Le Mas des Peurs

Jean-Louis Magnon

Le Mas des Peurs

ROMAN

Albin Michel

22, rue Huyghens, 75014 Paris
www.albin-michel.fr
ISBN 2-226-15088-9

1

C'était une nuit sans lune. Les collines respiraient doucement dans le silence. Il montait des jardins de Corbans des parfums orientaux que la canicule d'août avait accumulés lentement tout au long du jour et qui, maintenant, s'échappaient au-dessus des barrières et des murets longeant les rues.

Franck Maréchal avançait lentement dans l'ombre, cette ombre qu'il aimait, quand la nuit a libéré tous ses sortilèges, quand la terre reprend vie peu à peu, après l'assoupissement des jours d'été.

Plus loin, dans la vallée, il entendit le miaulement d'un moteur. « Un jeune qui rentre en Mobylette », pensa-t-il. Toutefois, ce bruit lui parut incongru, une épine plantée dans la douceur de la nuit, une atteinte aux sortilèges. Mais bah, c'était ainsi. D'ailleurs, il disparut très vite, comme éteint brusquement par l'épaisseur de l'air.

« Pourtant, j'aurais dû l'entendre beaucoup plus longtemps... »

La route de Verviers, qui taillait la vallée d'une traite, était visible sur des kilomètres depuis Corbans. Il venait de penser à cela et aussitôt il s'en voulut.

Pourquoi ces sempiternelles questions ? Comme si ça ne lui avait pas suffi ! Pourquoi chercher toujours des explications à tout ? Dans des moments comme celui-ci, il se disait que sûrement la vie devait être plus simple. D'ailleurs, cela paraissait être le cas pour la plupart de ses contemporains. D'où venait donc que lui s'interroge sans cesse ?

Il sourit. Que faisait-il donc en ce moment, sinon se demander pourquoi il se posait des questions ? On n'en finissait jamais quand on voulait tout comprendre. Et tout savoir... Pourtant, il devait être possible de s'abandonner au bonheur facile et somptueux de cette nuit d'été. Il essaya de s'en convaincre.

Autour de lui Corbans dormait. Les maisons paraissaient couler en cascade depuis l'église vers le bas du village, là où elles se confondaient dans la nuit avec les forêts qui occupaient la pente jusqu'à la route de Verviers. Quelques lampadaires éclairaient des angles de rues. Ils étaient peu nombreux, économes, à la lumière plutôt jaune. Sauf sur la place, devant le café que Maréchal avait quitté une demi-heure plus tôt. Là, on avait mis des lampes plus généreuses, autour des quatre bancs où se réunissait la jeunesse quand la nuit tombait. D'où repartaient ensuite ces sacrées Mobylette qui... Maréchal fit un geste de la main. Non, il n'allait pas recommencer.

Il n'avait que quelques dizaines de mètres à parcourir pour rejoindre l'auberge où l'attendait Laetitia. Il pensa à elle, l'imagina déjà endormie depuis longtemps malgré la chaleur qui devait régner dans la chambre. Comment faisait-elle pour trouver le sommeil dans ces conditions ? Lui en était incapable. Cela lui servait d'alibi. Non pour fuir Laetitia ! Grands dieux ! Mais le travail en souffrance depuis qu'il était arrivé à Corbans. Les pages blanches innombrables et celles déjà écrites, trop peu nombreuses, qui étaient là-bas, à l'auberge, bien rangées sur la petite table de la pièce qui jouxtait leur chambre et qu'il avait louée avec celle-ci. Afin de travailler la nuit, le matin de bonne heure... Tout ce qu'il n'avait pas fait !

Quand il avait quitté La Grézade avec Laetitia, une semaine plus tôt, c'était bien pourtant pour travailler plus tranquillement que chez lui. C'était aussi des vacances qu'il offrait à Laetitia. Elle avait « tourné » avec l'orchestre tout le mois de juillet dans des tas d'endroits. Elle repartirait en septembre pour l'Allemagne. Elle avait un mois à elle. Il avait proposé Corbans. Il pensa, stupéfait, qu'alors il avait lancé : « C'est dans la montagne, il fera bon. » Depuis qu'ils étaient arrivés, la canicule régnait. Il n'était pas tombé une goutte de pluie, l'herbe des prairies qu'il avait imaginées vertes et grasses était jaune et desséchée comme un terrain de football à la fin de la saison. Alors qu'un coup de téléphone au café des Platanes lui avait appris qu'il avait plu presque tous les jours à La Grézade depuis leur départ. Ginette Bonnafous avait dit exactement : « Tu sais, Franck, ici, on se croirait en Angleterre. » Maréchal avait pensé au bien-être qu'il aurait connu sur sa terrasse à contempler son jardin qui s'arrosait tout seul et les lointains brumeux des Cévennes qui devaient être bleus.

Il arriva devant une maison qu'il avait remarquée pendant le jour. Elle était au fond d'une ruelle obscure qui ouvrait un peu plus loin sur une esplanade, suspendue au-dessus du vide d'où l'on voyait la vallée tout entière. Il était déjà passé par là plusieurs fois. Il avait été impressionné par l'aspect de la maison, un peu en retrait au fond d'un jardinet séparé de la rue par une grille en fer forgé très ouvragée et presque entièrement recouverte par un jasmin blanc, dont on n'avait jamais taillé la moindre pousse et qui avait fini par envahir la grille, dressant une barrière imperméable au regard. À cause de cela, on ne voyait de la maison que l'étage où s'ouvraient trois fenêtres dont, à chaque fois qu'il était passé, Maréchal avait constaté que les volets étaient clos. Mais ce n'était pas cela qui avait attiré son attention. C'était la maison elle-même qui contrastait complètement avec celles de Corbans, bâtisses sévères aux murs de pierre, aux ouvertures étroites, aux toits en pente et d'ardoise. La maison au jasmin, elle, ressemblait à une de ces maisons des villes de bord de mer. Avec ses murs en briques, ses tuiles romanes et son auvent de bois noirci, la forme même des balcons et de la grille en fer forgé, la porte du jardin, épaisse, avec des panneaux en pointe de diamant et une énorme poignée. Rien de cela ne cadrait avec les constructions voisines, avec aucune autre du bourg non plus. Intrigué, Maréchal s'était promis de se renseigner sur ses occupants. S'en souvenant alors qu'il passait devant, il se dit que cela rejoignait tout à fait ses réflexions de tout à l'heure : pourquoi ces questions ? Pourquoi tout compliquer ? Ce qui lui servait d'habitude à se justifier – comment écrire des livres si on n'allait pas au fond des choses ? –, ce soir-là, dans la nuit d'été, avec l'odeur du jasmin qui lui dégringolait dessus depuis qu'il était devant la villa biscornue, ce soir-là cet argument ne tenait guère. Il devait s'avouer seulement que c'était sa manie : tout savoir. Évidemment, cela lui avait servi plusieurs fois, des tas de fois même ! À commencer, cela faisait un an déjà ! quand il avait débrouillé cette histoire de La Gourgasse, et avant à Valmogne ou à Hurlebois...[1]

Il venait de s'immobiliser. Frappé tout à coup par cette évidence : cela lui manquait ! En même temps, il s'en voulait. Car comment regretter ces moments – dont certains avaient été pénibles et pas seulement pour lui ? Il avait pourtant constaté à quel point il préférait la vie tranquille qu'il menait habituellement à ces périodes où les événements l'avaient lancé sur des pistes, derrière des personnages le plus souvent peu intéressants, sinon détestables. Et surtout à chaque fois son travail en avait souffert !

Il en était là de ses réflexions, vaguement amères, quand il s'aperçut qu'il s'était arrêté devant la grille au jasmin.

Il écouta. Le silence était toujours aussi épais. Il fut étonné de ne pas entendre les habituels cris des nocturnes dans la forêt en dessous. Peut-être attendaient-ils que la fraîcheur de la nuit ait enfin chassé l'espèce de moiteur que la journée de canicule avait abandonnée et qui occupait encore Corbans. Il se rendit compte aussi qu'il espérait un autre bruit. Cela n'avait probablement aucune importance, il en était même certain. Mais il avait l'habitude de se fier à ses impressions. Ce bruit de moteur de tout à l'heure n'aurait pas dû s'interrompre aussi tôt. Tout au moins, il aurait dû reprendre. Car, Maréchal en était certain, il n'y avait aucune habitation dans le secteur où le bruit avait cessé. Alors, pourquoi ? Il s'en voulut à nouveau.

---

1. Voir du même auteur, aux Éditions Albin Michel : *Les Cendres de juin*, *Vengeance d'automne* et *Hurlebois*.

Quelle manie de s'attacher ainsi à des choses anodines comme le comportement probable d'un jeune qui, après avoir passé la soirée à discuter avec ses copains sur la place de Corbans, était rentré chez lui. « Oui ! Mais pour quelle raison s'est-il arrêté là ? » Il avait fait cette réflexion à mi-voix. Encore une de ses habitudes déplorables. Aussitôt après, il pensa qu'il était bien tard pour se reprocher ses défauts. Ce n'était pas à son âge qu'on changeait. « Ah, non ! Tu ne vas pas te mettre à penser à l'âge maintenant », lui intima cette voix intérieure qui l'avait si souvent aidé à ne pas se laisser aller aux considérations habituelles des gens de sa génération... La voix parlait, mais il fallait l'écouter. Il se secoua. Il n'y avait qu'une chose qui comptait : la minute présente. Tout le reste... Le passé, on le gardait dans son cœur quand c'était possible. L'avenir ? Il fallait être bien naïf pour tirer des traites sur lui ! Et le présent ce soir était si beau !

Comme pour lui donner raison, une brise montée de la vallée vint soulever l'odeur du jasmin au-dessus de lui et l'inonda. Mais cela était dangereux car, alors qu'il venait de se débarrasser du passé, cette odeur prégnante le fit remonter brusquement. C'était à Florence, il y avait... Le nombre des années l'épouvanta. Mais que lui arrivait-il ce soir ? Tout devenait si difficile. À cause de ce parfum, de ces minuscules fleurs blanches qui dérangeaient brutalement l'équilibre si patiemment obtenu. Tout ça pourquoi ? Pour une silhouette sur le pont de l'Arno, un air de Monteverdi et... Il fit un effort, qu'il accompagna d'un geste de la main, pour chasser ces images. Tout cela lui avait coûté trop cher autrefois.

Il chercha dans sa poche. Il se souvint alors qu'il n'y

trouverait pas le paquet de Gauloises qu'il avait volontairement laissé à l'auberge. Maintenant, il le regrettait ; lucide, il savait bien que cette énième tentative de cesser de fumer se terminerait comme les autres à la première occasion.

Déçu, un peu fâché contre lui-même, il sortit de l'ombre du jasmin et entra aussitôt dans celle de la construction mitoyenne. Il avait déjà passé la grille de la maison biscornue. Le reste de la rue était plongé dans une obscurité presque totale, il n'y avait aucun éclairage public dans cette partie de Corbans.

Tout en avançant, il essaya de fredonner l'air de *Tzigane* de Ravel qui lui trottait dans la tête depuis qu'il avait entendu le disque de Ginette Neveu, mais n'y parvint pas. Cela le faisait parfois se moquer de lui-même – activité salutaire, il en était persuadé – à ce sujet. Comment pouvait-on aimer autant la musique et être incapable non seulement de lire la moindre note, mais aussi de retrouver la plus simple des mélodies ? Bien sûr, comme toujours dans ses périodes d'autodérision, il exagérait. Mais, de fait, rares parmi ces airs qui avaient pu le bouleverser étaient ceux dont il était capable de siffloter quelques mesures. En tout cas, pour *Tzigane*, c'était clair.

Soudain, un bruit épouvantable éclata à quelques mètres de lui, sur la gauche où, habitué maintenant à l'obscurité, il devinait un renfoncement de mur. Il sursauta. Puis comprit aussitôt : un chat passait devant lui à toute vitesse. Le greffier avait dû renverser une poubelle. Ce genre de conclusion terre à terre était toujours rassurant.

Il parcourut encore un ou deux mètres, puis il eut brutalement envie de revenir devant la maison biscornue. C'était déraisonnable. Mais aussi très tentant, pensa-t-il en songeant à la suavité du jasmin.

Il suivit son envie et revint sur ses pas.

Juste à la hauteur de la grille, il trébucha et partit en avant. Il réussit à se rattraper au soubassement du mur et vint buter contre celui-ci.

Dès qu'il fut rétabli, il se rendit compte que quelque chose n'allait pas. D'abord, pourquoi avait-il trébuché à cet endroit où il se tenait moins de cinq minutes plus tôt ? Ensuite, et surtout, dans quoi avait-il buté ?

Il s'accroupit et tâtonna dans l'ombre. Sa main rencontra du tissu, un tissu épais. Un vêtement ! Pétrifié par sa découverte, il dut se rendre à l'évidence : quelqu'un était allongé là, devant lui sur le trottoir. Et il ne bougeait pas.

Il fouilla dans sa poche et prit son briquet. La petite flamme bleue éclaira quelques secondes. C'était un homme, maigre, âgé – Maréchal eut juste le temps de voir ses cheveux blancs. Il put aussi noter que l'homme portait une veste épaisse tout à fait hors de saison et des pantalons de travail en toile bleue.

Il ne put rallumer le briquet. Il jura, puis dit à mi-voix :

– Il a l'air tout à fait mort.

Il grimaça un sourire amer en prenant conscience du ton désabusé sur lequel il avait prononcé ces mots. Parce que, en même temps, il pensait qu'une fois de plus le sort s'acharnait sur lui.

– D'ailleurs, c'est plutôt sur ce type que le sort semble s'être acharné, continua-t-il sur le même ton.

Il essaya encore de rallumer son briquet. En vain. Il se pencha et tâta de la main. L'autre était couché sur le dos. Maréchal suivit la rangée des boutons de la veste jusqu'au col. Déjà, il avait constaté que la poitrine de l'homme ne se soulevait pas. Quand il atteignit le cou, il vit que sa première impression était la bonne. L'homme était mort et cela datait de quelques heures au moins.

Maréchal se redressa. À cet instant, il aurait donné n'importe quoi pour avoir une cigarette. Mais il n'aurait même pas pu l'allumer... La vie est parfois faite de ces petites idioties surprenantes.

Le silence était toujours aussi pesant. Pourtant, Maréchal éprouvait une curieuse impression. Tout en examinant la situation absurde dans laquelle il se trouvait – et à quoi devait-il l'attribuer ? À sa manie de se promener la nuit dans les rues ? À un sort qui se serait acharné à le plonger dans des affaires qu'il ne recherchait pas ? –, il avait le sentiment de ne pas être seul. Il s'efforça de calmer l'énervement que la découverte de ce cadavre sur le trottoir avait provoqué chez lui. Il respira profondément et écouta. L'impression du début se changea en certitude. Quelqu'un se trouvait tout près de lui. Il entendait un léger souffle, par intermittence, de l'autre côté de la grille. En écoutant mieux, il perçut aussi un bruit d'eau qui courait, ténu, si ténu qu'il ne l'avait pas remarqué jusque-là. Il se demanda d'où cela pouvait venir. Il y avait bien le torrent qui traversait Corbans, mais c'était loin d'ici. Ce n'était pas cela. Et toujours de temps en temps cette respiration proche.

Pour en connaître l'origine – et il était difficile d'imaginer que cela n'avait aucun lien avec ce corps allongé à ses pieds –, il n'y avait qu'un moyen : aller voir de l'autre côté de la grille. S'il attendit quelques secondes, ce fut parce que la petite voix intérieure qu'il écoutait parfois lui soufflait de n'en rien faire, de rentrer à l'auberge, de prévenir les autorités, de se laver les mains de cette affaire et de filer le lendemain matin comme prévu avec Laetitia visiter la chapelle romane, située à dix kilomètres de Corbans, qu'ils avaient repérée sur un prospectus de l'Office du tourisme.

Il haussa les épaules. Oui, c'était cela qu'il fallait faire, et il savait aussi qu'il allait se comporter tout autrement !

Il commença à se mouvoir, très lentement, posant un pied après l'autre, latéralement. Ne pas faire de bruit, le moins possible en tout cas. Il avança ainsi et se trouva bientôt tout près de la grille. Dans l'obscurité encore plus profonde à cet endroit à cause d'une sorte d'auvent placé au-dessus de la porte et qui masquait entièrement le ciel, il posa la main sur le battant et chercha la poignée. Le bois était rugueux, il se souvint avoir remarqué en plein jour que la porte était en chêne, épaisse. Il retrouva le relief des panneaux en pointe de diamant, suivit la traverse, reconnut la serrure au contact froid du métal, saisit la poignée et, avec d'infinies précautions, commença à l'abaisser, persuadé qu'un grincement épouvantable allait se faire entendre. À sa grande surprise, il n'en fut rien, pas plus que quand il poussa le battant. À l'évidence, on avait huilé les gonds et la serrure. Au moment où il se disait que la chance ne pouvait pas durer ainsi, il fit un pas dans le jardin de la villa et, au suivant, buta sur une bordure et faillit s'étaler. Il réussit à se rattraper en saisissant un paquet de branches du jasmin. Mais aussitôt, devant lui, une silhouette bondit et s'enfuit de l'autre côté.

Le temps de se rétablir et il se lança à sa poursuite.

L'autre avait de l'avance et, de plus, Maréchal n'avançait pas vite – maudire les Gauloises ne servait plus à rien à ce moment-là. Contrairement à ce qu'il avait imaginé de la rue, le jardin n'était pas limité au devant de la maison, mais se continuait d'abord sur la façade nord, puis derrière, où il eut l'impression d'entrer dans un grand parc. En longeant le mur de la bâtisse, il trouva l'origine du bruit d'eau en passant sur un petit pont de bois. Il s'agissait d'un canal d'irrigation qui suivait l'allée sur laquelle Maréchal courait, avant de s'enfoncer dans le parc. Il ne voyait plus la silhouette mais il entendait le claquement de ses pas à trente mètres au plus devant lui. Le chemin filait dans des massifs épais où nulle lumière du ciel ne pénétrait. Maréchal se dit que cette poursuite aurait bien une fin. Il ne perdait plus de terrain – mais n'en gagnait pas non plus. Toutefois, à un moment ou un autre, ils arriveraient aux limites du parc et alors, il pourrait se rapprocher encore du fugitif qui devrait sûrement ralentir devant un mur ou une barrière. Maréchal admira une demi-seconde les bienfaits de la méthode Coué et, malgré le point de côté qu'il commençait à ressentir, il sourit. Maintenant, le chemin dévalait. À la vérité, ce parc était immense. Il n'était pas question pour lui d'accélérer, il en était incapable. Il fallait tenir. Il tint.

Brutalement, il sortit de l'ombre des arbres. Devant lui s'étendait à présent un vaste espace nu sur lequel le clair d'étoiles qui s'était levé entre-temps jetait une lumière froide. Maréchal vit encore quelques secondes la silhouette de celui qu'il poursuivait. Puis, deux cents mètres plus bas, aussi brutalement qu'ils étaient arrivés dans l'espace dégagé, se leva une masse sombre, comme un mur dans lequel le chemin du parc s'enfonçait. Il comprit que c'était la forêt.

Il s'arrêta. Il était inutile de continuer. D'abord, il était épuisé. Ensuite, l'autre était maintenant dans ces bois qui paraissaient impénétrables. Il n'avait aucune chance de retrouver dans ce fouillis de sous-bois et de broussailles quelqu'un qui devait sûrement connaître le coin comme sa poche et qui, devait bien s'avouer Maréchal, était autrement plus véloce que lui ! Il entendit encore, plus loin dans la pente, quelques branches cassées, puis ce fut le silence.

En regardant en arrière, il vit sous un immense ciel piqué d'étoiles croustillantes, le grand parc au-dessus duquel il distingua le toit et la cheminée de la maison biscornue.

Une odeur magique se dégageait de la prairie sur laquelle il se trouvait, il reconnut le parfum pénétrant des menthes sauvages groupées le long de ce qui était tout à l'heure un canal d'irrigation et maintenant un simple ruisseau qui cavalait vers les bois.

Il revint lentement vers la maison. Il avait de la peine à reprendre son souffle. La pente lui parut si raide qu'il se demanda comment cinq minutes plus tôt il avait pu y courir sans bouler dans l'herbe.

Il retraversa le parc. La maison biscornue était toujours plongée dans l'obscurité et le silence. Par contre, les fourrés du parc étaient remplis de chants d'oiseaux. À croire qu'ils avaient attendu les étoiles pour reprendre vie.

Il repassa le long de la maison, sur le petit pont, puis dans le jardin de devant. La porte était restée ouverte. En la franchissant, il s'imagina, comme quand il était enfant, que cela n'était peut-être qu'un mauvais rêve. Pourtant, quand il se retrouva dans la rue, il ne put que constater que le corps était toujours allongé au même endroit. Il le voyait mieux maintenant grâce aux étoiles. Comme il l'avait déduit tout à l'heure dans l'obscurité, il s'agissait bien d'un homme âgé. Sa maigreur le surprit. Hélas, depuis longtemps, il n'y avait plus rien à faire pour lui. Sauf prévenir les *autorités.*

Maréchal se dirigea vers l'auberge. Le seul endroit d'où il pourrait téléphoner.

2

Le jour se levait. Des filaments roses avaient envahi le ciel au-dessus des sommets qui surplombaient Corbans. Pourtant, le bourg et toute la vallée étaient encore plongés dans la mi-ombre de la fin de nuit.

Maréchal était debout devant la fenêtre de la chambre de l'auberge. Il avait ouvert quand il était rentré. Il était alors près de trois heures du matin. Maintenant, après une nuit blanche – passée sur un fauteuil à contempler le ciel étoilé, à écouter les nocturnes –, il venait d'allumer sa quatrième Gauloise et il attendait le réveil de Laetitia. Celle-ci s'était à peine rendu compte de son retour, elle s'était juste retournée dans le lit en grommelant. Il régnait alors dans la chambre une chaleur de four. La jeune femme dormait à moitié nue sur la courtepointe à l'ancienne, caractéristique de cette auberge d'une autre époque. Avant d'ouvrir la fenêtre, Maréchal avait d'abord remonté le drap sur elle. Une nouvelle occasion d'admirer cette beauté offerte, abandonnée. À chaque fois, cela lui serrait le cœur, car il y lisait aussi la marque de la fragilité.

Après avoir quitté la maison biscornue, bien qu'on lui eût donné la clé de l'auberge le jour de leur arrivée, il avait dû réveiller le patron. Il n'y avait pas de téléphone dans les chambres et la seule cabine de Corbans avait été vandalisée, il l'avait constaté le matin même lorsqu'il avait voulu appeler son éditeur pour le rassurer sur la livraison de son prochain manuscrit. Le patron de La Perdrix – c'était le nom de l'auberge et il figurait en lettres un peu passées sur l'enseigne audessous d'une image naïve du volatile – avait mis longtemps à descendre de sa chambre à la suite des coups de sonnette de Maréchal. C'était un homme de taille moyenne, mais très gros, qui soufflait un peu en se déplaçant. Il était en pyjama et avait simplement passé par-dessus une vieille robe de chambre élimée. Malgré l'heure tardive et le dérangement, il arborait la même mine placide et aimable qu'à l'accoutumée. Il se passait toujours aussi la main dans les cheveux bien que le sommet de son crâne fût en grande partie dégarni. Depuis leur arrivée, Maréchal lui avait toujours vu le même visage et, ce soir-là encore, il avait accueilli sans rechigner cette intrusion dans sa nuit certainement paisible et sans nuages.

Toutefois, quand Maréchal lui avait exposé l'affaire, ses yeux s'étaient arrondis de surprise. Il avait soufflé un peu plus avant de s'exclamer :

– Ça alors ! Un cadavre dans la rue ! À Corbans ? C'est impossible !

– Pourtant, je vous assure..., avait commencé Maréchal.

– Oh, je vous crois ! Mais à Corbans, vous comprenez, il ne se passe jamais rien.

Maréchal avait renoncé à lui faire remarquer que, s'il le croyait, il ne pouvait pas en même temps dire que c'était impossible. Mais il avait depuis longtemps renoncé à relever les *erreurs* de langage de ses contemporains. Il avait simplement ajouté :

– Je vous ai réveillé pour appeler les gendarmes.

– Les gendarmes ? Ah, mais oui ! C'est vrai. Il faut appeler les gendarmes.

– Je ne vous le fais pas dire, ne put s'empêcher de lancer Maréchal sans trop de malice.

Une grande ride barrait le front de l'aubergiste.

– Il y a quelque chose qui vous tracasse, monsieur Vidal ? avait demandé Maréchal.

– Ben, c'est que je pense à ce pauvre Lucas.

– Lucas ?

– Oui, Lucas Brochard. C'est l'adjudant de Verviers. Lui qui déteste les complications. Et à deux mois de la retraite, encore...

Maréchal avait pensé : « C'est pas vrai ! Celui-là aussi... Quand je pense que cette fois Vialat n'était pas en cause[1]. »

Il eut tout le temps de se remémorer les épisodes *professionnels* de ses relations avec Paul Vialat, le père de Laetitia, parce que l'aubergiste s'était lancé dans de grandes explications sur Lucas Brochard, l'adjudant de gendarmerie de Verviers, avec lequel il partageait une passion commune. « Je parie que, lui aussi, c'est la pêche à la truite ! » se dit Maréchal, pendant que Vidal poursuivait son interminable récit et confirmait en effet que tous deux adoraient aller jeter des mouches dans les torrents de la montagne.

Après cinq minutes d'explications détaillées, Maréchal avait cru bon d'insister :

1. Voir du même auteur : *Hurlebois*, *Vengeance d'automne* et *Les Cendres de juin.*

– Il faudrait appeler votre ami.

– Ah oui, monsieur Maréchal, avait fait l'autre, avec le ton de déférence qu'il employait pour lui parler depuis qu'il avait appris que son client était écrivain.

Finalement, il avait appelé la gendarmerie de Verviers et, après bon nombre de sonneries, quelqu'un avait décroché. À en juger par ce qu'il avait pu reconstituer d'après les exclamations de Vidal, la réaction de l'adjudant Brochard avait été celle que l'aubergiste prévoyait.

Une heure plus tard, revenu devant la maison biscornue auprès du cadavre qui était toujours au même endroit, malgré le rêve fou qu'avait fait Maréchal qu'il se fût volatilisé, il avait vu arriver à grands renforts de gyrophare la camionnette bleue. « Encore heureux qu'ils n'aient pas actionné la sirène ! » avait-il pensé.

Il avait constaté que les deux gendarmes qui s'étaient déplacés étaient selon toute apparence des gens ouverts, Maréchal aurait dit *plutôt modernes.* L'adjudant Brochard avait à peu près l'âge de Vialat. Il avait un air aimable et ne paraissait pas bouleversé par le dérangement. Son acolyte était un jeune homme d'une trentaine d'années à l'aspect sportif. Maréchal avait appris à ne pas juger les gens à la mine et malgré cette impression de départ, il s'était efforcé de répondre avec un maximum de prudence aux questions qu'on lui avait posées. Ils étaient seuls, Vidal, en dépit de la curiosité qui devait le dévorer, ayant renoncé à le suivre auprès de ce cadavre qui reposait sur un des trottoirs de son village.

Maréchal avait expliqué qu'une balade nocturne l'avait conduit là, sur le chemin du retour à l'auberge.

Il omit cependant, et s'en voulut aussitôt – mais trop tard, ce qui l'arrangea – de dire qu'il était resté longtemps devant cette maison, enivré de nostalgie par l'odeur du jasmin, et de parler de la poursuite jusqu'à la forêt. Ce genre de comportement qui passait assez bien avec Paul Vialat, pouvait ici, en *territoire étranger*, le conduire aux pires embêtements.

À la lueur de leur torche, les deux gendarmes avaient examiné le cadavre. Maréchal n'en avait pas appris beaucoup plus que par son examen personnel, sauf que l'homme avait été tué d'un coup sur la tête. Il s'était attendu à entendre le classique : « Objet contondant » et avait eu une nouvelle surprise lorsque Brochard avait parlé de marteau ou de manche de pioche. Avec précaution, ils avaient fouillé dans les poches du mort sans y découvrir la moindre trace de quoi que ce soit d'intéressant, ni papiers d'identité, ni objets, en dehors d'une courte pipe en bruyère et d'un paquet de tabac gris.

– Bon, avait dit l'adjudant Brochard, nous allons prendre des photos avant d'appeler les services afin qu'ils envoient une ambulance prendre ce pauvre type pour l'amener en ville.

Une fois encore, Maréchal était resté songeur en entendant le mot « services ». Il imaginait tout ce que cela pouvait recouvrir de rouages administratifs, de formulaires et autres déclarations. Cela l'amena à se dire qu'il avait fait une grosse bêtise en cachant aux gendarmes le reste de ce qu'il savait. D'une certaine façon, il s'obligeait ainsi à se mêler d'une histoire dont il avait peu avant souhaité se tenir éloigné.

Comme si l'adjudant avait lu dans ses pensées, il avait dit :

– Bien sûr, monsieur, il faudra que vous veniez déposer à Verviers.

– Mais si vous voulez...

– Non, pas maintenant, avait dit Brochard, je suppose que vous avez envie d'aller vous coucher...

Maréchal avait soupesé ses paroles, mais n'y avait trouvé nulle malice, ni dans la forme ni dans le ton, et avait concédé, par prudence toujours :

– Ma foi...

Cela n'engageait à rien et, de toute façon, il était inutile de rester avec les pandores jusqu'à l'arrivée des *services.*

Il avait ajouté :

– Quand vous voulez. Je suis à l'auberge de La Perdrix pour quinze jours encore.

– Je sais, monsieur Maréchal, mais soyez tranquille, on ne va pas vous gâcher vos vacances.

« Pas mal ! se dit Maréchal. Il a dû rappeler Vidal pendant que j'attendais ici. »

Il avait prononcé une banalité et était revenu vers l'auberge.

Une brise fraîche passait sur les toits de Corbans tandis que le soleil se levait. Elle soulevait les rideaux de la fenêtre de la chambre et avait chassé complètement la touffeur de la nuit. Un moment plus tôt, Laetitia avait remué. Maréchal avait cru qu'elle se réveillait, mais elle avait seulement tiré le drap un peu plus sur elle et s'était rendormie. Il avait encore fumé deux Gauloises, perdu dans des pensées diverses au milieu desquelles la silhouette qu'il avait poursuivie dans le parc occupait le premier plan, avant que Laetitia n'émerge de son sommeil. Elle s'était dressée à moitié dans le lit et l'avait regardé avec stupéfaction, avant de demander :

– Qu'est-ce que tu fais là ?

Il avait essayé de noyer le poisson :

– Pas sommeil à cause de la chaleur...

Elle avait cligné des yeux et remarqué le nuage de fumée bleue qui flottait dans la chambre. Pourtant, elle n'avait rien dit. Ou plutôt, elle n'en avait pas eu le temps, car, comprenant que tôt ou tard elle saurait ce qui s'était passé, il lança :

– Quelqu'un a été assassiné cette nuit.

– Où ça ? À Corbans ?

– Et oui...

– Et je suppose, dit-elle d'un ton froid, que tu es aux premières loges.

– C'est-à-dire que c'est moi qui ai découvert le corps...

– Ben voyons ! fit-elle aussi froidement. Qui veux-tu qui découvre un cadavre en pleine nuit dans ce village où, j'en suis sûre, il ne s'est rien passé depuis des siècles ?

– Je n'y suis pour rien, je me promenais..., essaya-t-il sans conviction.

– Oh mais, Franck, je ne t'accuse pas ! Je constate seulement que chaque fois que nous prenons des vacances, quelqu'un se fait assassiner dans les environs.

Maréchal ne répondit rien. Qu'aurait-il pu dire d'ailleurs ? Ce qu'elle venait d'affirmer était rigoureusement exact. Mais qu'y pouvait-il ? Rien.

Il contempla la demi-Gauloise qu'il tenait entre ses doigts, puis la lança par la fenêtre dans le jardin.

– Tu ne devrais pas faire ça ! s'écria Laetitia.
– Quoi ? demanda-t-il bêtement.
– Lancer ton mégot. Avec la chance que tu as, tu pourrais bien ficher le feu à la campagne tout entière. Et avant qu'on envoie les Canadair sur Corbans, il ne resterait pas grand-chose.

Elle n'avait pas tort, car la sécheresse régnait sur le pays depuis des jours. Mais sa colère de tout à l'heure s'était apparemment évanouie et elle souriait avec malice. Il vint près d'elle et l'embrassa.

– Tu n'as pas envie de te coucher ? fit-elle. Avec la nuit que tu m'as l'air d'avoir passée...

Une heure plus tard, ils étaient attablés devant le petit-déjeuner sur la terrasse de La Perdrix. Maréchal adorait cet endroit depuis le premier jour. On avait installé quatre tables sous une énorme glycine, certainement plus que centenaire. Les côtés de l'esplanade étaient remplis de pots de fleurs agencés sans ordre mais bien entretenus par la patronne de l'auberge. Des géraniums monstrueux et couverts de fleurs rouges s'y mêlaient à des zinnias, des cosmos et des lupins. L'ensemble formait une symphonie de couleurs vives qui se mariait parfaitement avec les rayons du soleil passant à travers la glycine. De la mousse, encore très verte malgré la sécheresse, couvrait le dallage en pierres du pays et dans un angle une fontaine, moussue elle aussi, chantonnait doucement.

Il régnait à cette heure et à cet endroit une atmosphère silencieuse, presque recueillie, que venaient parfois, mais à peine, troubler les bruits montant de la rue principale de Corbans.

Laetitia s'étira.

– Mon Dieu, qu'il fait bon ici ! dit-elle.

Il allait répondre quand Vidal fit son entrée, portant le plateau du petit-déjeuner. Il l'avait soigneusement évité quand il était descendu de leur chambre, aussi l'aubergiste lança tout de suite :

– Alors, monsieur Maréchal ? Qu'est-ce que vous en pensez ?

Il faillit répondre : « De quoi ? », mais il se retint. Il se contenta d'écarter les bras et de déclarer :

– Ma foi...

Il en fallait sûrement davantage pour freiner l'ardeur de l'aubergiste.

– Quand même ! Vous vous rendez compte ? Une histoire comme ça, à Corbans ! Il ne s'est jamais rien passé de tel chez nous depuis la Libération...

– La Libération ? ne put s'empêcher de le couper Maréchal, se souvenant d'une affaire récente [1].

Il regretta aussitôt cette phrase malheureuse en croyant entendre Laetitia murmurer entre ses dents : « Ça recommence. »

– Oui. Et encore, c'était seulement le vieux Camoin qui avait vendu des poulets aux Allemands de Verviers. Ça a fait toute une histoire...

– Monsieur Vidal, est-ce que vous avez de la confiture d'abricot ? l'interrompit Maréchal.

L'aubergiste le regarda, interloqué. Il devait essayer de rapprocher la collaboration de ce Camoin avec la confiture ou les abricots. Maréchal vint à son secours :

– C'est que nous adorons ça au petit-déjeuner.

C'était faux en ce qui le concernait, mais il lut dans

1. Voir : *Vengeance d'automne.*

les yeux de Laetitia qu'elle lui savait gré d'avoir non seulement songé à interrompre le flot de paroles de Vidal, mais en plus pensé à une gourmandise qu'elle appréciait.

– De la confiture... euh... Oui, sans doute... Il faut que je demande à la patronne.

Il fit demi-tour et disparut vers l'intérieur.

– On l'a échappé belle, remarqua Laetitia.

Elle s'étira. Maréchal était subjugué par sa beauté, alors que les rayons du soleil, adoucis par la glycine, venaient auréoler ses cheveux bruns. Il éprouva une furieuse envie de lui dire « Je t'aime ». Il n'osa pas et s'en voulut, comme d'habitude.

– Qu'est-ce que nous faisons aujourd'hui ? demanda-t-elle.

– On avait dit qu'on irait voir cette chapelle. Mais... (Il hésita.) Il est probable qu'*ils* vont me demander de déposer.

– Franck !

– Que veux-tu que j'y fasse ? Je suis le premier témoin. Peut-être le seul...

En même temps, il pensa qu'il y avait quelqu'un d'autre qui était là dans la nuit.

– Je veux dire, reprit la jeune femme, que j'espère que tu ne vas pas faire comme d'habitude et passer ton temps à fureter autour de cet assassinat.

Maréchal leva les bras au ciel.

– Jamais de la vie ! Je te jure que je n'en ai aucune envie.

Il faillit se mordre les lèvres en songeant que cela faisait un parjure de plus. Il ajouta avec diplomatie :

– Je ne souhaite qu'une chose : me balader avec toi, profiter des vacances, peut-être un peu travailler. Un point c'est tout. *Ils* vont me demander de témoigner. Ce sera vite fait. Une heure au plus. Et pour aller à la chapelle, il faut passer par Verviers.

Il prit la main de Laetitia par-dessus la table et la caressa doucement. Elle sourit.

– Tu crois qu'on aura de la confiture ?

Comme par miracle, au même instant, Vidal revint avec un énorme pot et claironna :

– C'est ma belle-mère qui la fait ! Elle habite près de Perpignan...

Tout en étalant la confiture sur une tranche de pain, Laetitia souriait toujours, pendant que l'aubergiste se lançait dans l'histoire de cette Catalane dont il paraissait apprécier les talents.

3

Ils avaient quitté Corbans au milieu de la matinée. À neuf heures et demie, Vidal avait appelé Maréchal qui rentrait du bureau de tabac avec sa provision de poison et le journal local.

– Monsieur Maréchal ! Y'a Brochard qui veut vous parler.

Tout en roulant, il se souvenait de sa conversation avec l'adjudant. Le ton de celui-ci avait été plutôt chaleureux. Il avait expliqué que, *comme prévu*, il devait *recueillir* son témoignage. Cela ne pressait pas mais, s'il pouvait venir dans la matinée, cela serait aussi bien. Il avait même dit :

– Ce qui est fait n'est plus à faire...

Maréchal ne pouvait qu'être d'accord avec la sagesse populaire. Il avait promis de passer à la gendarmerie vers onze heures. Brochard avait eu l'air satisfait.

– C'est parfait. Justement, je serai là moi-même. À tout à l'heure.

Maréchal avait supputé qu'il préférait recueillir lui-même le témoignage de son principal témoin. Peut-être n'avait-il pas confiance dans son adjoint ? Il avait pensé... Puis il en avait eu assez de réfléchir sur le comportement et les relations professionnelles des pandores de Verviers. À présent, tout en conduisant la 4L dans les tournants de la descente vers le chef-lieu de canton, il s'en voulait d'avoir l'esprit occupé par cette affaire au-delà du raisonnable. Il avait essayé depuis le départ de Corbans de s'intéresser au magnifique paysage de forêts et de collines qui se déroulait devant la voiture, de répondre aux questions de Laetitia ou de corroborer ses affirmations. Mais, en lui-même, une seule chose l'occupait vraiment : l'affaire de la veille, ce cadavre anonyme pour lequel il éprouvait de la compassion, et la mystérieuse silhouette qui lui avait échappé lors de la poursuite dans le parc.

Pourtant, il était vrai que le paysage était superbe. Le soleil inondait toute la vallée et posait de grandes taches jaune d'or sur les champs de blé ou de seigle qu'on n'avait pas encore moissonnés. Au-dessus, un vaste ciel limpide flottait sur les dentelures des montagnes, dont les pentes sombres paraissaient recouvertes d'une teinte bleue très tendre. Des nuées d'oiseaux s'envolaient des champs que la route traversait et qui descendaient vers la vallée, ponctués de temps en temps par les ombres des grands chênes presque noirs qui formaient comme des îles au milieu des flaques d'or des blés.

En jetant un coup d'œil de côté, Maréchal vit que Laetitia essayait de ranger le vide-poche. La quantité d'objets qui y étaient entreposés rendait la tâche ardue et il se demandait avec une certaine mauvaise foi pourquoi elle se livrait à cette occupation.

– Tu cherches quelque chose ? lança-t-il sur un ton détaché.

– Non ! Grands dieux, non ! Je n'aurais de toute façon aucune chance de le trouver dans ce bazar. En fait, j'ai cru que tout ça allait me tomber sur les jambes.

– Ah bon..., fit-il, rassuré, avant d'ajouter : Le pays est beau, tu ne trouves pas ?

Il avait dit ça pour tenter d'éviter des réflexions sur le désordre – elle disait « le capharnaüm » – qui régnait dans ce véhicule, dont il reconnaissait volontiers l'état déplorable, mais dont il n'aurait à aucun prix voulu se débarrasser. Cela avait failli arriver trois mois plus tôt quand Jules Viadieu, le garagiste de La Grézade, lassé de devoir trouver sans cesse des subterfuges pour remettre en route la 4L, lui avait proposé une « occasion en or », une R19 en parfait état, récente et bon marché. Mais, la veille du jour où il devait conclure l'affaire, Maréchal avait regardé sa 4L garée sous les mûriers devant chez lui. Il n'aurait avoué à personne, même sous la torture, qu'il avait eu le cœur serré en imaginant qu'il allait *abandonner* sa fidèle compagne. Alors, il avait presque couru jusqu'au téléphone pour annoncer à Viadieu qu'il la gardait. C'était irrationnel, mais il avait eu le sentiment d'avoir accompli une bonne action.

Par chance, Laetitia n'avait jamais eu vent de son revirement. Cela suffisait avec les reproches, le plus souvent muets – un regard, un soupir –, qu'elle laissait échapper en regardant la voiture.

Ils étaient arrivés dans la vallée, là où la descente en lacets depuis Corbans rejoignait la départementale. Une rivière coulait le long de la route, un peu en contrebas. Sur ses rives, s'alignaient des trembles dont les feuilles bougeaient doucement dans le petit vent qui balayait la vallée, amenant des odeurs de moissons mûres qui pénétraient à flots par les vitres ouvertes de la 4L. C'était un de ces moments bénis que le monde offre sans prévenir. Le tout était de savoir les accueillir les bras ouverts – le cœur aussi.

Laetitia, dont il admirait en coin le profil vénitien, paraissait elle aussi ressentir cet état de grâce, car elle avait abandonné toute récrimination au sujet du *capharnaüm* et regardait avidement le paysage.

Cet état de grâce dura peu pour Maréchal. Il venait de se souvenir du bruit de moteur qu'il avait entendu la veille avant qu'il ne s'interrompe brutalement. Ils arrivaient à peu près à l'endroit où il avait estimé que cela s'était produit. Il ralentit. Laetitia dut mettre cela sur le compte de la douceur de l'air et de l'odeur de moisson, car elle ne dit rien.

Maréchal regarda sur le côté gauche de la route. À cet endroit, un chemin s'ouvrait. Il paraissait descendre avant de s'enfoncer dans la forêt. On aurait pu croire qu'il menait à des coins déserts s'il n'y avait eu au tout début du chemin un panneau, cloué sur le tronc d'un bouleau de Hongrie, sur lequel était inscrit un nom, celui d'une ferme, selon toute apparence. De la route, les lettres étant à moitié effacées, il lui fut impossible de le lire. Il se connaissait suffisamment pour savoir qu'il reviendrait.

Ils roulèrent encore sur une dizaine de kilomètres dans le même paysage splendide. La route s'était séparée de la rivière depuis longtemps, elle traversait maintenant des champs qui paraissaient comme aplatis sous le soleil qui chauffait de plus en plus au fur et à mesure qu'il montait dans le ciel, toujours aussi bleu.

Ils atteignirent Verviers peu avant onze heures. Le bourg s'étendait devant eux, tout auréolé de lumière. Son clocher semblait dominer l'amas des maisons tassées autour de lui.

Il y avait pas mal de monde dans les rues. Depuis un moment, Maréchal avait été doublé par une quantité de voitures. Il s'était efforcé de ne pas maudire ces touristes qui envahissaient chaque année les routes et les villages du Sud à la recherche d'une douceur de vivre inconnue de leurs régions, croyaient-ils. Pourtant, ici comme ailleurs, l'équilibre était difficile à trouver et Maréchal doutait que ces transhumances télécommandées puissent apporter une vraie satisfaction, a fortiori le bonheur. Il allait, à ce point de ses réflexions, tenter encore une fois en vain de définir celui-ci quand il pila devant une Volvo immatriculée en Hollande qui venait de lui couper la route et aurait réduit en miettes la pauvre 4L sans son coup de freins. Laetitia fut projetée en avant.

– Le salaud ! s'exclama Maréchal en klaxonnant de toutes ses forces – ce qui était inutile : la 4L émettant au mieux un couinement dérisoire.

Il regarda aussitôt Laetitia.

– Ça va ?

Elle grimaça un sourire et fit un geste qui signifiait que oui.

Il était heureux que la 4L fût une des premières de la série à être équipée de ceintures de sécurité. Maréchal préféra ne pas imaginer ce qui serait arrivé sinon au beau visage de sa compagne. Il se vit déjà en train de recommencer la guerre des Flandres. Mais le Hollandais était déjà loin et, en levant les yeux, il vit un panneau qui indiquait la direction de la gendarmerie. Il s'assura de nouveau que tout allait bien du côté de Laetitia. Cela semblait être le cas car, lorsque, en toute bonne foi, il affirma :

– Ce type m'a coupé la route.

Elle répondit sans passion, mais fermement :

– Peut-être, mais je l'avais vu arriver depuis un moment.

Se défendre n'aurait servi à rien, il avait une trop nette conscience de ses faiblesses et de sa tendance à s'évader de la réalité. Il dit :

– La gendarmerie est par là.

– Je sais. J'ai vu ça aussi.

Comme il se renfrognait, elle ajouta en éclatant de rire :

– Pourquoi tu prends tout au sérieux comme ça ?

Il l'ignorait lui-même et se contenta de répondre :

– On va se garer sur la place.

La gendarmerie de Verviers se trouvait sur un des côtés de celle-ci, dont le milieu était occupé par un marché. Une fois la voiture rangée, ils descendirent.

– Je t'attendrai ici, dit aussitôt Laetitia, qui visiblement n'avait aucune envie de l'accompagner dans un lieu qui devait être exactement identique à celui dans lequel elle avait passé son enfance.

Avant de se diriger vers le bâtiment à l'enseigne tricolore, Maréchal prit le temps d'allumer une Gauloise et accompagna Laetitia dans la première allée du marché. Il avait toujours aimé l'ambiance de ces lieux où l'on vendait à présent quantité de choses inutiles, depuis que les gadgets avaient remplacé les objets de première nécessité que les gens des campagnes venaient autrefois chercher sur les foires. Toutefois, les couleurs criardes du plastique, les vêtements impossibles à porter pour ceux qui travaillent la terre, tout cela n'empêchait pas de retrouver la jovialité bon enfant des marchands dans leurs conversations avec les chalands. D'autres détails contribuaient à rappeler à Maréchal des souvenirs, comme la musique qui, même si elle avait changé également, était toujours aussi forte, ou l'odeur des *chichis*, et même, sur la place de Verviers, qui portait classiquement le nom d'un président, un manège étincelant de lumières qui ressemblait très exactement à celui qui venait chaque année dans le bourg de son enfance et sur lequel il avait tourné des heures durant, au désespoir de sa mère. Laetitia ayant poursuivi son chemin dans une autre allée, il se laissa aller à quelques minutes de nostalgie tout en finissant sa cigarette. Puis le clocher de Verviers sonna onze heures, la magie disparut et il se dirigea vers la gendarmerie.

C'était un bâtiment neuf, crépi en blanc, avec de grandes baies vitrées sur lesquelles le soleil venait se réfléchir. Après avoir sonné pour qu'on lui ouvre la porte – même ici la prudence semblait de mise –, il dut patienter un moment après avoir indiqué au planton qu'il avait rendez-vous avec l'adjudant Brochard.

Ce fut le jeune gendarme qu'il avait vu la veille qui vint le chercher et le conduisit au bureau de son chef. Ce dernier se leva à son entrée et vint vers lui en disant d'un ton particulièrement chaleureux :

– Entrez, monsieur Maréchal ! Asseyez-vous.

Il se demandait si c'était l'habitude du gendarme de recevoir ainsi les témoins, quand un soupçon se fit jour dans son esprit. Soupçon confirmé par la phrase suivante de Brochard :

– L'adjudant Vialat m'a dit qui vous étiez...

« Ça m'étonnait aussi... », pensa Maréchal, qui risqua juste un sourire peu compromettant pendant que Brochard continuait :

– Il m'a parlé de vous et de l'aide que vous lui avez apportée dans ses affaires. J'espère que pour la nôtre aussi je vais pouvoir compter sur vous...

– Je suis en vacances, et surtout je pense qu'il faut laisser faire les professionnels.

– Certes ! s'exclama Brochard. Mais mon ami Vialat m'en a dit assez pour que je sache quel rôle vous avez joué à chaque fois.

– Votre ami ? demanda Maréchal.

– Oui ! Nous sommes de la même promotion, imaginez-vous. Et comme lui, je dois vous dire que cette affaire me tombe dessus au mauvais moment, alors que je ne rêve que de la retraite...

– Et d'aller taquiner la truite, le coupa Maréchal.

– Comment vous savez ça ? demanda l'adjudant, interloqué.

– Élémentaire, mon cher Watson ! Vous oubliez qu'à Corbans je loge chez votre ami Vidal.

Il y eut un moment de flottement. Maréchal pensa que sa première phase avait dû perturber le gendarme. Mais il était vif et dit en souriant :

– Pas du tout ! Et je n'ai pas oublié non plus que vous étiez écrivain..., comme pour montrer qu'il comprenait qu'il s'agissait d'une citation.

Maréchal saisit la balle au bond :

– Écrivain, oui ! C'est même la seule activité que je compte exercer chez vous. En fait, je suis en vacances seulement en apparence, un écrivain, vous savez (non, il ne savait pas), ça travaille tout le temps. Et j'ai justement un livre en cours.

Ça marchait à tous les coups. Maréchal posait ainsi les jalons de futures excuses au cas où le copain de Vialat deviendrait trop envahissant.

– Et sa fille ? Elle va bien ?

– Sa fille ? fit Maréchal, brutalement surpris.

Heureusement, Brochard continua :

– Oui, sa fille, Laetitia. Vialat m'a dit sur le ton de la confidence que cela faisait longtemps qu'elle n'avait pas donné de nouvelles chez elle. J'aime bien Vialat et c'est pour cela que je me permets...

Maréchal éclata de rire.

– Cela fait en effet quatre jours qu'elle n'a pas téléphoné à ses parents !

Devant l'air stupéfait, puis un peu pincé de l'adjudant, il se crut obligé d'expliquer :

– Notre cher Vialat est un vrai papa poule. Trois jours sans nouvelles, c'est la limite.

– Je comprends ça, j'ai moi-même une fille de cet âge et je dois reconnaître que sa mère et moi nous inquiétons facilement quand elle ne donne pas signe de vie.

L'adjudant rangea rêveusement des papiers étalés sur sa table et reprit :

– Bon ! Pour notre affaire...

– *Votre* affaire, corrigea Maréchal aussitôt. Je vous l'ai dit : pour moi, vacances, travail.

– Mais oui ! dit Brochard avec un sourire indulgent. Je sais cela. Tellement bien que pour votre témoignage, j'ai fait préparer le texte de votre déposition par mon adjoint pour vous déranger le moins possible.

Maréchal flaira aussitôt le piège. En lui facilitant trop les choses, ce gendarme aimable allait l'obliger à collaborer. Ce qu'il voulait éviter. Mais comment faire ? D'autant que, depuis son départ de Corbans, il ne savait pas comment il allait pouvoir continuer à dissimuler les événements qui avaient suivi sa découverte du crime sans se parjurer.

Pendant qu'il réfléchissait, Brochard avait appelé son adjoint qui revint avec une liasse à la main.

Brochard la tendit à Maréchal qui la lut. Il n'en croyait pas ses yeux. Le copain de Vialat avait réduit son témoignage à sa plus simple expression. Il était seulement question de sa découverte, de l'heure et du lieu et à aucun moment il ne s'agissait de répondre à d'autres questions sur ce qui s'était passé en dehors de ces deux ou trois faits.

– Ça vous convient ? demanda l'adjudant.

– Bien sûr, répondit Maréchal en s'efforçant de masquer sa satisfaction. Où est-ce que je dois signer ?

Périer lui indiqua l'emplacement avec un sourire, lui aussi devait *être au courant.* Maréchal remarqua la présentation impeccable de sa déposition. Visiblement, le jeune gendarme était plus au fait que le pauvre Montagné[1] de la technique de traitement de texte. Il signa, mais il ne put s'empêcher de demander :

– Vous savez quelque chose de cet homme qui a été assassiné ?

– Tss ! Tss ! persifla Brochard. Vous voyez que vous êtes intéressé...

Maréchal fit un grand geste de dénégation.

1. Voir : *Les Cendres de juin.*

– Non, pas *intéressé* au sens où vous l'entendez, mais je dois reconnaître que j'ai eu pitié de ce vieil homme allongé comme ça sur un trottoir.

– Je vous comprends. Hélas non : nous ne savons rien de lui. Vous avez vu qu'il ne portait aucun papier sur lui. En tout cas, il y a deux choses que je peux affirmer...

– Lesquelles ? le coupa Maréchal un peu trop vite.

– Premièrement, il n'est pas de Corbans : personne ne le connaît ici. Bien sûr, on peut toujours apprendre un jour ou l'autre qu'il vivait dans le secteur, dans une de ces fermes isolées dans la campagne. Mais cela m'étonnerait. Le bouche à oreille fonctionne vite par ici, on nous aurait déjà dit quelque chose à ce sujet.

– Et la deuxième ?

– Le vol n'est pas le mobile du crime : ce pauvre bougre avait mille euros dans sa poche. (Il grimaça un peu en avouant :) Nous ne les avions pas trouvés... Ce sont les gens de l'Identité qui nous ont appelés tout à l'heure.

– Mille euros ? fit Maréchal, surpris. Ça fait beaucoup pour quelqu'un comme lui, non ?

– Certes ! répondit Brochard. Quoique... Vous savez, il y a pas mal de gens qui se promènent avec toutes leurs économies sur eux... Cependant, c'est vrai, ça fait beaucoup. Il n'avait pas l'air de rouler sur l'or, d'après ses vêtements. Maintenant, là aussi...

Maréchal acquiesça d'un geste vague.

– Si vous avez besoin de moi, vous savez où me joindre, conclut-il en se levant.

Le visage de l'adjudant arbora un sourire particulièrement cordial.

– Pour sûr ! Il y a des chances pour que je vous contacte. Mais je vous promets de ne pas vous gâcher vos vacances

Il ajouta avec un sourire entendu :

– Et surtout votre travail.

Il se leva pour le raccompagner. Au moment de quitter le bureau, il murmura, alors que Périer arrivait :

– Et dites à votre compagne d'appeler Paul. Ça lui fera plaisir.

Maréchal promit de faire la commission.

Il quitta le bureau de l'adjudant Brochard au milieu des marques de la plus grande sollicitude. Maréchal n'était pas dupe, cet assaut d'amabilités visait surtout à obtenir une collaboration que Vialat avait dû annoncer efficace et désintéressée.

Sur la place, il retrouva Laetitia. Il faisait un temps magnifique. Elle le regarda avec suspicion, comme si elle guettait chez lui le signe d'un intérêt pour cette affaire. Il s'y attendait et feignit de penser à autre chose. Toutefois, elle demanda :

– Alors ?

– Rien de spécial. Il avait préparé ma déposition. Ça a été facile. À propos, il connaît bien ton père... Copain de promo, à ce que j'ai compris.

Laetitia grimaça. Maréchal ajouta en souriant :

– Non ! Ce n'est pas moi qui lui en ai parlé, il a simplement pris des renseignements sur moi à la gendarmerie de Saint-Donnat.

– Je préfère ça, fit la jeune femme.

– Il faudra que tu appelles tes parents. Il paraît que ton père s'inquiète...

Laetitia éclata de rire.

– C'est vrai que ça fait une éternité que je ne les ai pas appelés ! Il ne doit pas être content, sinon il y a longtemps qu'il aurait carillonné sur mon portable.

Maréchal, qui mettait un point d'honneur à ne pas en posséder un – ce que parfois il trouvait un peu stupide –, répliqua :

– Tu vois que j'ai raison de m'en passer.

– Franck ! Ne recommence pas. Je t'ai déjà dit que je trouvais cette position rétrograde parfaitement absurde...

Il regarda Laetitia qui s'était animée. Il la trouva très belle et, attendri, concéda :

– Je ne suis plus tout à fait sûr d'avoir raison à ce sujet. Surtout quand je cherche une cabine et que celle que je trouve est vandalisée.

– Tu vois ! triompha la jeune femme. Il faut être de son temps, monsieur l'écrivain !

– Pas toujours, répondit Maréchal.

– Qu'est-ce qu'on fait ?

– Il n'est pas loin de midi, dit-il en jetant un coup d'œil à sa montre. Ne reculant devant aucun sacrifice, je t'invite au restaurant. Celui qui est devant nous me paraît sympathique, non ?

– Super ! Et bravo pour ta générosité : c'est un routier !

– Il ne faut pas trop m'en demander, plaisanta Maréchal à son tour, tout en prenant le bras de la jeune femme et en l'entraînant vers le restaurant à la terrasse duquel de nombreux touristes étaient attablés.

Maréchal savait que les professionnels de la route,

dont on apercevait les camions garés sur le parking de la place, mangeaient sûrement à l'intérieur, entre hommes. Il se serait d'ailleurs installé là s'il avait été seul, mais il jugea préférable de ne pas exposer Laetitia à quelque regard concupiscent.

4

– Je te dis que tu t'es trompé ! s'exclama Laetitia.

Maréchal soupira. C'était la troisième fois qu'elle le lui disait. Il devait s'avouer qu'il était complètement perdu.

Après le repas au routier, simple mais copieux et finalement délicieux, pour se rendre à la chapelle, ils avaient pris la route indiquée par le prospectus. Elle commençait cinq kilomètres environ après Verviers. Sur la gauche de la départementale, un panneau des Ponts et Chaussées indiquait : « SAINT-LAURENT, 3,5 km », et, en dessous, en plus petits caractères : « Chapelle romane du XIIe siècle. » Peu après, la route qui, au début, paraissait en bon état, abandonnait son bitume et se transformait en un chemin empierré remontant à travers des bois très sombres de fayards et de chênes verts. Malgré les nombreux nids-de-poule qui creusaient la chaussée, il était évident qu'elle était fréquemment empruntée. Après être entrés dans un sous-bois où ils avaient retrouvé un semblant de fraîcheur, ils avaient roulé pendant un kilomètre avant de parvenir au débouché de la forêt. Au-delà, ils avaient atteint un carrefour situé au milieu de landes à bruyère, où se croisaient quatre chemins. Là, il n'y avait plus de panneau. Maréchal avait étudié la carte sur le dépliant de l'Office du tourisme avant de conclure d'une façon péremptoire qu'il fallait prendre à droite, alors que Laetitia penchait pour la gauche. Il devait assez rapidement le regretter car, après avoir roulé sur plus de deux kilomètres à travers les mêmes bruyères rares et presque jaunes, ils avaient fini par aboutir à un cul-de-sac au-delà duquel se dressait une nouvelle forêt qui, elle, paraissait impénétrable. Ce fut l'occasion pour Laetitia de triompher. Revenu au carrefour, il essaya une autre direction, qui se révéla tout aussi fausse et aboutissait elle aussi à de grands bois noirs au couvert envahi de broussailles.

De retour à leur point de départ, Maréchal estima qu'ils ne pouvaient plus se tromper : il ne restait qu'une possibilité. Laetitia, peu convaincue par cette arithmétique simpliste, se renfrogna. À sa décharge, Maréchal dut admettre que, depuis un bout de temps, la fraîcheur du sous-bois avait cédé la place à une chaleur épouvantable dans ces lieux enserrés de tous côtés par les arbres et les collines qui formaient une vaste cuvette dans laquelle ne circulait pas le moindre souffle d'air.

La *dernière possibilité* se terminait par une impasse barrée de gros rochers roses. Ils avaient repris le chemin par lequel ils étaient arrivés jusqu'au carrefour. Maréchal se disait qu'ils allaient bientôt rejoindre la départementale et qu'il faudrait remettre la visite de la chapelle à un autre jour. Pourtant, après quelques minutes, ils s'étaient retrouvés sous le couvert de grands hêtres aux feuilles recroquevillées par la chaleur à travers lesquelles ils apercevaient un ciel légèrement cuivré. C'était agréable, mais ils n'étaient jamais passés par là ! Il était de nouveau perdu.

Il stoppa et descendit tout en regardant si Laetitia restait dans la 4L à bouder. Mais la jeune femme sortit de la voiture à son tour.

– Et maintenant, qu'est-ce qu'on fait ? demanda-t-elle.

Il écarta les bras en signe d'impuissance et farfouilla dans sa poche.

– Ah non ! s'exclama-t-elle, tu ne vas pas fumer ! Je n'ai aucune envie d'être transformée en brochette, avec la sécheresse qu'il y a ici !

Conciliant, il se contenta de s'étirer. Il avait très chaud. Sa chemisette était trempée de sueur. L'air lui-même paraissait épaissi par la canicule. On n'entendait aucun oiseau alentour. Ils devaient dormir dans les branches et les fourrés et ne se manifester de nouveau qu'avec la venue du soir. En fait, le silence était oppressant. Pourtant, en écoutant mieux, Maréchal entendit un léger bruit sur la droite. Il fit quelques pas dans cette direction. Après les hêtres, il distingua un espace dégagé inondé de lumière. C'était de là que venait le bruit. Maintenant qu'il était plus près, il se rendit compte qu'il s'agissait d'une eau courante.

– On dirait qu'il y a un ruisseau par là. On va aller voir.

– Ce n'est pas un ruisseau que nous cherchons ! protesta Laetitia. C'est la chapelle, ou tout au moins une route qui nous permette de sortir de ce trou.

Toutefois, elle le suivit. Ils passèrent entre plusieurs hêtres à l'écorce ridée et, par un sentier étroit qui ressemblait à une piste de chasseurs, ils atteignirent ce qui était en effet la rive d'un gros ruisseau qui coulait mollement entre des saponaires énormes et des menthes qui dégagèrent une odeur pénétrante quand ils les écrasèrent en marchant. Tout le reste de l'espace dégagé était occupé par une prairie rôtie sur laquelle le soleil paraissait s'acharner. Mais au bord du ruisseau il faisait bon.

Ils s'accroupirent sur la berge. Maréchal prit de l'eau au creux de sa main et s'en inonda les cheveux.

– Tu vas attraper la poliomyélite, fit Laetitia, mi-sérieuse, mi-ironique.

Maréchal était épuisé, il évita de répondre et même de chercher le sens caché de cette remarque qui ne devait pas être trop décisive puisque, une seconde plus tard, elle l'imita.

Des libellules voletaient avant de s'accrocher à des massettes et des dizaines de papillons bleus s'envolaient des grosses touffes de saponaires.

Une fois rafraîchi, Maréchal s'allongea dans l'herbe, à un endroit où un frêne avançait une énorme branche qui faisait un grand ovale d'ombre. Laetitia s'assit un peu plus loin.

– Je suis obligée de te poser la même question que tout à l'heure : qu'est-ce que tu comptes faire maintenant ?

Il mit un moment à répondre, car le parfum des menthes venait d'attirer son attention. Il chercha ce que cela lui rappelait. Il retrouva des souvenirs lointains, mais ce n'était pas cela. Il chercha encore, puis finit par renoncer. Il faisait vraiment trop chaud. Malgré tout, il avait intégré la question de Laetitia et, avant qu'elle n'ait eu le temps de lui reprocher son silence, il répondit :

– Je crois bien qu'il faut abandonner l'idée de nous cultiver. On va rentrer.

Tout en disant cela, il pensa : « Si j'arrive à retrouver cette fichue route. » L'idée de passer la nuit dans ces bois, même en la compagnie charmante de Laetitia, ne lui souriait guère. Cette dernière ne laissa pas passer l'occasion et lança d'un air moqueur :

– Si tu retrouves ton chemin !

Il préféra ne pas répondre et se releva.

En roulant encore un peu, ils atteignirent un nouveau carrefour.

– Nous ne sommes jamais passés ici, fit Laetitia.

– Certes, mais il faut toujours découvrir de nouveaux horizons, tenta-t-il de plaisanter.

– Comme horizon, tu repasseras ! répliqua-t-elle en montrant les alentours.

Ils étaient descendus encore et se trouvaient à présent au fond d'une combe cernée de toute part par la forêt. Le seul quartier dégagé était le ciel au-dessus d'eux, toujours sans nuages, mais qui avait pris une teinte blanche de farine. Ils étaient comme dans un trou, *un piège*, tant l'atmosphère de cet endroit était oppressante.

– On finira bien par en sortir.

– Ta confiance fait plaisir, persifla Laetitia. En tout cas, ça nous aura fait une promenade.

– N'oublie pas que tu y as gagné un repas gastronomique, essaya-t-il de plaisanter.

Elle le regarda pour voir s'il était sérieux, puis elle éclata de rire.

– Sors-nous de ce coin, Franck, je t'en prie.

Il retint au dernier moment le « Je ne demande pas mieux ! » qui lui était venu aux lèvres. Mais, à cet instant, il aperçut un nouveau chemin qui s'ouvrait sur la droite et paraissait mener vers des lieux plus dégagés.

– Le salut ! fit-il.

La 4L en avait vu d'autres, heureusement, car le chemin était creusé d'ornières et presque envahi de ronces.

– Comme planche de salut, tu repasseras, dit Laetitia.

– Mais si, je t'assure ! Regarde, on sort des bois.

En effet, le chemin s'engageait maintenant à travers une prairie à l'herbe jaune qui montait en pente douce vers une crête arrondie. Quand ils arrivèrent au sommet de celle-ci, ils se trouvèrent au milieu d'un vaste espace dégagé qui dominait comme un plateau tout le paysage de forêts d'où ils venaient. Ensuite, il redescendait vers une ligne de peupliers qui serpentaient d'est en ouest. Avant les arbres, s'élevait une grosse bâtisse à l'air sévère, en pierres grises, au toit de lauzes couvertes de mousse.

– On va aller voir si les gens qui vivent ici peuvent nous remettre dans le droit chemin, dit Maréchal.

– Parce que tu crois que quelqu'un peut te remettre dans le droit chemin ? fit Laetitia.

Toutefois, elle paraissait rassurée par la présence humaine dont témoignait la ferme. Les lieux étaient en effet bien entretenus, il y avait même des géraniums sur la balustrade d'une espèce de terrasse, orientée au sud et inondée de lumière. Maréchal arrêta la 4L peu avant sur le chemin. Ce dernier était en bon état lui aussi depuis le sommet de la crête jusqu'à la maison. Au moment où il coupait le contact, un grand chien roux arriva à fond de train depuis l'arrière de la maison en aboyant.

– Manquait plus que ça, bougonna Maréchal, la main sur la poignée de la portière.

– Tu ne vas pas me dire qu'il te fait peur ? s'exclama Laetitia.

– Et tu peux m'expliquer pourquoi tu ne descends pas, toi ?

– Ma foi, on ne sait jamais.

– C'est exactement ce que je pense. Laissons-le se calmer.

De fait, après quelques aboiements supplémentaires, le chien s'assit sur son derrière et contempla la voiture et ses occupants d'un air bonasse. Maréchal ouvrit la portière et descendit. Le chien ne bougea pas. Comme il posait le pied sur le sol, il entendit une voix de femme qui lançait :

– César ! Sage !

– Oui, c'est ça : sage, César, sage ! dit Maréchal.

Laetitia descendit à son tour et s'approcha du chien, tandis que sa maîtresse arrivait. Il s'agissait d'une jeune femme, à peu près de l'âge de Laetitia. Elle aussi portait un jean. Mais elle était blonde et avait un visage poupin avec de bonnes joues rouges et un charmant sourire. Maréchal pensa à une pomme. Il montra le chien.

– Et il est dangereux, César ?

– Pensez-vous ! dit la jeune femme. Il fait du bruit, mais il est prêt à vous faire la fête à la première occasion.

Maréchal, qui aimait les chiens, allait lui faire quelque compliment sur la beauté de César quand il entendit une exclamation de surprise derrière son dos :

– Catherine !

La jeune femme, qui avait le soleil dans les yeux,

mit sa main en visière. Au bout de quelques secondes, elle dit en hésitant :

– Il me semble... que..., puis tout à coup elle s'exclama :

– Laetitia !

Les deux femmes se jetèrent dans les bras l'une de l'autre. Maréchal observa à cet instant César qui lançait à sa maîtresse un regard interrogateur. Il pensa : « Eh oui, mon vieux, le monde est petit, tu vois. »

Ce fut exactement la phrase que prononça la nommée Catherine après qu'elle eut embrassé Laetitia, avant d'ajouter :

– Comment se fait-il que tu sois ici ?

– Je me le demande moi-même, répondit Laetitia en jetant un coup d'œil vers Maréchal. Pour tout te dire, je crois qu'on s'est complètement paumés dans ces bois. En fait, au départ, on voulait visiter Saint-Laurent.

– Ma pauvre fille ! Saint-Laurent ? Mais vous lui tournez le dos. C'est à plus de cinq kilomètres d'ici, de l'autre côté de la forêt.

Laetitia eut un nouveau regard peu amène vers Maréchal. Celui-ci prit un air détaché et lança d'un ton désinvolte :

– En apparence, vous vous connaissez.

– On était à la fac ensemble à Montpellier, expliqua Laetitia. Et puis, on s'est perdues de vue, comme ça... Tu sais, Franck, Catherine et moi, on était inséparables à cette époque.

Il y avait un brin de nostalgie et de regret dans ses paroles. Elle enchaîna rapidement :

– Catherine, lui, c'est Franck.

– Je m'en serais doutée ! répondit la jeune femme en tendant la main à Maréchal. Enchantée, Franck.

Maréchal avait remarqué qu'il n'y avait pas eu dans ses yeux l'habituelle interrogation, due à leur différence d'âge, qu'il devinait quand les gens apprenaient les liens qui l'unissaient à Laetitia. Catherine avait un regard clair. Pour tout dire, elle respirait la santé et la bonne humeur. Toutefois, quand il lui serra la main, il remarqua que sa peau était rêche, comme celle des gens qui accomplissent de gros travaux. La vie de la jeune femme ne devait pas être tout le temps facile. Un simple regard alentour suffit à l'en convaincre. Vivre dans ce coin n'était sans doute pas rose tous les jours. Il pensa à l'hiver sûrement terrible. Il s'efforça d'imaginer cette combe, souriante sous le soleil de l'été, par un temps de givre et de neige, ou dans les pluies glaciales de l'automne. Non, Catherine au visage de pomme rouge ne devait pas sourire tous les jours. Pendant que les deux amies parlaient avec animation, il regarda de nouveau la maison. Elle était superbe, quoique la sévérité qu'il avait notée dès le premier regard fût encore plus sensible de près. Les pierres grises des murs percés de fenêtres étroites comme des meurtrières paraissaient défier le temps et faire peu de cas des existences humaines et fragiles qui étaient passées par là. Mais la sévérité n'était pas le seul caractère de ces murs. Il s'en dégageait une sorte de majesté froide et hautaine, en accord avec le paysage de bois noirs qui entouraient la combe et remontaient vers les sommets.

– Vous n'allez pas rester là, dit Catherine. On va aller chez moi.

Maréchal remarqua qu'elle disait « chez moi » avec

une certaine fierté. La jeune femme avait pris Laetitia par le bras et l'entraînait vers la maison. Il suivit. César, apparemment rassuré par la tournure des événements, rejoignit tranquillement l'arrière de la maison en longeant un potager entouré d'une clôture en châtaigner et aux plates-bandes parfaitement entretenues.

Ils montèrent quatre marches jusqu'à la terrasse, d'où l'on avait une vue superbe sur les environs mais où le soleil tapait violemment.

– Entrez, dit Catherine. Il fait trop chaud sur la terrasse.

Maréchal était de cet avis et c'est avec délectation qu'il pénétra dans l'ombre de la maison, non sans remarquer au passage que le mur faisait au moins un mètre de large. Dès la porte franchie, ils se trouvèrent dans une vaste salle commune crépie à la chaux et au plafond assez bas qui laissait apparaître des poutres et des chevrons noircis par les ans et la fumée d'une immense cheminée occupant le centre du mur opposé.

Au milieu de la pièce, il y avait une table en chêne d'au moins trois mètres de long, entourée de chaises paillées. Un buffet à crédence en noyer luisant de cire et un coffre immense complétaient l'ameublement. Deux portes, basses elles aussi, s'ouvraient de chaque côté du buffet. L'une devait conduire à la cuisine, puisque Catherine s'y engouffra après les avoir fait asseoir pour aller chercher « des rafraîchissements ».

Maréchal se trouvait bien dans cet endroit, c'était le genre d'ambiance qu'il affectionnait, et il était heureux de voir que cette rencontre inopinée avec son ancienne amie semblait faire très plaisir à Laetitia. Pendant qu'elles se donnaient des nouvelles des autres copines des années de fac et que Catherine faisait tinter des verres dans la cuisine, il put tout à loisir examiner les lieux. Il retrouvait ici ce qu'il avait lu sur la façade : une sévérité particulière, une fierté hautaine qui devait être celle des gens qui avaient bâti cette demeure et qui s'était imprégnée dans les pierres. Il régnait un silence presque total en dehors des voix de Catherine et Laetitia, on n'entendait aucun bruit, même pas celui des mouches, si caractéristique d'habitude des maisons du Sud durant l'été.

Maréchal ressentait avec acuité tout le poids du reste de cette vaste bâtisse. Il imaginait les autres pièces, l'étage au-dessus où se trouvaient sûrement les chambres, un grand escalier sans doute qui devait s'ouvrir après la deuxième porte par laquelle il essayait de distinguer les arrières, mais en vain, car il régnait là-bas une obscurité de tombeau. Et plus loin encore, des remises, des resserres et des greniers sous les lauzes. Il aurait aimé voir tout cela, s'en imprégner. Oui, vraiment, cet endroit lui plaisait. Pas seulement pour son architecture, nette, sans fioritures, sévère et noble. Non, il y avait autre chose qui ne pouvait se caractériser que par l'expression « le poids du passé ». Que ce dernier fût depuis longtemps révolu était évident, mais Maréchal n'était pas de ces passéistes pour lesquels tout était mieux « avant ». Ici toutefois, un monde avait été préservé, parce que ceux qui l'avaient bâti avaient tout fait pour qu'il le soit, longtemps, sinon toujours. Et même si un jour, dans un lointain futur, ces pierres finissaient par lâcher prise devant l'avance des années, il était sûr que même les ruines qui en demeureraient garderaient leur noblesse. Une noblesse qu'il avait souvent retrouvée dans des chicots de murs au milieu des ronciers, des bouts de tours écroulées qui défiaient encore cette avance immuable et faisaient comme un pied de nez souverain à la modernité, dont, quoiqu'il se gardât bien de s'en séparer, Maréchal ne pouvait que déplorer la fragilité, le peu d'ancrage, le clinquant.

Il se secoua un peu et s'inquiéta de savoir si Laetitia s'était aperçue de son éloignement dans les songes. Il constata qu'il n'en était rien. Elle continuait à bavarder avec son amie, qui revenait maintenant avec un plateau et des verres qu'elle posa sur la table après y avoir étalé un napperon brodé.

– Vous préféreriez peut-être quelque chose de plus fort ? lui demanda la jeune femme en montrant la bouteille de grenadine et en faisant un geste vers le grand coffre où devaient être rangés les alcools.

Il fit un signe de dénégation :

– Non, non... Cela ira tout à fait bien avec cette chaleur.

C'était une phrase convenue, car, depuis qu'ils étaient entrés dans la salle commune, il faisait frais. Maréchal pensa même : « Dans un moment, j'aurai froid... »

Malgré tout, il apprécia le grand verre que lui servit Catherine en allongeant la grenadine avec une eau très fraîche qu'elle versa d'un pichet en céramique verte. « Ce sont exactement les verres à orangeade de ma grand-mère... » De nouveau, le « poids du passé », songea-t-il. Mais ce n'était pas le même. Celui-ci était beaucoup plus fragile et il avait compris – une de ses rares forces – que rien ou presque n'en subsisterait après lui.

– Vous habitez une belle maison, dit-il.

– Oui. Nous avons de la chance de l'avoir trouvée quand nous avons voulu nous installer dans le pays.

– *Nous* ? interrogea Laetitia.

– Dis, ma grande, tu ne crois tout de même pas que je vis seule ici ?

Laetitia sourit.

– Et comment il s'appelle ?

– Paul Caminade. D'ailleurs, vous n'allez pas tarder à le voir. J'entends la camionnette. Il rentre de Verviers. Il est allé livrer des foulards.

Dehors, au-delà de l'ombre de la maison, et cela donnait l'impression de se passer à une grande distance, Maréchal entendit des jappements joyeux. Il remarqua :

– César a l'air content de retrouver son maître.

– Sûr, dit Catherine. Il fait toujours ça.

Vingt secondes plus tard, la porte s'ouvrit. Un brutal éclat de jour éblouissant déchira l'ombre qu'affectionnait Maréchal et un grand gaillard entra. Il portait une chemisette en coton à carreaux, un jean et des baskets. Sa barbe était noire comme ses cheveux plutôt longs et il avait des yeux noirs eux aussi, vifs, intelligents. Il se pencha vers Catherine pour l'embrasser avant de remarquer, à cause du contraste entre le grand jour et la pénombre de la salle commune, la présence des deux autres. Il s'arrêta, interdit.

– Voici Franck, et elle, c'est Laetitia. Ça ne te dit rien ?

Paul leur serra la main.

– Bonjour. C'est donc vous, Laetitia ?

– Oui. Pourquoi ?

– Depuis le temps que Catherine me parle de vous !

Elle m'a dit des dizaines de fois qu'elle regrettait de vous avoir perdue de vue.

– Comme quoi, remarqua Maréchal, le hasard fait parfois bien les choses.

– Le hasard ? demanda le jeune homme. Vous êtes venus par hasard ?

– Imagine-toi qu'ils cherchaient Saint-Laurent.

– Saint-Laurent ? Mais vous...

– Je sais, fit Maréchal en souriant, nous sommes à plus de cinq kilomètres de la chapelle et en plus nous lui tournions le dos.

Sa façon de prendre les choses parut plaire à Paul. Il dit :

– Je reviens tout de suite, je vais me rafraîchir un peu. Avec cette chaleur... Je me demande si on va finir par avoir un orage.

Au même instant, les yeux de Maréchal se posèrent sur Catherine. Elle avait changé de figure. Il eut l'impression fugace qu'elle était envahie par une panique totale. Cela ne dura que l'espace d'une ou deux secondes, mais il en était sûr. Il commença à se poser, comme d'habitude, un tas de questions, mais déjà le visage de la jeune femme avait repris son aspect souriant.

Alors que Paul quittait la pièce, Maréchal crut poli de demander :

– Vous avez parlé de livraison de foulards. Vous êtes dans la confection ?

Il s'étonna d'avoir employé ce terme désuet. Peut-être la maison ?

– Non, répondit Catherine. Je m'aperçois qu'on n'a parlé que du passé avec Laetitia. Pardonnez-moi. En fait, vous êtes venus par hasard à la Magnanerie des Asphodèles.

– Magnanerie ? répéta Maréchal, surpris. Vous élevez des vers à soie ?

– Eh oui...

Elle poussa un soupir et ajouta :

– C'est une longue histoire. J'ai rencontré Paul peu après avoir quitté la fac. J'avais trouvé un travail comme secrétaire en ville. Lui était dans l'électronique. Une branche d'avenir, disait-on alors. Le problème, c'est que Paul n'avait qu'un but : vivre au grand air ! Alors, l'électronique, vous comprenez... En plus la crise : il était au chômage ! Bref, je vous passe les détails. On a fini tous les deux par tomber d'accord pour vivre à la campagne. À ce moment-là, on a su par un copain de Paul que dans la région des gens s'étaient lancés depuis plusieurs années dans la sériciculture, une vieille tradition locale. Allez savoir pourquoi, ça nous a emballés. J'avais fait un petit héritage et, grâce à mon travail, on a pu emprunter un peu. On a décidé de se lancer à notre tour. Il nous fallait une ferme et dans un coin qui corresponde. Un jour, on est tombés sur une annonce dans *Le Midi Libre*. Les Asphodèles étaient à vendre. On s'est renseignés. La maison, qui est vraiment une ancienne magnanerie, appartenait à un Parisien qui en avait hérité, l'avait habitée six mois et n'avait qu'une envie : s'en débarrasser et décamper. On a réussi à lui faire baisser le prix et, deux mois plus tard, on était propriétaires des Asphodèles. Voilà l'histoire, ou presque...

– Et tu élèves vraiment des vers à soie ?

– Qu'est-ce que tu veux qu'on fasse d'autre dans une magnanerie ? plaisanta Catherine. Non, sérieusement. On a fait un stage dans la Drôme pendant deux mois. Puis on s'est installés ici il y a trois ans. Cela fait deux ans qu'on est opérationnels. On vend la plus grande partie de la soie à Paris, chez les couturiers. Et en plus je confectionne des foulards que je vends à Verviers, au magasin de souvenirs que vous avez dû voir sur la place.

– Sur la place ? Non, on n'a vu que la gendarmerie, fit Laetitia en jetant un coup d'œil à Maréchal.

– La gendarmerie ? demanda son amie.

– Ce n'est rien, je t'expliquerai. Alors, tu élèves des vers à soie... Je n'en reviens pas, et c'est intéressant ?

– Ça dépend ce que tu entends par là. C'est un travail intéressant. En revanche, sur le plan financier, c'est différent...

Elle soupira et Maréchal eut le sentiment d'une certaine amertume, mais elle reprit avec entrain :

– Enfin, ça viendra un jour. Quand on sera connus, comme dit Paul.

Maréchal eut de nouveau l'impression qu'elle se forçait pour dire cela. Il était évident que ce genre d'activité ne devait pas être commode. Cela ressemblait beaucoup à ce que pas mal de gens de sa génération avaient tenté de faire après 68 en Ardèche ou dans les Pyrénées. Les résultats n'avaient pas été à la hauteur des espérances. « De toute façon, c'est rarement le cas... », se dit-il.

– Chic ! s'exclama Laetitia. On va voir des vers à soie ! Ça me rappellera l'école communale.

– Désolée, ma grande, dit Catherine, il n'y en a plus. On a fini la récolte il y a trois semaines.

– Ah bon..., regretta Laetitia. C'est dommage.

– Il te faudra revenir l'année prochaine.

– Ce sera le meilleur moyen de faire plaisir à ma femme ! intervint Paul, qui rentrait, le front et les cheveux humides. Excusez-moi, mais j'ai vraiment eu chaud sur la route de Verviers.

– Il n'y a pas qu'à Verviers qu'il fait chaud, commença Laetitia, nous-mêmes...

– J'ai entendu que Catherine vous expliquait notre petite activité. Et vous, que faites-vous dans la vie ? Je suis sûr que ma femme meurt d'envie de le savoir et qu'elle n'a pas osé vous le demander.

Maréchal sourit. Il aimait bien cette manière franche de dire les choses. Paul lui était sympathique, autant que Catherine. Il aimait ceux qui allaient au bout de leurs rêves. Parfois ils se cassaient le nez sur les difficultés, parfois cela marchait. Dans tous les cas, cela valait la peine. Plus en tout cas que de suivre des chemins balisés et confortables. Il dit avec simplicité :

– Laetitia est violoncelliste...

– Ça alors ! s'exclama Catherine. Remarquez, je ne suis qu'à moitié surprise. Parce que Laetitia et la musique... Elle préférait les concerts à nos sorties en boîte.

Elle avait parlé d'un ton gai, mais Maréchal sentit comme le regret de quelque chose. « Encore quelque rêve perdu... », pensa-t-il brièvement.

– Et si tu nous faisais visiter la magnanerie ? demanda Laetitia.

– Avec plaisir. On y va.

Maréchal suivit les deux jeunes femmes et Paul. Ils s'engouffrèrent dans le ventre de la grande bâtisse où régnait, comme il l'avait imaginé, une obscurité profonde. Le seul jour venait des petites fenêtres étroites en meurtrières creusées dans l'épaisseur presque monstrueuse des murs de pierres.

Catherine leur montra un escalier en bois qui montait vers une autre partie, un peu en arrière de celui, monumental, qui devait mener aux chambres. Maréchal remarqua que le couloir d'où partaient les deux escaliers se terminait par une grosse porte vitrée par laquelle on distinguait la clarté du grand jour. Paul était à côté de lui, il lui dit :

– Vous savez, j'irais bien voir les alentours. J'ai déjà visité une magnanerie...

– Si tu veux, on reviendra un autre jour, fit Laetitia, un peu pincée.

– Bien sûr ! s'exclama Catherine. Surtout qu'en ce moment il n'y a pas grand-chose à voir.

Maréchal eut l'impression de se conduire comme un goujat. Il tenta de se rattraper :

– Non, voyons. Je sais que Laetitia en meurt d'envie. Simplement, j'ai envie d'aller faire un tour. Allez-y toutes les deux.

Il n'avait plus aucune envie d'aller visiter cette fichue bâtisse, qui de l'intérieur lui paraissait encore plus arrogante. Il se méfiait aussi de la fréquentation trop rapprochée du passé dont il avait évoqué tout à l'heure pour lui-même les vertus. Au fond il avait surtout besoin de grand air, et cette atmosphère, sombre et confinée, qui lui avait tant plu une demi-heure plus tôt, l'oppressait maintenant. Paul vint à son secours :

– Je vais faire voir notre domaine à Franck pendant que tu fais visiter à ton amie.

Laetitia haussa les épaules et suivit Catherine dans l'escalier qui menait à la magnanerie. Maréchal, un peu inquiet, fut vite rassuré en entendant Laetitia plaisanter à nouveau avec sa copine. Il suivit Paul qui ouvrit la porte, ce qui fit pénétrer un jour brutal et très blanc dans le couloir tout entier. Quand ils eurent passé le seuil, Maréchal crut bon de justifier son attitude sur le ton de la confidence masculine :

– En fait, je dois vous avouer que j'avais une furieuse envie de fumer.

Il ne mentait qu'à moitié et c'est avec délectation qu'il alluma une Gauloise et en tira quelques bouffées.

– Vous auriez très bien pu fumer à l'intérieur. Moi-même, je m'adonne à ce vice.

Comme pour corroborer ses dires, il tira de sa poche une courte pipe et un paquet de tabac. Il ajouta :

– Catherine aussi fume...

– Laetitia ne supporte pas ça !

– Ce que femme veut ! dit Paul en riant. Allez, venez, Franck, on va faire le tour du propriétaire. À propos, tout à l'heure, vous ne nous avez pas dit ce que vous faisiez dans la vie, selon la formule consacrée.

Maréchal sourit. Cela lui faisait toujours un drôle d'effet quand il déclarait :

– Je suis écrivain.

Paul ne parut pas surpris. C'était rassurant.

– Et vous avez un nom de plume ?

– Le mien : Franck Maréchal.

Paul s'arrêta.

– Vous êtes Franck Maréchal ?

Il n'y avait de nouveau pas de surprise, à peine un léger étonnement. C'était bon signe pour Maréchal. C'était rare aussi.

– J'ai lu deux de vos livres, Franck.

À partir de là, Maréchal s'attendait au pire. Soit les gens ne le connaissaient pas ou le confondaient avec quelqu'un d'autre et, au lieu d'avouer une ignorance parfaitement normale, ils s'enferraient souvent dans des explications sans intérêt. Soit ils l'avaient lu et se croyaient obligés de faire des commentaires tout aussi interminables sur son talent littéraire. Les deux attitudes l'énervaient considérablement, même s'il parvenait en général à ne pas le montrer trop ouvertement.

Il existait une troisième catégorie de lecteurs, celle que Maréchal préférait et qui, bien entendu, était exceptionnelle. Paul en faisait partie, car il cita simplement les deux derniers titres de Maréchal sur un ton suffisamment explicite pour signifier qu'il les avait appréciés ou au moins qu'ils ne l'avaient pas laissé indifférent, puis, tout en allumant la pipe qu'il venait de bourrer avec beaucoup de soin – manière que Maréchal appréciait aussi –, il dit :

– Le domaine s'étend jusque là-bas, sur l'autre rive de la rivière, après ces bois. De l'autre côté, on a jusqu'à la crête.

– C'est par là que nous sommes arrivés, dit Maréchal. On venait de Verviers et on cherchait cette sacrée chapelle. Nous logeons à Corbans, à La Perdrix.

– Comment va Vidal ?

– Bien, apparemment. Vous le connaissez ?

– Bien sûr ! Vous savez, on est tout près de Corbans.

– Comment ça, tout près ? On a mis des heures pour arriver jusqu'ici...

– Vous n'avez pas dû prendre le bon chemin. Corbans est juste là, derrière la colline

Il montrait le bois qui limitait le domaine vers le nord. Maréchal eut même l'impression de distinguer dans le halo de lumière que la chaleur faisait trembler quelques toits du village.

– Et on peut aller là-haut facilement ?

– Le plus simplement du monde : il y a une petite route qui monte à Corbans. Un peu raide, mais sans problème. C'est toujours par là que nous passons pour aller à l'épicerie.

– Moi qui m'inquiétais pour le retour, c'est un problème réglé !

Ils marchaient à présent au milieu des prairies. César, qui avait dû guetter son maître, gambadait autour d'eux. L'herbe était jaune sous le soleil de feu qui paraissait remplir tout le paysage, même s'il avait commencé à descendre vers les collines de l'ouest. Pourtant, comme ils approchaient de la rivière dont on entendait le froufroutement derrière la ligne des arbres qui la bordaient, la prairie paraissait reverdir légèrement. Bientôt, ils entrèrent dans l'ombre de trembles énormes dont les feuilles formaient un écran à travers lequel le soleil jouait.

Une fois sur la rive, Maréchal constata que la rivière n'était en fait qu'un gros ruisseau, peut-être même celui-là même qu'ils avaient croisé un peu plus tôt avec Laetitia. Mais ici il y avait moins d'eau. L'illusion qu'il s'agissait d'une rivière était sûrement due au fait qu'il courait sur un lit de cailloux en écumant dans un bruit de rapide. Il fit part à Paul de ses considérations.

– Oui, c'est ça. Ici on a moins d'eau à cause de la retenue.

– La retenue ? demanda Maréchal.

– Il y a un barrage à cinq cents mètres. Par là. Il sert à diriger l'eau du Gavron de l'autre côté de la vallée. Surtout en cas de crue.

Il paraissait brusquement soucieux. Maréchal fut

alerté. Il allait interroger Paul. Ce ne fut pas nécessaire.

– C'est notre seul véritable souci. En fait, c'est surtout le souci de Catherine. Si la rivière monte brutalement, et par ici vous savez que c'est fréquent, le barrage empêche la crue de venir jusqu'à la maison.

– Alors, où est le problème ?

– Le barrage est vieux : début du siècle... De l'autre ! J'ai beau me battre avec l'administration, personne ne veut financer les travaux et moi je n'ai pas les reins assez solides.

– Vous voulez dire que, en cas de crue violente, vous risquez...

– De finir sous cinq ou six mètres d'eau. Oui, Franck, c'est exactement ça !

Il avait parlé d'un ton sarcastique, presque violent. Ce devait être un vrai souci pour lui aussi.

– C'est déjà arrivé. Des tas de fois, et la dernière en 1970. Un morceau du barrage a lâché. Les gens d'ici ont eu de la chance... Sauf deux petites filles qui ont été emportées.

Maréchal siffla entre ses dents.

– Eh, bien, ça alors ! Moi qui croyais que la Magnanerie des Asphodèles était un paradis !

– Cela pourrait en être un. Il suffirait que l'administration fasse son boulot. Mais ils doivent avoir d'autres préoccupations que nous... Deux électeurs, ça ne compte pas beaucoup.

Maréchal se souvint de la panique de Catherine quand il avait été question de l'orage. Il comprenait maintenant. Il allait essayer de prononcer des paroles rassurantes, lorsque Paul reprit d'un ton amer :

– Vous savez, Franck, les Asphodèles, c'est une idée

de Catherine. C'était un nom qui lui plaisait, alors elle a appelé notre maison comme ça.

– Sûr que c'est un beau mot, mais quel est le vrai nom du domaine ?

– Le Mas des Peurs.

5

Maréchal fut étonné de voir à quel point le soleil avait l'air de descendre vite maintenant. Pourtant, on était à la mi-août et il ne se coucherait pas avant plusieurs heures.

Ils remontaient vers Corbans par la route que lui avait montrée Paul Caminade. Elle se hissait doucement par paliers à travers des bois formés de petits arbres, surtout des chênes verts dont le faible développement contrastait avec celui de la forêt elle-même. Maréchal songea à une histoire de terrain plus ou moins favorable, mais cela n'avait aucun intérêt, sauf de lui permettre de ne pas trop penser à ce qu'il avait appris aux Asphodèles. En retrouvant Laetitia et son amie après ce que lui avait raconté Paul, il avait regardé cette dernière avec un œil neuf. Il comprenait à présent pourquoi elle paraissait tellement préoccupée par moments. Elle n'était pas la seule dans ce cas, la suite de leur conversation lui avait montré que Paul aussi partageait ces tracas. Leur entreprise de soierie était une idée folle. Cela, Paul en était conscient, mais il avait voulu – et Catherine était d'accord – courir cette chance de vivre à leur guise. Maréchal était bien placé pour savoir ce que cela voulait dire, et aussi que, malgré tout, au final, la colonne des gains était toujours supérieure à celle des pertes, contrairement aux apparences. Restait à se demander dans quelle devise on faisait les comptes...

Ils devaient se revoir deux jours plus tard, Maréchal et Laetitia les ayant invités à La Perdrix. Cela leur ferait une accalmie dans cette vie hérissée de soucis.

Il regarda vers la vallée dans le rétroviseur, on distinguait encore les toits, allongés, immenses, de la magnanerie. La perspective donnait l'impression qu'ils étaient enserrés – Maréchal pensa « étouffés » – par la forêt. Toute la vallée semblait sombre, presque noire. En fait, elle était encerclée par les collines et l'ombre s'était très vite étendue. Qu'est-ce que cela devait être en plein hiver ? C'était à frémir. Pourtant, le ciel était si beau au-dessus d'eux. Et quand Maréchal, après un coup d'œil insistant de Laetitia, se concentra de nouveau sur la route, il vit que devant eux la zone où se trouvait Corbans, après les derniers lacets qu'ils escaladaient, était inondée de lumière. Même les feuilles des chênes paraissaient cirées. Sur le bas-côté, les hampes de longues files d'asphodèles se balançaient un peu au passage de la 4L. Catherine avait donné leur nom à cette maison dans laquelle elle avait de toute évidence rêvé de trouver le bonheur. Connaissait-elle le vrai ou bien Paul Caminade l'avait-il gardé pour lui ?

« Pourquoi toutes ces questions ? » se demanda Maréchal. Arriverait-il un jour à ne plus s'en poser autant ? Il devrait prendre la vie autrement, se contenter de suivre son fil. Et depuis peu – il avait admis que c'était *l'âge* –, cela lui semblait devenir obligatoire et urgent. Toutefois, il persistait. « Pourquoi ? » s'interrogea-t-il encore. Il sourit en constatant qu'il se posait encore une nouvelle question.

– Pourquoi souris-tu ? lança Laetitia.

Elle était restée silencieuse depuis leur départ des Asphodèles. Au début, Maréchal avait imaginé qu'elle boudait. Mais ce ne devait pas être ça, car il aurait eu droit alors au récapitulatif de ses griefs. Il se sentait un peu coupable d'avoir voulu sortir au lieu de visiter le bâtiment. Mais Laetitia avait seulement fait remarquer en revenant que « c'était très intéressant ». Maréchal avait pensé qu'elle avait le droit de garder pour elle ses réflexions qui ne concernaient peut-être que la nostalgie provoquée par sa rencontre avec son amie de jeunesse.

– Alors ? demanda-t-elle de nouveau.

Il se rendit compte que, perdu dans ses réflexions, il ne lui avait pas répondu. Il mentit :

– Je pensais à cette route. Déjà, elle est magnifique, et en plus, si on l'avait prise ce matin, on serait arrivés à Saint-Laurent en vingt minutes.

– Je ne te le fais pas dire ! Je te rappelle que tu avais rendez-vous à Verviers. Tout ça à cause de cette manie de découvrir des cadavres à tous les coins de rue, persifla Laetitia.

Puis, avec un sourire qui rassura Maréchal, elle ajouta :

– Mais ça m'a permis de retrouver Catherine. Ça m'a fait plaisir et à elle aussi, je crois. Comment tu les trouves, Franck ?

– Sympathiques.

– C'est tout ?

– Mais non ! Je veux dire que je les apprécie. Paul

est un garçon intéressant. Et d'abord, c'est un de mes lecteurs !

– Ah bon ?

– Oui, il me l'a dit, et tu sais, dans ces cas-là, il y a toujours un préjugé favorable. Pas parce qu'il me lit, non. Parce qu'il lit, tout simplement. Quant à Catherine, elle est charmante... Et...

– Et quoi ?

– Je crois qu'elle ne rigole pas tous les jours aux Asphodèles.

– Ça, j'en suis sûre. Pourtant, elle dit qu'elle est heureuse.

– Tu la crois ?

– Oui, puisqu'elle le dit.

Maréchal reconnut la façon carrée, sans complications, d'envisager les questions qu'il aimait tant chez Laetitia.

– Tu sais comment s'appelle la magnanerie ?

– Les...

– Non, la coupa-t-il, le vrai nom ?

– Comment tu veux que je le sache ? C'est idiot comme question.

– Je te l'accorde. Pardonne-moi...

– Alors, ce nom ?

– Le Mas des Peurs.

– Brr... Et c'est ta science infuse qui te l'a appris ?

– Non, c'est Paul.

– Tu sais pourquoi ?

– Paul m'a donné une explication. Moi, je pense qu'il y en a d'autres.

– Et qu'est-ce qu'il dit, Paul ?

– Je te le raconterai un peu plus tard, nous arrivons.

En effet, après un dernier lacet autour d'un bosquet

de chênes verts, ils débouchèrent au-dessus de Corbans qui s'étalait paresseusement dans la lumière, encore violente à cet endroit, de la fin d'après-midi.

En passant sur la place, Maréchal vit que la camionnette des gendarmes stationnait devant le café : bientôt, il aurait des nouvelles.

Le soir était venu avec la lenteur qu'il met toujours à s'installer dans le Sud. La chaleur du jour s'évacuait peu à peu, alors que vers l'ouest les premières étoiles apparaissaient l'une après l'autre, s'allumant comme des lampes.

Maréchal et Laetitia étaient installés à la terrasse de La Perdrix, attablés devant un plat de poulet aux morilles. Maréchal se régalait. Autour d'eux, quatre tables occupées, toutes par des gens de passage, des touristes à les voir, et surtout à les entendre. Leurs conversations trop fortes gâchaient un peu leur plaisir car, par la fenêtre ouverte de la salle de l'auberge, on entendait la radio de Vidal qui diffusait un concert. Laetitia, comme lui, écoutait la musique. Maréchal avait trouvé curieux que ce fût justement un quatuor de Schubert dont le titre l'incitait bizarrement à trouver un rapport avec ce qui se passait à Corbans. Mais *La Jeune Fille et la Mort* l'entraînait comme à son habitude à des tas de rapprochements. Cela paraissait fou, mais il savait d'expérience que de ce qui pouvait passer pour des élucubrations finissait parfois par sortir une vérité.

Quand même, il dut reconnaître que si la Mort avait bien fait son apparition dans cette bourgade paisible la veille, il n'avait jusqu'à présent pas vu de jeune fille...

Laetitia rongeait sans honte et avec beaucoup d'application sa cuisse de poulet. Au-delà des conversations, il ne venait pas beaucoup de bruit de Corbans. Malgré la douceur du soir, les habitants devaient *comme tout le monde* regarder les informations assis devant leur télé et croire comme tout un chacun en savoir ainsi davantage, alors que lui avait compris depuis des années que cela était faux. Plus généralement d'ailleurs : que savait-on de quoi que ce soit ? Il fallait être bien naïf pour espérer apprendre quelque chose de cette façon. Il manquait bien trop de cartes dans le jeu. D'ailleurs, le jeu lui-même était entièrement truqué. Plus le temps passait, plus il lui semblait étrange de constater, quand il passait par hasard devant un écran allumé, combien ce qu'on y voyait pouvait paraître réducteur par rapport à la réalité. Cela avait en tout cas beaucoup moins de sens pour lui qu'un paysage ou un lever de soleil, ou encore la beauté de Laetitia comme en ce moment où la gourmandise et le plaisir faisaient briller ses yeux.

Soudain, il vit le plaisir disparaître du regard de sa compagne. Il tournait le dos à l'escalier par lequel on parvenait à la terrasse, mais avant même d'entendre sa voix, il comprit que Brochard venait d'arriver.

– Bonsoir, dit aimablement l'adjudant.

Laetitia posa précipitamment son morceau de poulet dans son assiette et s'essuya soigneusement les lèvres, ce qui lui permit de ne répondre que par une inclinaison de la tête. Maréchal se crut obligé de se tourner.

– Bonsoir, dit-il à son tour en levant la tête vers le gendarme qui se tenait là en tenue de travail.

– J'espère que je ne vous dérange pas trop.

Maréchal s'en voulut comme d'habitude quand il mentit :

– Non, bien sûr.

– Ça vous ennuie que je m'asseye un instant ? J'ai à vous parler...

Tout en tirant de sous la table une troisième chaise, Maréchal s'en voulut encore davantage de répondre :

– Non, bien sûr, vous ne nous dérangez pas.

Il ne regarda pas Laetitia, c'était inutile.

– Mademoiselle Vialat, je suis heureux de faire votre connaissance. Je connais bien votre père...

– Je sais. Franck m'a dit ça.

Maréchal devait remercier le ciel qu'elle n'ait pas plutôt répondu, comme il l'en savait parfaitement capable : « Moi non ! je ne suis pas heureuse de faire votre connaissance. » Il fallait à tout prix qu'il détourne la conversation s'il voulait éviter ce genre de catastrophe.

– Alors ? Et votre enquête ?

L'adjudant soupira :

– Mon enquête ? Elle n'avance pas. Je ne sais toujours pas qui est le type que vous avez trouvé mort. La seule certitude, c'est qu'il a bien été tué d'un coup sur le crâne. Mais ça, nous le savions déjà. Ah si, j'oubliais : il avait bu peu avant sa mort...

– Il était ivre ?

– Je n'ai pas dit ça. Si c'était un buveur habituel, la quantité qu'il avait absorbée ne l'aura pas enivré. Sinon, oui : il était peut-être saoul au moment de sa mort. Vous voyez que je ne suis pas beaucoup avancé, ajouta-t-il d'un air malheureux.

– Certes, répondit Maréchal. Ce qui m'étonne, c'est que vous ne sachiez encore rien de son identité. Cet homme n'est pas arrivé brusquement, par l'opération du Saint-Esprit, sur ce trottoir. Il devait bien avoir à faire avec quelqu'un d'ici.

L'adjudant buvait du petit-lait. Il ne put s'empêcher d'exprimer sa satisfaction :

– Ainsi, cela vous intéresse...

Laetitia posa brutalement sa serviette sur la table, se leva et déclara :

– J'ai mal à la tête. Bonsoir, monsieur.

Puis elle s'éloigna et disparut dans l'auberge.

– J'espère que ce n'est pas moi qui ai indisposé Mlle Vialat avec mes histoires ?

– Non, ne vous tracassez pas, fit Maréchal, qui se serait battu.

Pourtant, dans un élan de sincérité, il poursuivit :

– Ce n'est pas de votre faute, mais elle a toujours peur que je sois embringué dans une nouvelle affaire. Je vous l'ai dit, nous sommes en vacances.

– Je suis désolé. Je vous avoue que je suis embêté par cette histoire. Je me suis souvenu de ce que m'avait raconté Paul Vialat et je suis venu vous demander votre aide.

Il paraissait sincère. Maréchal le comprenait. Alors qu'il espérait la quiétude d'une retraite bien gagnée, voilà que lui tombait sur le dos une affaire sur laquelle, vingt-quatre heures plus tard, il ne disposait d'aucun élément qui lui permît d'espérer pouvoir la résoudre rapidement. Maréchal ne put s'empêcher de demander :

– Personne n'a signalé la disparition de quelqu'un dans son genre dans la région ?

– Ça m'arrangerait, mais non.

– Cela viendra peut-être.

– Ou pas ! Vous n'imaginez pas la quantité de gens qui disparaissent sans que personne s'en inquiète. Déjà, il y a tous ceux qui sont sur les routes.

– Vous croyez que c'est un vagabond ?

– Franchement, non. Ce vieil homme était d'une propreté méticuleuse. Par ailleurs, il n'avait aucun bagage et on n'a rien retrouvé alentour. Et, croyez-moi, Périer a fait le nécessaire. Et puis, vous oubliez les mille euros !

– C'est vrai. Mais cet argent, il peut l'avoir volé.

– Pourquoi le propriétaire ne s'est pas manifesté alors ? On a épluché toutes les déclarations du secteur. Personne ne parle d'une somme pareille.

– Et les gens de la rue n'ont rien entendu hier au soir ?

– C'est à croire qu'elle est déserte. On a interrogé tout le monde et personne n'a rien remarqué.

– Pourtant, avec la chaleur, il devait y avoir pas mal de fenêtres ouvertes.

– Sûrement. Mais vous oubliez la télé !

– Il n'était pas loin de minuit. Et la télé à cette heure...

– C'est vrai. Mais c'est un fait : personne ne s'est aperçu de rien. Sauf de notre arrivée, bien entendu.

– Même les plus proches voisins ? insista Maréchal.

– Même eux, répliqua Brochard, avant d'ajouter : Il n'y a que les propriétaires de la villa devant laquelle cela s'est passé que nous n'ayons pas interrogés...

– Ah bon, fit Maréchal, brusquement intéressé.

– Ils sont partis la veille. La villa était vide hier au soir.

Maréchal espéra en apprendre davantage sur « les propriétaires de la villa ». Mais, pour Brochard, c'était un point sans intérêt. Il se dit que le plus simple serait d'interroger Vidal. Il restait cependant ce que seul Maréchal savait : il y avait quelqu'un dans le jardin au moment du meurtre et ce quelqu'un s'était enfui. De plus, il ne fallait pas être grand clerc pour deviner que ce type connaissait les lieux au point de semer Maréchal dans un dédale de massifs.

À cet instant, Vidal arriva.

– Bonsoir, monsieur Brochard.

L'adjudant éclata de rire.

– Tu m'appelles comme ça, maintenant ! Et on se vouvoie alors ?

– C'est que..., balbutia l'aubergiste. Vous... euh, tu es en service, non ?

– Et alors ?

Vidal sourit, avant de reconnaître :

– Bon, d'accord, c'est idiot.

Il se tourna vers Maréchal.

– Mlle Laetitia n'a pas aimé notre poulet aux morilles ?

– Mais si, Vidal ! Il est délicieux, votre poulet. Non c'est juste qu'elle était fatiguée.

– Ah bon ! Je préfère ça, parce que le poulet, c'est la fierté de la patronne. Je vais pouvoir la rassurer. Je vous apporte le dessert ?

– Non, merci. J'ai mangé trop de votre plat de résistance, vous voyez.

– Un café alors ?

– Non, ça m'empêcherait de dormir et j'ai besoin de récupérer.

Pendant que Vidal, après un sourire complice à Brochard, s'éloignait vers la cuisine, Maréchal pensa qu'il devrait profiter de l'occasion afin de savoir pour quelle raison exactement personne ne faisait quoi que ce soit pour régler cette histoire de barrage au Mas des Peurs. Les gendarmes sont en général au courant de beaucoup de choses. Vialat, par exemple, en savait plus que beaucoup sur La Grézade, où il ne vivait pourtant pas. Mais interroger Brochard à ce moment-là, c'était prendre le risque qu'il établisse un lien entre le mas et l'affaire qui lui gâchait sa préretraite. Il suffisait à Maréchal de penser à ce qu'aurait imaginé immédiatement Vialat dans la même situation. Ce serait mettre les Caminade dans une situation délicate. D'autant que Brochard devait avoir, grâce aux révélations de son copain de promo, des idées aussi fausses que ce dernier sur ses capacités policières.

Maréchal commençait à avoir sommeil. Il n'avait pas dormi la nuit précédente et la journée avait été longue. Il alluma une Gauloise, pendant que Brochard réfléchissait. Il tira deux ou trois bouffées, puis bâilla. Brochard sursauta.

– Excusez-moi de vous prendre ainsi votre temps.

– Ce n'est rien, dit Maréchal. C'est juste que j'ai mal dormi la nuit dernière.

Brochard se leva.

– De toute façon il faut que je rentre à Verviers. Périer doit avoir fini d'interviewer les habitués du café. Il y en a pas mal qui ne viennent que le soir. Des solitaires de la montagne, des jeunes, d'autres qui préfèrent le café à la compagnie de leur femme, crut-il bon d'expliquer.

– Je sais..., dit Maréchal en souriant. C'est pareil chez moi aux Platanes...

Il s'était levé. En raccompagnant l'adjudant, il remarqua que plusieurs des convives attablés le regardaient avec curiosité en compagnie de cet homme en uniforme. « Peut-être qu'ils s'imaginent qu'il est venu m'arrêter... », pensa-t-il.

Une fois dans la rue, ils se serrèrent la main et Brochard lui lança d'un ton amical :

– Si vous avez une idée, n'hésitez pas à m'appeler.

Maréchal voulut plaisanter :

– C'est mon métier d'avoir des idées.

– Vous savez bien de quoi je parle. Je suis soucieux, Maréchal. Si je ne trouve rien d'ici deux jours, il va me falloir passer le bébé à la police judiciaire et alors, ce sera le début des pires embêtements.

– Je comprends. Mais je vous ai déjà dit que je suis en vac...

– Je m'en souviens ! Mais Vialat m'a raconté qu'à *chaque fois* vous étiez en vacances... Allez, je vous laisse. Bonne nuit.

Maréchal resta interdit. Ce qu'avait dit Vialat était exact, ou à peu près. C'était toujours alors qu'il espérait un peu de paix que les ennuis étaient arrivés. Il fallait tout faire pour que cela ne se reproduise pas. Laetitia n'avait pas l'air contente tout à l'heure.

La haute silhouette de l'adjudant s'éloigna dans la rue qui conduisait à la place. Puis elle disparut à l'angle de l'épicerie.

Il fit quelques pas dans la rue. Ça lui avait fait du bien de se lever de table, il avait moins sommeil. Une brise s'était levée au coucher du soleil et elle balayait les ruelles de Corbans. Il n'avait plus du tout envie d'aller se coucher. Il prit une ruelle qui partait à gauche sous les murs de La Perdrix. En passant sous les fenêtres de l'auberge, il regarda celle de leur chambre. Il n'en venait aucune lumière. Laetitia devait s'être couchée aussitôt.

Il écouta les bruits du village. Des voitures circulaient encore sur la route au-dessous de Corbans. Cela lui rappela le bruit de moteur de la veille qui s'était interrompu trop tôt à son goût. C'était idiot sans doute, mais cela lui semblait un élément important. Il serait bien allé voir cette ferme dont il avait repéré le panneau dans la matinée en roulant avec Laetitia sur la route de Verviers. Mais pour cela, il aurait fallu sortir la 4L du garage où Vidal avait absolument tenu à ce qu'il la gare. Toute une histoire. Il verrait plus tard. Il se rendit compte que le parfum de la glycine de La Perdrix arrivait jusqu'au bout de la rue qu'il avait prise. Il évita de faire une association d'idées avec un certain jasmin. Un peu plus tard, il remarqua qu'il était en train de prendre exactement le même chemin que la veille. Il s'arrêta. « C'est idiot ! pensa-t-il. Tu ferais mieux de rentrer à l'auberge... » Il continua. Il ne pouvait pas s'empêcher d'être intéressé par cette histoire. Il ne se dissimulait pas que les éléments romanesques n'étaient pas étrangers à cet intérêt. Il y avait aussi cet homme, ce vieil homme, mort sur le trottoir, tué d'une façon misérable, au milieu de la gloire et de la beauté de la nuit d'été. Maréchal haïssait le malheur. Et pas seulement le sien. Là, il avait l'impression que quelque chose d'absurde s'était produit, alors qu'il aurait suffi de peu pour que cela ne survienne pas. Par ailleurs, il connaissait la chanson. Ce qui semblait dénué de sens finissait toujours par s'expliquer. Il apparaîtrait une raison impérieuse, lamentable ou grandiose, pour que ce type ait terminé sa vie sur le bitume et non dans son lit.

Devait-il s'intéresser davantage à cette affaire ? La sagesse, son amour pour Laetitia, son envie de paresser un peu, tout cela l'en dissuadait. Pourtant, il savait déjà – il essayait de ne pas être trop dupe, surtout de lui-même – qu'il allait s'en mêler.

Comme il s'en doutait, il finit par se retrouver devant la villa biscornue. Au bout de la rue, une fenêtre était ouverte et il en venait les échos, vaguement vulgaires, d'une émission de variétés. Le bruit en arrivait jusqu'à lui par vagues. Il se répéta ironiquement ce que tout le monde disait : « Il faut de tout pour faire un monde... ». Il n'en était en fait pas entièrement persuadé.

Il évita de se noyer dans l'odeur du jasmin que le vent soulevait par brassées. Il avança un peu et, à travers la portion libre de la grille, il regarda la façade.

Sa première impression fut la même que celle de la veille. Pourtant, son attention fut attirée par une fine bande blanche. Il écarquilla les yeux et attendit d'être accoutumé à l'obscurité. Dix secondes plus tard, l'évidence lui apparut. Les volets étaient bouclés, certes, mais il y avait de la lumière derrière l'un deux.

Il respira. Il ressentait cette excitation qu'il avait déjà éprouvée les fois précédentes, à Hurlebois ou à Valmogne. Il se remémora la phrase de Brochard : « Les propriétaires sont partis la veille. » Apparemment, quelqu'un était resté, ou revenu. Il essaya de se convaincre que cela n'avait pas beaucoup d'importance. Les gens ne font pas toujours ce qu'ils disent ou ils en sont empêchés, ou... Cela ne suffisait pas. Il aurait été satisfait s'il avait constaté que tout était dans l'ordre. Que la rue était revenue à sa paix habituelle, que les habitants de cette maison étaient partis en vacances, n'importe quoi pourvu que ce soit dans l'ordre. Or tout était normal : la rue était celle d'un bourg à neuf heures du soir, les Mobylette des jeunes arrivaient vers la place du café, la nuit était belle, le ciel piqué d'étoiles, sauf cela : il y avait quelqu'un dans cette maison, alors qu'elle aurait dû être vide.

Comme toujours dans ces circonstances, Maréchal se dit qu'il n'avait qu'une conduite raisonnable à tenir : éviter de s'engager davantage. Cela signifiait rentrer à La Perdrix, retrouver Laetitia endormie, essayer lui-même de trouver le sommeil. Bref, vivre une vie normale, comme tout un chacun, comme un de ceux qui à cent mètres de là regardaient la télé, ou dormaient. Mais, comme chaque fois, il en fut incapable. Il alla jusqu'au portail.

La poignée résista. Si la porte avait été fermée, tout aurait été réglé. C'était un de ses petits paris stupides avec lui-même. Il le perdit comme souvent. La porte s'ouvrit. Il pouvait encore reculer et rejoindre l'auberge. Il entra dans le jardin et referma la porte. Il avait déjà pénétré dans cet endroit la veille, mais alors il poursuivait quelqu'un. Il écouta. La vacarme télévisuel avait disparu, étouffé par le jasmin – ou peut-être l'émission était-elle terminée. Il ne venait pas non plus de bruit du village. Dans le profond silence qui baignait le jardin de la maison biscornue, il entendit des oiseaux qui tenaient une assemblée dans les massifs. Il respirait calmement, avec une impression de tranquillité parfaite, comme s'il n'y avait aucun danger. Et pourtant, la veille, un homme avait été tué à deux pas de l'endroit où il se trouvait. Maréchal avait cependant la conviction, même si elle non plus ne reposait sur rien, qu'il ne risquait rien. Pourtant, que dirait-il si on le découvrait ici ?

Il pensa à Ravel. C'était incongru, cependant il était facile de déterminer l'origine de ce rapprochement... Ce jardin avec son atmosphère particulière de paix et d'inquiétude dans la nuit d'été le faisait penser à *L'Enfant et les Sortilèges*. Il y avait aussi les odeurs, car à celle toujours aussi prégnante du jasmin se mêlaient celles des parterres de fleurs sur le devant de la maison.

Une allée de gravier passait devant la bâtisse et conduisait en son milieu à un petit perron auquel on accédait par deux marches. Maréchal l'évita et se dirigea vers la fenêtre qui l'intéressait. Arrivé près d'un massif dont au toucher des feuilles il déduisit qu'il s'agissait d'un laurier, il s'arrêta et écouta encore. Toujours les oiseaux dans les fourrés et quelques crissements d'insectes. Aucun bruit ne venait de la maison. Il traversa une bande de gazon. En avançant les mains, il toucha des plantes et se piqua. L'odeur qui s'en dégageait lui confirma qu'il y avait des rosiers à cet endroit. En se penchant, il renifla. Elles dégageaient un parfum lourd bien différent de celui du jasmin. Un peu plus loin, il toucha le crépi du mur. Il était maintenant à vingt centimètres de la fenêtre, et il voyait nettement la bande de lumière blanche qui l'avait conduit jusqu'ici. Il parvint à se glisser entre les rosiers et se plaqua contre le mur. Si quelqu'un l'avait aperçu, il aurait eu bonne mine. Il chassa cette pensée et approcha le visage de la fente lumineuse.

Il lui fallut un moment pour accommoder sa vue. La première chose qu'il distingua fut le bas d'un meuble. Il était en acajou et le bois luisait avec des reflets rougeâtres. Il pensa : « Un secrétaire Empire... », puis : « Le parquet est luisant de cire. » Il vit aussi l'angle d'un tapis. Celui-ci lui parut beau, riche. « Un Boukhara ? » De là, il ne voyait rien d'autre. Il se faufila un peu plus contre le mur et s'accroupit. Son champ de vision s'élargit vers le haut. Il y avait un fauteuil avec des pieds tournés, de style lui aussi, un beau meuble à coup sûr. Quelqu'un était assis là. Une femme, dont il voyait le bas de la robe. Il fut surpris par la richesse du tissu. C'était une robe longue, d'un rouge cramoisi, brillant comme de la soie. Il regretta d'être incapable de nommer l'étoffe. Sous l'ourlet qui retombait sur le tapis passait l'extrémité d'un pied, une chaussure fine, vernie, brillante elle aussi. Un peu plus haut, on voyait un bras, appuyé sur l'accoudoir du fauteuil. La manche était du même tissu rouge et la main qui en sortait était longue, fine, très blanche, fort belle, avec une bague où était enchâssée une améthyste.

Maréchal était certain, bien qu'il ne le vît pas, que la femme était elle aussi très belle. Tout, et d'abord la position de la main, abandonnée mais pas relâchée, donnait un sentiment de distinction, d'élégance. Il resta quelques secondes à contempler cette beauté qui évoquait le détail d'un tableau d'Ingres, *Madame Duvauçay*, qu'il avait vu un jour à Chantilly et qui l'avait frappé parce que l'aristocratie du modèle avait été exprimée avec génie par le peintre. Il s'attendait à quelque mouvement qui lui eût permis d'en voir davantage. Il n'en fut rien. Il dut déplier une de ses jambes, sentant venir une crampe. Il se pencha encore. Cela ne servait à rien, la fente était trop mince. Il plaça quelque espoir dans le grand miroir qu'il distinguait sur le mur opposé. Mais celui-ci ne lui renvoya que le reflet d'une porte et d'un vaisselier qui devait occuper le mur derrière la femme assise.

Il était extrêmement déçu. Au point de prendre le risque d'essayer d'entrouvrir davantage le volet. Mais celui-ci était bloqué. Il attendit encore un peu dans l'espoir que la femme bougerait, le temps de se faire quelques réflexions sur la beauté, la grandeur, l'élégance. Puis il finit par se relever.

Il allait se décider à quitter son poste d'observation quand il entendit un léger grincement. Il se plaqua de nouveau contre le mur. Quelqu'un venait d'entrer dans le jardin. Le gravier crissa sous des pas. Une silhouette avançait. Il pensa qu'on allait entrer dans la maison et se rencogna davantage. Mais le nouveau venu suivit l'allée et disparut à l'autre bout du jardin. Maréchal, qui avait retenu son souffle, respira profondément.

La venue de ce personnage l'intriguait. Il songea à quelque homme de peine, jardinier ou autre. Dans ce cas, il devait vivre dans une aile de la maison de l'autre côté.

Il regarda une dernière fois par la fente du volet. La femme assise n'avait pas bougé d'un centimètre. Il nota de nouveau la beauté de cette main d'une extrême pâleur que renforçait encore le rouge de la robe. Tout était au bout du compte très romanesque. Mais cela ne le surprenait pas dans la mesure où, depuis qu'il connaissait cette maison, tout ce qui y touchait lui avait donné l'impression d'un conte. Il était assez lucide avec lui-même pour ne pas ignorer que son esprit rêveur et la nuit d'été comptaient sûrement pour beaucoup dans cette magie.

Au point où il en était, il pouvait essayer de voir où avait disparu le personnage qui avait ouvert la porte du jardin cinq minutes plus tôt. De là où il se trouvait, le plus simple pour inspecter l'arrière du bâtiment était de suivre la façade et de passer par-derrière en suivant le même chemin que lorsqu'il avait poursuivi l'inconnu la veille. Ce qu'il fit en marchant sur le gazon pour amortir le bruit de ses pas. À l'angle du mur, il retrouva le ruisseau, passa le petit pont et, parvenu à l'arrière, au lieu de s'enfoncer dans le parc où les oiseaux s'en donnaient à cœur joie, il suivit encore la façade. Il passa devant plusieurs fenêtres barricadées et une porte vitrée par laquelle on ne voyait poindre aucune lumière. Il s'arrêta en distinguant dans l'ombre une construction assez haute mais très étroite qui se découpait sur le ciel étoilé. Il devina que c'était là que l'autre était entré. Il avait dû se coucher aussitôt, car il n'y avait pas la moindre trace de lumière visible. La thèse du jardinier paraissait la plus probable. Prudent, Maréchal jugea préférable de ne pas s'en aller de ce côté de la maison, celui qui était rentré tout à l'heure pouvant surgir à tout moment. Il rebroussa donc chemin.

Quand il repassa devant la fente lumineuse, il fut tenté de regarder encore. Mais il était évident qu'il ne verrait rien de plus. Et aussi, il voulait conserver l'image de cette main. On n'avait pas tous les jours l'occasion de telles visions. Pourquoi risquer de les abîmer ? Les provisions de rêves sont les plus difficiles à thésauriser.

Il prit un maximum de précautions pour éviter d'attirer l'attention en quittant le jardin. En atteignant la porte, il craignit quelques secondes que le dernier entré ne l'eût fermée et fut soulagé en constatant que non. Une fois dans la rue, où il s'engagea après avoir vérifié soigneusement qu'il n'y avait personne, il s'éloigna rapidement et s'engagea dans la première venelle qui se présentait.

Il eut l'impression de revenir d'un autre monde. La lumière de l'éclairage public sur la place de Corbans où il déboucha bientôt lui parut crue et sans mystères. Au-dessus des toits, des multitudes d'étoiles tournaient sans rémission dans la nuit d'été. Quelques réminiscences littéraires lui vinrent alors – Rimbaud, Nerval... – sans raison, sauf ce qui restait en lui de ces visions d'un autre temps qu'il venait de contempler. Car dominait, de ces moments passés à regarder par la fente lumineuse, le sentiment que tout cela se déroulait hors du temps, dans un monde depuis des éternités clos sur lui-même, un îlot de passé, avec les mœurs, les vêtements, les attitudes d'autrefois.

Devant lui s'étendait la place de Corbans, au fond de laquelle le café illuminé lui fit penser à celui de *Nuit* de Van Gogh.

Ce fut certainement pour garder intact ce sentiment qu'il évita de suivre son idée première d'y entrer. Il avait peur de gâcher un bien précieux. Pourtant, il s'en voulait aussi, c'était trop prêter le flanc à un romantisme désuet. Et puis, il ne fallait pas oublier qu'un homme était mort, et l'organdi ou la faille ne devait pas occulter cette vérité cruelle. Malgré cela, il suivit son penchant, prit une rue à droite et remonta vers l'auberge de La Perdrix.

Dix coups sonnaient au clocher de Corbans.

6

Le lendemain matin, comme à son habitude, Maréchal se réveilla de bonne heure. Laetitia dormait encore. Elle n'était pas la seule, et quand, après une toilette de chat, il descendit pour le petit-déjeuner, tout était encore silencieux à l'intérieur de l'auberge.

Dès leur arrivée, il avait signalé à Vidal ses horaires matinaux et obtenu de lui, sans difficulté sauf quelques efforts peu convaincants de promettre de se lever avant son client – ce que Maréchal voulait éviter à tout prix –, de se préparer lui-même son petit-déjeuner à la cuisine. Un petit-déjeuner fort simple au demeurant, puisque le plus souvent il se contentait d'un bol de café. Une fois celui-ci prêt, il sortit sur la terrasse. Le ciel était déjà très clair et il ne restait que des coins d'ombre éparpillés sous la glycine. Les toits de Corbans commençaient à s'éclaircir eux aussi. Toutefois, il régnait un silence total.

Maréchal adorait ces moments du petit jour, lorsque tout le monde est encore endormi, que seuls les rêveurs et les lève-tôt comme lui participent de cette vie cachée, souterraine, discrète, éloignée de tout but pratique, seulement ouverte à la poésie des chants d'oiseaux, à la course des nuages. « À propos de nuages, pensa-t-il, ils sont en train d'arriver. » En effet, le ciel limpide de la veille se remplissait par endroits de nuées grises, légères et peu menaçantes encore, les premières à troubler l'uniformité du ciel depuis des jours. Cela était-il annonciateur de pluie ? À La Grézade, il aurait répondu que oui. Ici, il l'ignorait.

Il savoura son café à petites gorgées. Puis il alluma une Gauloise. C'était son premier plaisir de la journée, plus encore que le café. Les quelques bouffées qu'il tirait alors lui faisaient un moment oublier l'idiotie de gâcher ainsi sa santé. Il avait chaque matin l'habitude de ce débat intérieur. Certains jours, il faisait mine de jeter son mégot. Mais une force plus têtue que sa volonté l'en empêchait et il tirait de nouveau dessus avec volupté.

Il alla jusqu'au bord de la terrasse et s'appuya sur le parapet. De là, on voyait trois rues de Corbans totalement désertes. Il eut envie de faire un tour. Il fut retenu par l'idée qu'il allait à tous les coups se retrouver devant une certaine maison. Cela ne tenait pas debout, il en avait suffisamment fait la nuit dernière. Avec la plus grande lucidité que donne le jour, il devait reconnaître qu'il n'avait rien appris du tout. Ce n'était pas parce que cette femme – ou ces gens : rien ne permettait d'affirmer qu'elle fût seule – s'habillait ou même vivait comme sous le Second Empire que ça apportait la moindre lueur d'explication au problème qui accablait Brochard et intéressait Maréchal beaucoup plus qu'il ne l'aurait souhaité – et avoué si on l'avait questionné.

Et s'il allait jeter un coup d'œil à l'endroit où la Mobylette semblait s'être arrêtée l'autre soir ? Il passa les quelques minutes nécessaires pour finir son café à peser le pour et le contre. Il se souvenait combien lui avait paru étrange ce bruit de moteur qui s'était interrompu trop tôt. Sa découverte du corps, un peu plus tard, devant la maison biscornue donnait un relief très particulier à cette remarque. Toutefois, il avait vu lui-même qu'il y avait apparemment une ferme à cet endroit. Que quelqu'un – un jeune à coup sûr – s'y soit arrêté était dans l'ordre naturel des choses. Mais cela ne suffisait pas à convaincre Maréchal. Car, dans beaucoup de ses actions, plus que ce qui était dans l'ordre comptaient les signaux que lui délivrait de temps en temps une faculté particulière qu'il se connaissait et que par simplification on aurait pu appeler *intuition* ou *flair*... Ce qui importait, c'était que lui faisait confiance à ce sens. Quand le signal d'alerte s'allumait, il y prêtait attention. Parfois, cela l'avait conduit dans des zones dangereuses ; parfois, cela avait abouti à des impasses ; parfois – souvent –, cela avait été déterminant. Alors il s'y fiait.

Il revint à l'auberge, alla jusqu'au bureau de la réception, prit le bloc-notes qui s'y trouvait et écrivit un mot pour Laetitia. Ensuite, il remonta à l'étage et glissa le mot sous la porte de leur chambre. Il ne voulait pas la réveiller, de plus, il aurait eu l'air malin si elle lui avait demandé des explications. Vu son état d'esprit au sujet de son implication dans l'enquête de Brochard, il était peu probable qu'elle apprécie son idée d'aller de bon matin dans une ferme de la vallée, sous prétexte qu'il avait entendu un bruit de deux-roues dans la nuit !

Une fois la conscience tranquille, ou presque, du côté de Laetitia, il alla jusqu'au garage de La Perdrix.

Avec d'infinies précautions, il manœuvra la poignée de la porte basculante et poussa celle-ci. Un grincement épouvantable se fit entendre. Il écouta, mais rien ne bougea dans l'auberge. La 4L était garée devant le break Citroën de Vidal.

Maréchal démarra et recula. Le mieux serait de laisser la porte ouverte, mais Vidal s'imaginerait le pire en constatant la disparition de la 4L. « Un coup à lui faire appeler Brochard ! » pensa Maréchal, très gai tout d'un coup. Il alla refermer la porte qui, à sa grande surprise, ne grinça pas du tout.

Il manœuvra pour quitter la cour de La Perdrix. Au moment où il passait devant la cuisine, Vidal en sortait. Ce dernier, stupéfait, se précipita vers lui, mais Maréchal avec un grand sourire passa sous son nez en lui faisant un geste amical de la main. Dans le rétroviseur, il vit que l'aubergiste lui répondait en agitant le bras tout en se grattant le sommet du crâne, signe chez lui de perplexité.

Maréchal traversa Corbans à toute petite vitesse. Il croisa très peu de monde, mais cela le fit penser à ses balades matinales à La Grézade. Ici comme là-bas, le boulanger grillait la dernière cigarette de sa nuit, deux ou trois femmes âgées lavaient à grande eau leur devant de porte. Une autre astiquait une plaque de cuivre, notaire ou médecin, exactement comme Mme Bounhoure la plaque du notaire de chez lui. Maréchal aimait retrouver de temps en temps ce genre de constantes dans la vie de ses contemporains. Lui qui haïssait la routine ne détestait pas la rencontrer chez les autres. Ainsi, on avait encore l'impression que quelque chose de stable perdurait dans un monde où le changement semblait devenu la règle. Ce fut en se faisant ces réflexions qu'il prit la route de la vallée.

Le soleil avait basculé au-dessus des montagnes et les toits paraissaient maintenant dorés comme des brioches. Le ciel avait perdu sa limpidité des jours précédents. Des nuages plus épais couraient à travers, grisâtres, encore légers et fragiles, emportés du fond de l'horizon par le vent qui soufflait de l'ouest.

Peu après la sortie du bourg, la route s'engageait dans la forêt qui entourait Corbans. Là, le soleil était encore trop bas pour apporter une lumière suffisante et le sous-bois était plongé dans l'ombre. L'herbe des bas-côtés avait été grillée par les journées de canicule. Seules quelques touffes restaient vertes ici et là. Maréchal ignorait leur nom. Il remarqua qu'elles étaient surmontées de longues hampes de fleurs rouges en clochettes. « Peut-être des sortes de digitales ? » pensa-t-il. Surtout, cette couleur de velours lui rappela son escapade de la veille et, accordé avec la joie du matin et le mystère encore intact de la nuit dans la forêt, évoquait à nouveau de très romanesques images, dans lesquelles une main de femme particulièrement belle occupait le premier plan. Il ne se cachait pas qu'il s'agissait là d'une manifestation évidente de son romantisme. Mais après tout pourquoi ne pas s'y abandonner ? On en retirait parfois de grandes satisfactions et cela valait mieux que bien des sécheresses de cœur qu'on confondait souvent avec de la lucidité. Celle-ci se traduisait plutôt par une conscience nette de ses goûts et de ses buts que par une attitude rigide dont il ne rencontrait que trop souvent la trace chez ses contemporains. Se laisser aller de temps en temps à ses émotions sans craindre de passer pour une midinette avait l'immense avantage de réchauffer un cœur, que la détresse et le malheur qui galopaient par le monde avaient tendance à refermer sur lui-même.

Il essaya de mettre en route l'autoradio. C'était déjà en soi une tâche ardue, l'appareil ayant le même âge que le véhicule. De plus, il ne sortit du haut-parleur qu'un grésillement infâme de parasites. Cela arrivait toujours dans ces zones de montagne. Il en avait l'habitude chez lui. Il tourna encore le bouton, entendit cette fois un sifflement suraigu. Il n'y avait rien à faire, il éteignit le poste qui émit un claquement de mauvais augure.

La forêt s'éclaircissait de chaque côté de la route et des champs apparurent sur lesquels le soleil commençait de poser des reflets de chaudronnerie. Maréchal reconnut l'endroit où la veille il avait remarqué un panneau. Bientôt, il vit le chemin qui s'ouvrait à gauche et remontait vers les bois dans la direction de Corbans qui les surplombait. Le belvédère qu'il affectionnait devait se trouver juste au-dessus. Sa déduction sur la position de la Mobylette l'autre soir quand elle avait stoppé était corroborée par la topographie. Il en éprouva une satisfaction dont, la seconde suivante, il comprit la vacuité. Il tourna après un coup d'œil dans le rétroviseur, mais la route était déserte. Les touristes ne se mettaient pas en route de si bon matin.

Une fois sur le chemin qui, après cent mètres, perdait son revêtement de bitume, il rangea la 4L sur une esplanade où les services de l'Équipement avaient entreposé du gravier. S'il allait vers la ferme qu'il supposait se trouver au bout du chemin, il valait mieux que ce soit à pied, il serait beaucoup plus facile de parler de promenade dans ces conditions. Il revint en arrière jusqu'au carrefour. En roulant, il lui avait été impossible de lire cette fois encore ce qui était marqué. À cet endroit, le chemin était bordé de peupliers dont le vent remuait les feuilles comme des sacs de monnaie. Le panneau était cloué sur un bouleau de Hongrie. Un panneau en contreplaqué, très abîmé, sur lequel on avait inscrit un mot avec de la peinture argentée, de celle qu'on utilisait autrefois pour peindre les tuyaux de poêle. Il le contempla un moment tout en fumant. L'inscription était presque effacée. Il lui fallut regarder sous plusieurs angles avant de parvenir à lire le mot qui y était écrit. Il finit par conclure que c'était NOBLESSE. C'était risible, vu l'état du panneau.

Il remonta vers la 4L et suivit le chemin. Après cent mètres, celui-ci s'enfonçait de nouveau dans un bois de chênes et de hêtres majestueux dont la prestance corroborait la pancarte.

Pourtant, le chemin lui-même était mal entretenu, on avait essayé de combler les nids-de-poule avec du gravier, probablement celui de l'Équipement, alors qu'il s'agissait sûrement d'un chemin privé. Ce qui se confirma quand il arriva, à la fin du bois, le long d'une vaste prairie en pente, semée de coquelicots et de bleuets, qui remontait vers une butte au sommet de laquelle se trouvait une grosse bâtisse flanquée d'un pigeonnier. Il en était encore loin, car la prairie était vaste. À son entrée, le chemin était barré par un fil de fer barbelé tendu entre deux piquets de châtaignier, technique fréquente à la campagne pour interdire le passage.

Maréchal en toute mauvaise foi se dit qu'il n'avait pas fait tout ce chemin pour rien... Sans barguigner, il passa sous le fil de fer et s'avança dans la prairie. Le soleil inondait le coteau tout entier. Il jugea encore une fois que la ferme devait se trouver juste au-dessous de Corbans. C'était le genre d'idées qui, quand elles le prenaient, ne le lâchaient plus. En général, il avait pu constater que cela finissait à un moment ou à un autre par avoir un sens.

Il commença à monter vers la maison en prenant un air aussi détaché que possible, on pouvait très bien être en train de l'observer d'une fenêtre. Après qu'il eut franchi la clôture, il savait parfaitement ce qu'il risquait. Il avait suffisamment arpenté la campagne pour ne pas ignorer que son intrusion pouvait amener toute sorte de réactions. Cela allait de l'accueil chaleureux au coup de fusil, en général c'était plutôt une grande suspicion, la nécessité de montrer patte blanche. Souvent, dans ce dernier cas, son métier lui était utile : il avait remarqué que même chez les plus frustes demeurait un certain respect pour ceux qui travaillaient avec leur cerveau. Il faisait étonnamment bon sur ce chemin. Le vent, sans être violent, balayait la combe tout entière et venait moirer à grandes brassées les hautes herbes de la prairies. Les fleurs étaient grasses et l'herbe elle-même paraissait ici ne pas trop avoir souffert de la canicule. Ce grand pré était tout juste mûr pour être fauché. Cela représentait au bout du compte une belle quantité de foin. De là à estimer que ceux qui vivaient ici avaient pas mal de bétail... Maréchal sourit. Il s'en moquait pour l'heure. Tous ces calculs et ces supputations ne valaient rien devant la douceur de l'air, le fabuleux mélange de couleurs des fleurs de la prairie, la beauté du ciel que les nuages ponctuaient maintenant de moutonnements blanchâtres d'un bout à l'autre de l'horizon borné par le cercle des collines qui entouraient la grande combe où la ferme était nichée.

Il était à peu près à mi-distance de la ferme quand il entendit sur la droite un bruit étrange. Il regarda dans cette direction, mais il fut ébloui par l'éclat du jour et dut mettre la main en visière pour découvrir l'origine de ce bruit, dans lequel au même instant il reconnut le galop d'un cheval. Celui-ci accourait à fond de train. Selon toute apparence, il venait de sortir de la forêt qu'on apercevait au fond de la prairie. Quand il fut plus près de lui, Maréchal vit qu'il était noir. Il savait d'expérience ce qu'il fallait faire dans ces cas-là. Il s'arrêta et resta parfaitement immobile. Le cheval fonçait sur lui à toute vitesse et, dans ce galop d'une bête superbe au milieu des fleurs de la prairie, il se dégageait une noblesse qui, elle, suffisait à justifier le nom du domaine.

Il ne bougeait pas et fixait le cheval qui arrivait toujours à la même vitesse. Mais, brutalement, dans un effort considérable qui fit saillir tous ses muscles, il s'immobilisa en levant la tête. Puis il hennit en découvrant de longues dents très blanches et il resta là, à regarder Maréchal. Ses muscles frissonnaient sous sa peau. Son poil luisait, il respirait la santé et la force. C'était un superbe étalon de quatre ou cinq ans, estima Maréchal, qui connaissait un peu les chevaux. Un pur-sang, vu la finesse de ses attaches et le galbe de son encolure. Il portait sur le front une tache blanche, mais tout le reste de son pelage était d'un noir profond aile de corbeau. Il était magnifique. Malgré sa course, son poil était sec et sa respiration calme et silencieuse. « Une bête de concours », se dit Maréchal.

Il songeait aussi que le motif de sa venue dans cet endroit ne cadrait pas avec la présence de cet animal somptueux qui n'était pas en accord avec une quelconque métairie, comme il s'était attendu à en trouver une dans ce lieu et surtout dans cette région. S'il avait encore cru cela, la vue de Noblesse l'aurait détrompé. Le chemin montait vers une éminence, avant de traverser une haie de buis et d'entrer dans ce qui paraissait être un vaste jardin. Ensuite, un escalier à balustres conduisait à une immense terrasse qui occupait toute la largeur du bâtiment. Les balustres continuaient tout autour de la terrasse. La maison elle-même, très grande, offrait une enfilade de fenêtres hautes qui donnaient le jour à un étage et à un rez-de-chaussée. Au milieu de celui-ci, il y avait une grande porte surmontée d'une marquise ouvragée. Correspondant avec deux fenêtres du premier, des baies s'ouvraient sur la terrasse. Maréchal pensa qu'elles donnaient sur des salons. Le côté droit de la maison était flanqué d'une tour, en fait un ancien pigeonnier dans lequel on avait percé des ouvertures et qui était surmonté d'ouvrages en zinc, dont une girouette que le vent faisait tourner, et d'un toit d'ardoises comme le reste du bâtiment. Le soleil se reflétait dans la plupart des vitres de la façade en jetant de grands éclats de lumière. Il donnait aussi aux pierres des murs une teinte rosée que soulignaient les auvents en bois sombre et les ardoises.

Tout cela était assez majestueux et Maréchal songea que les habitants de l'endroit étaient pour le moins les héritiers d'une tradition de luxe.

Maintenant, l'étalon était tout à fait paisible, il tondait un petit carré d'herbe tendre et semblait se désintéresser de la présence de Maréchal. Sans mouvement brusque, ce dernier se remit en marche. Le cheval ne broncha pas et à petits pas et tout en broutant, il s'éloigna dans la direction des bois.

Alors qu'il approchait de la maison, quelques détails apparurent à Maréchal qui le firent douter de sa première impression. La haie de buis n'était pas taillée et ce qui avait dû autrefois ressembler à l'entrée d'un jardin à la française partait dans tous les sens dans une anarchie complète. Là où le chemin atteignait la haie, il y avait un portillon en bois, peint en blanc et en mauvais état, avec deux ou trois planches disjointes et pourries. Un des battants du portillon était ouvert et bloqué par l'herbe qui avait poussé là, ainsi que par un gros pied de clématite sauvage.

Au point où il en était, il n'avait qu'une chose à faire. Il entra en se disant que quelqu'un finirait bien par s'apercevoir de sa présence. Dès l'abord, le grand jardin que protégeait la haie de buis lui parut dans un état d'abandon total. De ce qui avait été, dans d'autres temps, ratissé, taillé, tiré au cordeau ne restaient que des plantes à massifs anarchiques, des buis qui avaient depuis longtemps perdu leur aspect de boules ou de pyramides, et quelques rosiers qui s'évertuaient à fleurir au milieu de ce désastre en dégageant des parfums à la fois en accord avec la matinée et contrastant avec le négligé de l'endroit. En avançant au milieu de ce qui avait été des plates-bandes et que longeaient seulement désormais des sentiers étroits et couverts d'herbes, il arriva devant un plan d'eau, un grand bassin entouré de bambous et de massettes, à la surface duquel flottaient de larges soucoupes de nénuphars. Au fond, sous une cascade dont ne descendaient plus que de longs filaments de mousse jaune, une statue de nymphe songeait mélancoliquement en regardant l'eau verte du bassin et regrettait sans doute l'époque bénie où la cascade l'inondait et mettait en valeur ses formes à présent seulement soulignées par des lichens grisâtres. Un couple de tourterelles s'envolèrent d'un grand viorne à côté du bassin et, avec des claquements d'ailes et des roucoulements, s'en allèrent vers le ciel au-dessus de la maison.

Dans tout le jardin, il n'y avait plus le moindre espace qui fût entretenu. Pourtant, ce n'était pas une idée de désolation qui s'imposa à Maréchal alors qu'il contemplait ce spectacle. La ruine du lieu qui avait commencé depuis un bout de temps ne portait pas à la mélancolie. Il mit ce sentiment étrange sur le compte de l'allégresse de la matinée. Il y avait peut-être aussi le fait qu'apparaissaient avec évidence ici les prémices du retour de ce lieu à son origine. Si cela continuait ainsi, bientôt tout reviendrait à l'état de nature et au milieu des grandes herbes ne subsisteraient que quelques arbustes et cette statue. Un jour de grand vent, elle chuterait de son socle et se briserait avant d'être enfouie sous les mousses et les feuilles d'automne. Pour Maréchal, qui avait depuis bien longtemps acquis la certitude de la précarité de toute chose, ce mouvement n'était que naturel.

Depuis qu'il était entré dans la prairie, le seul témoignage de vie avait été la présence de l'étalon et à l'instant des tourterelles, mais nulle existence humaine ne s'était manifestée. Pourtant, depuis n'importe laquelle de ces fenêtres où flambaient les éclats de soleil les gens qui vivaient là pouvaient parfaitement le voir. En se disant qu'à la fin quelqu'un finirait bien par apparaître, il commença à monter les marches qui menaient à la terrasse. Le sol de celle-ci était pavé de grandes pierres rectangulaires en assez bon état, que recouvraient par endroits des plaques de mousse.

De la terrasse, la vue était magnifique. Il voyait toute la combe, inondée de lumière. Le vent plissait de vastes surfaces de prairie. Sur les côtés et plus bas, la masse sombre des forêts encadrait l'herbe avant de se fondre dans les lointains bleutés. Au-delà encore, un nouveau cadre était marqué, dentelé celui-là, par les sommets qui cernaient la vallée entière.

Il revint vers la maison et remarqua qu'une construction plus basse était établie sur le côté gauche, cachée, par un bosquet de frênes, ce qui expliquait qu'il ne l'avait pas vue en montant. Par contraste, elle paraissait plus pimpante que le bâtiment principal. Il y avait même, devant et sur les appuis des fenêtres, de gros géraniums rouges aux feuilles très grasses.

Autant la maison principale paraissait en déshérence, autant celle-ci respirait la vie avec, un peu plus loin, son petit potager et une voiture garée devant, une R5 verte dont le ton lui-même s'accordait avec le bosquet.

Maréchal se demandait ce qu'il devait faire. Il n'avait pas été accueilli comme au Mas des Peurs par les aboiements d'un chien. Cela aussi était surprenant en pleine campagne. Pendant qu'il réfléchissait, son attention fut attirée par un éclat métallique. Il fit deux pas et découvrit qu'il était provoqué par les rayons du soleil qui frappait les garde-boue chromés d'une petite cylindrée Honda appuyée contre un mur à côté de la R5. Cela lui rappela le but de sa visite, qu'il avait presque oublié à cause de l'atmosphère un peu magique de l'endroit. Il y avait de fortes chances pour que ce soit de cette moto que soit venu le bruit qui l'avait intrigué l'avant-veille. Si Maréchal poursuivait son raisonnement, il devait convenir que dès lors tout ce qu'il avait pu penser à ce sujet tombait à l'eau. Car, de toute évidence, celui qui possédait cet engin habitait ici et il était donc parfaitement normal qu'il rentre chez lui après une virée modeste à Corbans. Tout son montage venait du fait qu'il avait cru qu'il n'y avait pas d'habitation aussi près du bourg. Il fallait abandonner toute idée saugrenue à ce sujet et sa position n'en devenait que plus inconfortable. Il préféra ne pas imaginer la réaction de Laetitia si elle apprenait le vrai but de sa promenade matinale.

Toutefois, quelque chose ne collait pas. Maréchal savait bien ce que c'était. Son intuition qu'il y avait là quelque point à creuser, même battue en brèche par ses constatations, lui soufflait toujours à l'oreille de ne pas s'arrêter aux faits les plus évidents. En l'occurrence, elle paraissait particulièrement impérieuse et l'expérience lui avait montré qu'il avait tout intérêt à ne pas la négliger, même au mépris de toute vraisemblance.

Sur le plan pratique, il ne savait pas quoi faire. Il ne pouvait tout de même pas demeurer ainsi sur cette terrasse. Le mieux était de sonner et de raconter qu'il s'était égaré. Cela paraissait au demeurant parfaitement plausible. La porte d'entrée était vitrée et garnie d'une très belle grille en fer forgé qui, comme toute la maison d'ailleurs, évoquait le XVIIIe siècle. Il chercha une sonnette électrique. Il n'y en avait pas, mais une chaînette pendait, munie d'une poignée. Il ne restait qu'une chose à faire : la tirer. Il tira. Il entendit un tintement très faible dans les entrailles de la bâtisse, comme si son action avait déclenché un mécanisme à une distance considérable. Il se demanda où pouvait sonner cette clochette lointaine. Cela lui rappela la poignée qu'on voit au mur de la chambre de Goethe sur son lit de mort. Mais il douta que de telles réminiscences littéraires fussent bien de saison.

Il attendit. Le même silence paraissait régner à l'intérieur. Pourtant, quelques secondes plus tard, il crut entendre le bruit de portes qu'on claquait. Quelqu'un allait venir et il préparait déjà les premiers mots qu'il fallait prononcer. Pourtant, en dehors de ces sons étranges qui se renouvelèrent encore, il ne se produisit rien.

Il attendit encore les deux minutes nécessaires à une retraite décente maintenant possible puisqu'il avait frappé. Le silence était revenu dans la maison. Il haussa les épaules et fit demi-tour pour retraverser la terrasse. Parvenu à la moitié de celle-ci, il entendit un grand fracas derrière lui. La porte avait été ouverte violemment et une femme sortit de la maison.

Elle s'avança vers Maréchal, qui fut immédiatement frappé par son regard fixe. Elle était jeune – l'âge de Laetitia –, brune avec de longs cheveux qui retombaient en vagues sur ses épaules. Elle portait un long peignoir en soie. Elle n'était pas maquillée et très pâle. Elle était aussi – et surtout – très belle. Maréchal fut impressionné par cette beauté. Elle marchait très vite, avec toujours ce regard figé, quoique perçant. Elle se dirigeait vers lui, mais il eut l'impression qu'elle ne le voyait pas. Quand elle fut à un mètre de lui, il s'écarta, elle passa. Il eut la certitude qu'elle ne se serait pas arrêtée même s'il n'avait pas bougé. Elle poursuivit sa route, traversa la terrasse, descendit dans le jardin. Avec ses cheveux retombant sur les épaules et ce peignoir qui de loin pouvait passer pour une robe longue, elle évoquait une figure d'un tableau de Paul Delvaux.

Elle poursuivit vers le portillon et s'engagea dans la prairie.

À peine revenu de sa stupeur, il prit conscience qu'un autre personnage était sorti de la maison à la suite de la jeune femme. C'était un homme qui, lui, avait l'âge de Maréchal. Il était grand, avec des cheveux gris coupés en brosse et des yeux très bleus. Il était vêtu de pantalons de velours et d'une veste de chasse de la même étoffe, avec des boutons d'argent comme on en faisait autrefois. Maréchal se dit que s'il avait pu détailler ces boutons, il y aurait retrouvé les classiques cors de chasse qui, pendant plus d'un siècle, en avaient été l'ornement classique. La seule expression qui venait à l'esprit au premier regard était celle de *gentleman farmer.* Mais cette expression elle-même cadrait trop bien avec l'ensemble du tableau. Cet homme en parfaite harmonie avec la déshérence des lieux, cette femme belle et probablement folle, ce décor magnifique de gentilhommière d'un siècle révolu, tout évoquait à l'envi une histoire de roman anglais pour septuagénaires romantiques. Tout cela était trop éloigné de la vie réelle pour qu'on pût le raccorder sérieusement avec le monde dans lequel Maréchal, quoi qu'il en eût, vivait et avait plaisir à vivre. Il y avait là les signes d'une décadence un peu pitoyable, comme un goût de scène de théâtre où se serait jouée une tragédie démodée incarnée par des archétypes.

La réaction normale, pensa-t-il, était de ne pas y croire. Et pourtant, c'était bien lui qui voyait cela, lui qui se trouvait sur la terrasse, tandis que la folle poursuivait son chemin au milieu des fléoles et des coquelicots avec son peignoir qui volait dans le vent au milieu de cette combe que sa présence paraissait occuper tout entière.

L'homme ne parut pas prêter une grande attention à la présence de Maréchal. Celui-ci crut bon de se servir de l'excuse qu'il avait préparée avant de tirer la chaînette :

– Excusez-moi, mais je me suis perdu. Je viens de Corbans et je me promenais. J'ai pensé que quelqu'un ici pourrait m'indiquer le chemin pour revenir à la route.

L'homme cilla à peine. Il regardait toujours dans la direction de la jeune femme vers la prairie. De grosses rides barraient son front. Maréchal eut le sentiment que cet homme était très malheureux. Au lieu de lui répondre, il dit d'une voix caverneuse :

– Mon Dieu, comme elle est belle.

Maréchal fut saisi, non par la phrase, qui n'exprimait que la vérité, mais par le ton dans lequel il devina un chagrin sans bornes. Devait-il répéter sa question ? Ce fut inutile. L'homme parut reprendre pied. Il se tourna vers lui et dit :

– Excusez-moi ! Cela lui arrive de temps en temps. Ce n'est pas grave. Dans un moment, elle va revenir à elle. Mais vous m'avez demandé quelque chose ?

– Oui, le chemin le plus court pour revenir à la route de Verviers où j'ai laissé mon véhicule. Comme je vous l'ai dit...

L'homme l'interrompit. Il avait maintenant une voix calme, plutôt froide :

– Au lieu de redescendre par la prairie, suivez le sentier qui commence là, après la maison du fermier, et coupe à travers le bois. Vous en avez pour cinq minutes jusqu'au carrefour.

Maréchal se demanda un instant si ce n'était pas pour éviter qu'il ne descendît vers la jeune femme. Mais c'était idiot, lui-même avait voulu qu'on lui indique un raccourci.

– Merci, monsieur, dit-il. Je vais suivre vos indications. Au revoir.

– Au revoir, répondit l'autre.

Maréchal comprit qu'il était de nouveau plongé dans d'amères pensées. Il alla dans la direction qu'il lui avait indiquée et, au moment d'atteindre « la maison du fermier », il regarda à nouveau vers la prairie : la jeune femme avait été rejointe par l'étalon noir qui la suivait paisiblement à travers les hautes herbes.

Au moment où il passait devant la petite maison, il jeta un coup d'œil vers les fenêtres. Derrière l'une d'elles, il vit le visage d'un jeune homme, un visage très maigre, aux cheveux en bataille et au regard extraordinairement rusé qui, dès qu'il comprit que Maréchal l'avait aperçu, se retira brusquement en rabattant un rideau au crochet.

7

Quand il revint à Corbans, il était près de onze heures. Après avoir quitté la gentilhommière, il avait suivi le raccourci indiqué par le propriétaire, qu'il appelait « le hobereau » en son for intérieur. Le plaisir de se retrouver dans la forêt, mais aussi un tas de réflexions qu'il s'était faites en songeant à ce qu'il venait de vivre lui firent perdre un temps fou. Lui qui avait pensé au romanesque peu avant, il était servi ! Ce qui s'était passé avec cette femme, l'épisode de l'étalon aussi, tout à fait surréaliste dans un endroit comme cette vallée perdue, avec le recul cela paraissait à peine croyable. Il aurait voulu inventer ça, il n'aurait sans doute pas mieux réussi. Il avait marché un long moment dans des laisses encore baignées d'ombre au milieu de grandes fougères, sur des sentes entourées de callunes, dans un remue-ménage d'oiseaux de la forêt. Et quand il était revenu à la 4L, il s'était aperçu que la matinée était bien avancée.

En reprenant la route de Corbans, il avait remarqué que le temps se gâtait. Les nuages blancs avaient été rejoints par d'autres, plus volumineux, qui roulaient les uns au-dessus des autres en provenance de l'ouest d'où le vent qui avait forci les amenait. Malgré cela, il faisait toujours très bon et le soleil continuait à monter dans le ciel avec la même implacable majesté que les jours précédents.

Il retrouva Laetitia sur la terrasse de La Perdrix, où elle était occupée à lire. Il jeta un coup d'œil sur la couverture du livre et jugea que c'était un bon choix. C'était souvent le cas avec elle. Tout en rentrant, il s'était demandé comment elle l'accueillerait, après sa désertion du matin. En constatant qu'elle arborait un sourire radieux et qu'elle lui tendait les lèvres, il fut rassuré. Il ne lui restait plus qu'à s'arranger avec lui-même et les mensonges qu'il allait devoir proférer pour expliquer son absence. Cela était pour lui le plus difficile. Il réussit pourtant à s'exprimer paisiblement :

– Je me suis levé très tôt et je suis allé faire un tour.

– J'ai remarqué ! dit-elle d'un ton légèrement ironique.

« Aie ! pensa Maréchal, nous entrons dans une zone dangereuse. »

– J'espère que je n'ai pas oublié un projet que nous aurions fait hier ?

– Alors, quand nous ne projetons rien, ça veut dire que tu peux filer sans te préoccuper de moi ? Comme tu as fait... ?

Elle avait toujours le même sourire aimable du début, mais il la connaissait bien, cela ne voulait rien dire, seul comptait le ton qu'elle employait. Elle reprit :

– Tu sais, Franck, je comprends que tu aies envie d'aller te balader. Et je reconnais que je me lève bien plus tard que toi. Je ne te reproche qu'une chose : te mêler de ce qui ne te regarde pas.

– Je ne sais pas de quoi tu parles, répondit-il en faisant signe à Vidal de lui apporter un café.

– Tu n'as pas de chance, Franck ! Et de plus, tu ne sais pas mentir. Même si l'adjudant n'était pas passé tout à l'heure, je me serais doutée que tu étais allé fouiner à cause de cette affaire.

– L'adjudant ? Qu'est-ce que Brochard vient faire là-dedans ?

– Il est venu il y a une demi-heure. Il m'a dit qu'il avait vu ta voiture sur un bas-côté et, justement, il semble que tu sois allé dans une ferme où lui aussi avait à faire. Tu ne devines pas pourquoi ?

– Non, affirma Maréchal sur le ton le plus innocent.

– Pour enquêter sur *votre* meurtre.

– Possible..., fit-il en s'efforçant d'ignorer le *votre*. Mais je ne vois toujours pas...

– Franck ! S'il ne faisait pas aussi bon sur cette terrasse, si je n'étais pas en vacances, je crois que je me fâcherais !

– Non ! Pas toi !

– Le problème, c'est ce que m'a déclaré Brochard, comme tu l'appelles. Je vais essayer de te répéter la phrase exacte : « Je suis content que M. Maréchal m'aide dans mon travail. Votre père m'avait bien dit que je pouvais compter sur lui. »

– Je ne vois pas ce qui a pu lui faire croire que je m'occupais de cette affaire. Je me suis perdu et je suis allé demander mon chemin. Un point, c'est tout.

Elle le regarda avec le même sourire ironique, elle hocha la tête et reprit :

– Bon, écoute, après tout, c'est tes oignons. Je vais faire comme si je te croyais... Qu'est-ce qu'on fait cet après-midi ? Et ne me dis pas qu'on va voir une chapelle.

– Qu'est-ce qui te ferait plaisir ?

– J'irais bien faire un tour à Verviers. Il doit y avoir des tas de boutiques. Pas seulement une gendarmerie et un routier.

Il la trouvait très belle. Le soleil des derniers jours avait halé sa peau. La nourriture de La Perdrix lui avait réussi, elle qui mangeait la plupart du temps sur le pouce entre deux répétitions de l'orchestre. Maréchal lui prit la main et embrassa ses doigts. Vidal, qui arrivait à ce moment-là avec le café, détourna pudiquement la tête et faillit trébucher sur un pied de parasol. Quand il fut reparti, Maréchal regarda Laetitia dans les yeux.

– Je t'aime. Je te promets de ne plus m'occuper de cette histoire comme j'ai fait...

Voilà, c'était dit : il avait avoué. Il préférait, sa dissimulation de tout à l'heure lui aurait pesé. Elle le comprit et, peut-être, pensa-t-il, parce qu'elle l'aimait aussi, elle s'exclama :

– Ne promets rien, Franck ! Sauf si tu es certain de pouvoir tenir.

Il baissa la tête. Il devait reconnaître que, tout en faisant son imprudent serment, il pensait déjà à essayer de savoir ce que Brochard était allé faire à Noblesse.

– Tu vois bien ! fit Laetitia. N'en parlons plus. Mais cet après-midi, je vais faire des folies à Verviers ! Tiens : qu'est-ce que tu crois que Mme Vidal a prévu pour le repas de midi ?

– Le mieux, c'est que tu le lui demandes, répondit

Maréchal. Et profites-en pour la complimenter pour son poulet aux morilles d'hier au soir...

La jeune femme parut étonnée, puis elle se souvint de son départ précipité de la veille et éclata de rire.

– Sois tranquille ! Surtout que ce ne sera pas par politesse. J'espère qu'elle nous en resservira.

Elle se leva et s'éloigna. La regardant partir dans le soleil qui, au-delà de la glycine, baignait la terrasse de La Perdrix, Maréchal fut saisi à nouveau par sa beauté. Que celle-ci lui appartienne un peu tenait de la magie, il en avait une conscience aiguë. Parfois cela le faisait trembler, le plus souvent ça lui donnait une grande force. Il resta un moment à songer à elle, à leur première rencontre, aux *Fleurs solitaires* de Schumann, à tout ce qu'ils avaient vécu ensemble.

Il alluma une Gauloise et remarqua que, depuis qu'il était à Corbans, il fumait moins – ce qui faisait quand même beaucoup. Il commençait à en tirer des conclusions, probablement erronées, quand il se souvint de ce que Laetitia lui avait dit.

Pourquoi donc Brochard s'était-il mis en tête qu'il enquêtait sur le meurtre du vieil homme ? Le fait qu'il ait vu la 4L signifiait simplement que Maréchal était dans le coin, où il pouvait très bien se balader. Et à Noblesse, il n'avait posé aucune question, il en aurait d'ailleurs bien été empêché par ce qui s'était passé. Il faudrait qu'il sache pourquoi le copain du père de Laetitia pensait ça. Et d'ailleurs, que signifiait sa propre visite à la gentilhommière ? Était-ce l'enquête de routine qui l'avait conduit là ? C'était plausible, vu la proximité par rapport à Corbans. Y avait-il autre chose ? Maréchal tournait en rond. Il verrait ça directement avec l'adjudant. Pour le moment, il aurait bien voulu en savoir davantage sur les gens qu'il avait rencontrés. Comme Vidal arrivait avec deux parasols pour compléter l'ombre de la glycine avant le repas de midi, Maréchal se dit que peut-être l'aubergiste pourrait le renseigner.

– Oui, monsieur Maréchal ! J'arrive tout de suite, fit-il tout en se dépêchant d'installer son matériel.

– Vous avez le temps...

Maréchal avait remarqué plusieurs fois à quel point l'aubergiste se montrait empressé à répondre au moindre de ses souhaits. Il ne s'agissait pas seulement d'une pratique commerciale à court terme. Il se doutait que Vidal était très fier d'accueillir chez lui un écrivain, donc à son sens quelqu'un de célèbre. Peut-être espérait-il que cela ferait une bonne publicité. Maréchal était étonné de voir fleurir un peu partout ces références à des écrivains ou des peintres, dont le passage en tel ou tel lieu, même bref, entraînait pour l'endroit une renommée sans rapport avec la réalité, en tout cas le plus souvent sans lien réel avec l'importance que le séjour avait pu avoir sur la création de ceux dont on utilisait l'effigie à des fins publicitaires. Il y avait même... Mais il abandonna ces réflexions oiseuses, car Vidal approchait.

– Je mets les parasols, dit celui-ci, mais peut-être qu'il me faudra les enlever plus tôt que d'habitude.

– Pourquoi ? demanda distraitement Maréchal.

– Regardez, monsieur Maréchal, fit Vidal en montrant l'ouest qui était devenu fort sombre.

Les nuages qui avaient commencé à rouler alors que Maréchal remontait vers Corbans s'étaient réunis en une immense masse noirâtre qui occupait tout un quartier du ciel, tandis que le reste était toujours aussi uniformément bleu avec un gros soleil d'été.

– Vous croyez que le temps va changer ?

– Ça se pourrait bien, répondit Vidal d'un air entendu.

Maréchal eut l'impression que l'aubergiste était fier de faire étalage de ses connaissances météorologiques locales :

– Ici, vous savez, ça change vite. Ça peut passer comme ça ou alors il peut nous tomber dessus un gros orage. Ça change vite, monsieur Maréchal.

– Dites-moi, j'aimerais que vous ne m'appeliez plus *monsieur Maréchal.*

– Ah bon ! s'exclama l'aubergiste, l'air interloqué. Et comment vous voulez que je vous appelle ?

Maréchal sourit.

– Je ne sais pas ! Appelez-moi Franck, par exemple...

L'autre eut l'air offusqué.

– Franck ? Mais c'est votre prénom.

– Justement ! Moi, je vous dirai... Au fait, j'ignore votre prénom.

L'aubergiste était plongé brutalement dans un grand effort de réflexion. Il murmura presque :

– Ferdinand.

– Eh bien voilà ! Vous m'appelez Franck et moi Ferdinand.

Le patron de La Perdrix continuait visiblement à réfléchir. Après quelques secondes, sa face s'illumina. Il se frappa de la main sur le front et se pencha vers Maréchal. Toujours dans un murmure, il déclara :

– Je comprends : vous voulez rester *anonyme.*

L'écrivain le regarda. Vidal était manifestement au bout de ses capacités de compréhension, impossible de lui faire admettre qu'il ne souhaitait pas qu'on lui donne du *monsieur Maréchal* long comme le bras. Il soupira à peine et dit :

– Oui, c'est ça, Ferdinand. Je préfère passer mes vacances dans l'anonymat.

Une fois de plus, il se rendait compte de la difficulté qu'il y a à communiquer avec ses semblables. Il revint à son idée première :

– Dites-moi. Ce matin, je suis tombé par hasard sur une propriété qui se trouve sous Corbans, je pense. Vous savez, c'est au bout d'un chemin qui commence sur la route de Verviers. Il me semble que ça s'appelle... Ah, mince, je ne me souviens plus. Vous voyez ce que je veux dire ?

Vidal le regarda et, dans ses yeux, Maréchal eut l'impression qu'une petite lueur venait de s'allumer.

– Non, répondit-il. Je ne vois pas.

Maréchal eut le sentiment fugace qu'il mentait. Il enfonça le clou.

– Ah, ça me revient, Noblesse ! Oui, c'est ça, c'est le nom que j'ai lu sur le panneau.

– Noblesse ? Oui, en effet, il y a un domaine qui s'appelle comme ça sur la route de Verviers. C'est un coin perdu dans la campagne.

– C'est très beau par là-bas.

– Je ne sais pas, fit Vidal très vite. Je n'y suis jamais allé.

– Ah bon..., dit Maréchal, surpris. Et qui est-ce qui vit à cet endroit ?

Vidal hésita. Il dut conclure qu'il ne pouvait pas éviter de répondre. Il le fit à regret :

– Les de Marliet.

– Des nobles ? Remarquez que ça va bien avec

l'allure de la maison. Du moins avec ce que j'ai pu en voir en me promenant dans la forêt.

Vidal garda le silence. Sa faconde habituelle paraissait l'avoir abandonné. Il arborait même une mine renfrognée. Maréchal s'en voulait un peu d'abuser de la simplicité de ce type, qui par ailleurs était comme du bon pain. Mais il avait l'impression de tenir quelque chose et il n'avait aucune intention de lâcher le fil.

– Et ils sont comment, ces... de Marliet ?

– Je vous l'ai dit, monsieur Maréchal... Euh, pardon, Franck... Je ne les connais pas, moi. Maintenant, il faut m'excuser, la patronne doit m'attendre pour préparer le service de midi.

Une fois revenu dans son élément, il reprit son ton et sa loquacité habituels :

– Vous ne pouvez pas imaginer les soucis que j'ai avec les deux apprentis qu'on m'a envoyés de l'école hôtelière pour les vacances ! Je me demande ce qu'on peut leur apprendre. Je vois bien que ça me donne plus de travail qu'autre chose ! Et d'ailleurs...

Maréchal fut sauvé par un appel aigu venant de la cuisine de La Perdrix :

– Ferdinand ! Qu'est-ce que tu fais ?

Il écarta les bras et s'en alla rapidement vers l'auberge.

Maréchal alluma une Gauloise, ce qui l'obligea à infirmer un peu ce qu'il avait cru plus tôt sur ses progrès dans ce domaine. De toute évidence, Vidal ne lui avait répondu que contraint et forcé par ce qu'il croyait être ses obligations vis-à-vis de l'écrivain. Le simple fait d'évoquer Noblesse et les gens qui y vivaient l'avait mis dans tous ses états. De là à penser qu'il y avait derrière cela un gros morceau, il n'y avait qu'un pas. Tout en se méfiant des raccourcis trop commodes, Maréchal était prêt à le franchir. Déjà il imaginait beaucoup de choses au sujet des de Marliet et l'attitude de l'aubergiste ne pouvait que l'encourager. Il avait au final retiré davantage de cette conversation qu'il n'y paraissait. Le point noir restait qu'il était de plus en plus obsédé par cette histoire. Il allait falloir négocier avec Laetitia, ce ne serait pas le plus simple...

Après un repas de rêve, peut-être dû aux compliments que Laetitia avait prodigués à Mme Vidal, ils prirent vers quatorze heures la route de Verviers.

Au moment où ils passaient devant le carrefour de Noblesse, Maréchal prit un air innocent tout à fait inutile, car sa compagne n'avait aucune idée de ce qui se trouvait au bout du chemin creux. Mais Maréchal était ainsi, surtout lorsqu'il se sentait coupable, ce qui était le cas. Il devait crever l'abcès le plus tôt possible, il y pensait depuis leur départ de Corbans.

– Je serai obligé de te laisser un moment quand on sera à Verviers, commença-t-il. Il faut...

– Que tu ailles à la gendarmerie ! le coupa-t-elle.

– Comment tu as deviné ?

– Tu crois peut-être que je ne sais pas que tu as téléphoné à ce Bompart ?

– Brochard ! corrigea Maréchal, qui se demanda comment elle avait appris son coup de fil à l'adjudant juste avant le repas.

– Je m'en fiche de son nom ! La prochaine fois que tu téléphones en cachette de la cabine de La Perdrix, ne laisse pas la porte ouverte comme tu l'as fait !

Il prit un air penaud et murmura :

– Je suis désolé...

– Non, tu n'es pas désolé, Franck. Tu ne sais pas comment je vais prendre ça, ce n'est pas la même chose !

– Si tu veux. Mais je regrette quand même.

– Que j'aie entendu ?

– Non ! Que je ne puisse pas faire autrement que de m'intéresser à cette histoire. Je t'ai promis de vraies vacances et je comprends que tu sois en colère...

– Je ne suis pas vraiment en colère.

À son ton, Maréchal devina que c'était exact. Elle poursuivit :

– J'ai réfléchi depuis tout à l'heure. J'ai deux solutions : ou je rentre à Montpellier, ou je supporte tes *investigations.* Note bien qu'il y en a une troisième : on continue comme ça, dans l'hypocrisie. Mais ça, je refuse de m'y prêter, Franck.

Il devait admettre qu'elle avait raison. C'était bien sa manière d'aborder les problèmes de front. Il restait à apprendre ce qu'elle envisageait de faire. Il attendit.

– Je n'ai aucune envie de rentrer chez moi, si ça peut te rassurer. Parce que je suis bien ici, avec toi, même si tu recommences à jouer les courants d'air. Reconnais que ce n'est tout de même pas croyable qu'à chaque fois tu te laisses entraîner dans des histoires pareilles ! Toutefois, je reste.

Maréchal crut bon de pousser un soupir de soulagement.

– Ne force pas la note ! fit-elle.

Mais elle avait retrouvé son air habituel.

En atteignant Verviers, Maréchal remarqua qu'il y

avait pas mal de voitures stationnées sur les parkings et parmi elles beaucoup d'étrangères.

Il gara la 4L sur la place après avoir tourné un moment à la recherche d'un emplacement libre. Juste devant la gendarmerie.

– Le hasard arrange bien les choses ! s'exclama Laetitia.

– Ce n'est pas de ma faute..., bredouilla-t-il.

– Ne fais pas cette tête ! Je vais aller voir les boutiques. On se retrouve où ?

– Si j'osais...

– J'ai compris : à la terrasse du routier. C'est bien ça ?

– Ma foi... Comme ça, on est sûrs de ne pas se perdre.

– Cela m'étonnerait qu'on se perde à Verviers, remarqua-t-elle. Dans une heure ?

– Tu plaisantes ? Je n'ai pas besoin de tellement de temps !

Tout en descendant de voiture, elle dit en levant le doigt d'un air sentencieux :

– Tu sais, avec les forces de l'ordre, on ne sait jamais. N'oublie pas que tu parles à une connaisseuse...

– D'accord. On dit dans une demi-heure. Le premier arrivé attend l'autre. Je voudrais quand même qu'on ait le temps de se promener ensemble sur les *Champs-Élysées* de Verviers.

Elle s'éloigna en riant. Maréchal la regarda, puis il alluma une Gauloise et fit les cent pas tout en fumant devant le bâtiment officiel. Il la vit disparaître dans une rue piétonne après qu'elle se fut retournée et lui eut adressé un petit signe de la main. Il écrasa son mégot et entra dans la gendarmerie.

Dans le hall, il tomba sur Périer qui arrivait, les bras chargés de dossiers. Le gendarme, en chemisette et nu-tête, avait de plus en plus une allure de sportif de haut niveau. Il accueillit aimablement Maréchal.

– Votre chef est là ? demanda ce dernier.

– Oui, dans son bureau. Je sais qu'il vous attend. Je vais le prévenir.

Passant derrière le comptoir de l'accueil, il manipula un téléphone qui parut extraordinairement compliqué à Maréchal.

– Vous pouvez y aller. Vous connaissez le chemin.

De telles facilités pour se déplacer dans la gendarmerie supposaient que des consignes avaient été données à Périer à son sujet. La nasse se refermait. Maréchal se dit qu'il l'avait bien cherché.

Il suivit le couloir des bureaux et parvint à celui de Brochard. Celui-ci l'accueillit aussi avec chaleur. Toutefois, après qu'il se fut assis, Maréchal lui trouva l'air soucieux.

– Je suis content que vous soyez venu, commença l'adjudant, ça veut dire que vous avez des idées.

– Non ! corrigea Maréchal. Des questions tout au plus, et sans grand intérêt, je crains.

– Ah bon ?

Brochard avait l'air désolé. Il soupira et finit par lâcher :

– J'ai des embêtements, Maréchal, de sacrés embêtements. C'est pour ça que j'espérais que vous auriez des idées.

– Qu'est-ce qu'il vous arrive ?

– Jc nc vais pas asscz vitc, paraît-il... Alors, *ils* envoient un inspecteur de la judiciaire. Il a fallu qu'un journaliste de *La Bannière* se mette en tête de raconter cette histoire. Vous pensez bien qu'avec tous ces touristes qui se baladent dans notre coin, il n'est pas question de laisser traîner un truc pareil. (Il fit semblant d'imiter quelque entité inconnue qui l'aurait sermonné :) *Vous ne vous rendez pas compte, Brochard ! Un vieil homme est assassiné à Corbans, dans la rue, en pleine nuit, et trois jours plus tard, vous n'avez pas avancé d'un pouce ! Vous ne savez même pas qui est le mort !*

Il soupira profondément et ajouta :

– Le plus fort, Maréchal, c'est qu'il s'agit de la vérité. Je ne sais RIEN !

– Et vous savez qui est-ce qu'on vous colle sur le dos ?

Maréchal avait frémi. Il voyait déjà se profiler la silhouette de Dubosc[1].

– L'inspecteur Delambre. Je ne connais pas... D'ailleurs, qui que ce soit, ça revient au même. Le calvaire va commencer.

– Vous êtes bien pessimiste.

– Non, lucide. Il va arriver avec ses gros sabots et moi je vais devoir me taper la basse besogne. Comme s'*ils* croyaient qu'on peut tout débrouiller en quelques heures avec si peu d'éléments.

– Vous n'avez rien de plus ? interrogea Maréchal.

– Pas ça ! s'exclama Brochard en accompagnant du geste. On a cherché dans tous les fichiers avec Périer. On a épluché tous les interrogatoires et, croyez-moi, cela fait du monde. Pas ça, je vous dis.

Il parut réfléchir et ajouta :

– Vous pouvez fumer, vous savez...

Maréchal le regarda, interloqué.

1. Voir : *Hurlebois, Vengeance d'automne* et *Les Cendres de juin.*

– Vialat m'a tout dit ! répondit l'adjudant avec son premier sourire.

Maréchal ne se fit pas prier. En tirant une bouffée, il dit d'un ton consolateur :

– Ça s'arrangera. Peut-être que ce Delambre...

– Imaginez-vous ! Ces gars sont tous pareils. Tous avec un sacré complexe de supériorité par rapport à nous. Ils ont fait de longues études, vous comprenez ? Surtout les jeunes.

Il parut se souvenir de quelque chose :

– Vous m'avez téléphoné parce que vous vouliez un renseignement ?

– Exact, répondit Maréchal. Notez tout de suite que, malgré ce que vous m'avez dit, je ne mène aucune enquête. Je vous rappelle mes vacances, etc., mais j'ai appris que nous étions passés à peu d'intervalle à cette ferme : Noblesse. Alors, par simple curiosité, pourquoi êtes-vous allé interroger ces gens ?

– La ferme est juste au-dessous de Corbans, c'est la première raison...

– Ça, je sais. Mais comme toujours, c'est la seconde raison qui est importante. N'est-ce pas ?

L'adjudant grimaça un sourire.

– Je vois que vous connaissez la musique, Maréchal...

– Hélas, parfois aussi l'air sur lequel on la joue, répliqua celui-ci avec le même genre de sourire.

– La sœur de Mme de Marliet habite la maison devant laquelle on a trouvé le mort inconnu. Vous vous souvenez ? Ceux qui sont partis juste avant.

Maréchal s'efforça à l'indifférence. Il était soufflé. Ainsi la sœur de la folle de Noblesse vivait dans la maison biscornue. Et d'un. De là à penser que c'était elle la femme à la robe rouge qu'il avait aperçue par la fente du volet... Et de deux ! Restait encore la silhouette mystérieuse disparue dans la nuit sous son nez. Cela faisait beaucoup à la fois. D'autant que, pas davantage qu'il n'avait tenu Brochard au courant de sa poursuite nocturne, il n'avait l'intention de lui révéler pour le moment le résultat de son guet dans un jardin privé par une fente de volet. Il n'avait pas l'intention de se conduire différemment avec Brochard qu'avec Vialat. Tout aurait été autre sans les liens entre les deux gendarmes. Mais là, comme avec le père de Laetitia, il se sentait *couvert*, en quelque sorte. Que cela lui donne le droit moral de dissimuler ce qu'il savait était un autre problème. Il venait de décider de le prendre, comme les fois précédentes, justement. Il avait pour ces hommes, Vialat et Brochard, un grand capital de sympathie. Ils étaient honnêtes, ils ne s'estimaient pas plus forts que les autres. Leur métier était difficile, Maréchal le savait, difficile et ingrat. Maintenir la loi et l'ordre dans ces coins en apparence tranquilles mais en réalité chargés d'un tas de violences potentielles n'était pas une sinécure. S'il estimait – et l'expérience lui avait déjà donné raison à quatre reprises – qu'il pouvait parfois en faire un peu plus, il ne se dissimulait pas que c'était en grande partie parce qu'il avait les coudées franches. Il n'avait pas à en tirer gloire. De toute façon, lui était désintéressé. À chaque fois, il avait laissé le dernier mot à Vialat. Il ferait pareil avec Brochard. « Si tu as autant de chance que les autres fois ! » pensa-t-il.

– Et alors ? fit-il. Vous avez appris quelque chose à Noblesse ?

– Rien du tout ! Faut dire que Périer et moi, on est

arrivés au mauvais moment. Mme de Marliet était... comment dire ? *En crise...*

– Je vois. Moi-même, je crois que je suis mal tombé.

– Vous ne m'avez pas raconté pourquoi vous étiez allé là-bas, Maréchal, tenta Brochard.

Maréchal sourit, c'était de bonne guerre.

– Me balader, simplement me balader... Je crois que je vous l'ai dit au téléphone.

– Vous croyez ? Peut-être, après tout.

– Qu'est-ce que c'est, ces de Marliet ?

– Une vieille famille. Noblesse est une belle ferme, mais avec la maladie de sa femme, le comte ne peut pas s'en occuper comme il faudrait. Alors, vous l'avez vu : ça périclite. Toutefois, ils ont les restes d'une belle fortune, alors...

– Oui, ça aide ! Et ceux de Corbans ?

– Ceux ? Non, la sœur vit seule dans cette grande maison. Seule, enfin je veux dire sans compter Auguste qui habite avec sa femme juste à côté.

– Auguste ?

– Oui, le jardinier ou plutôt l'homme de confiance. Sa femme s'occupe de la maison.

– L'autre jour, vous m'avez dit : « *Ils sont partis la veille.* »

– La sœur de Mme de Marliet vit seule à Corbans, mais elle a un... comment dire ? un ami ? à Verviers. Un pharmacien, Pierre Tarreilles. Mais je me demande pourquoi je vous raconte tout ça. Vous croyez que ces gens nous intéressent pour notre affaire ?

Maréchal ne releva pas le *notre.* Il répliqua :

– Vous aussi vous êtes allé à Noblesse ! Et ce n'est pas par hasard comme moi.

– Tout juste, Maréchal ! Mais nous, c'est la routine. Vous devez bien le savoir. Parce que j'imagine que Paul Vialat, lui aussi, est un spécialiste de la routine.

– C'est exact, admit Maréchal.

Brochard disait vrai. C'était la force des gendarmes. La patience, aller au bout de chaque lien, de chaque piste. Au bout du fil parfois il n'y avait rien... ou la solution. Maréchal fonctionnait autrement, à l'intuition. Cela lui avait réussi par le passé. Mais rien ne disait que ça durerait. Il chassa la méchante idée qui lui traversait l'esprit : il venait de réagir comme un enquêteur professionnel, jaugeant les différentes méthodes. Il préféra en sourire.

– Qu'est-ce qui vous amuse ? demanda Brochard, intrigué.

– Rien. Je venais juste de penser à quelque chose. À cause de la routine, mais ça n'a rien à voir. Plus sérieusement, vous êtes sûr que cette personne, la sœur de Mme de Marliet, était bien absente le soir du crime ?

– Sûr autant qu'on peut l'être. Aucune raison de douter des propos d'Auguste.

– Bon, tout est en ordre, alors.

– Oui, hélas..., répondit l'adjudant d'un ton désabusé. Parce que tout ça, c'est bien beau, mais ça ne nous avance à rien.

– Ça viendra, l'encouragea Maréchal.

– Ce qui va venir, vous voyez, et dont je suis sûr, c'est l'inspecteur de la judiciaire. Tout ça à cause d'un journaliste. Encore une fois !

– Comment m'avez-vous dit qu'il s'appelait, celui-là ?

– Je ne vous l'ai pas dit ! remarqua Brochard. Mais puisque ça vous intéresse : Jean Chasles.

Maréchal ne broncha pas. Comme dans le cas de Vialat, il ne fallait pas se fier à l'aspect bonhomme de Brochard. Il y avait chez lui beaucoup plus de finesse qu'il ne le laissait transparaître. En fait, Maréchal le trouvait de plus en plus sympathique.

– Je m'en vais, maintenant. *On* m'attend...

– Vous ferez mes salutations à Mlle Vialat, dit l'adjudant en se levant.

Il raccompagna Maréchal jusqu'à la porte. Au moment de lui serrer la main, ce dernier demanda :

– Et il arrive quand, votre Delambre ?

– Ce soir ou demain matin. Pas moyen d'en savoir plus. *Ils* sont toujours évasifs, ces gars-là.

– Bon courage.

– Il m'en faudra, c'est sûr. N'hésitez pas à me demander d'autres renseignements s'il vous vient une idée. Ça m'arrangerait, vous savez.

Maréchal soupira. Il n'avait pas envie de discuter encore, surtout pas de lui dire qu'il était en dehors du coup. Avant tout parce que ce n'était pas la vérité.

Il quitta la gendarmerie. Sur la place, il y avait encore plus de monde. Surtout, le ciel s'était assombri. Il eut l'impression d'entendre le tonnerre. Mais un camion qui démarrait lui fournit une explication plus plausible, en tout cas plus rassurante. Il aperçut Laetitia attablée à la terrasse du routier.

Il se demanda pour la énième fois s'il était bien raisonnable de perdre son temps à discuter avec des gendarmes, même aussi sympathiques que Brochard, au lieu de le passer avec elle.

Il se rendit compte qu'il avait oublié d'interroger Brochard sur ce qui pouvait rendre si nerveux Ferdinand Vidal quand il entendait parler des de Marliet. Mais il était fort possible que l'adjudant l'ignore.

8

Cette fois, Maréchal en était sûr : il entendait le tonnerre.

Ils étaient rentrés de Verviers en fin d'après-midi. Comme d'habitude, Laetitia ramenait un tout petit paquet, seul signe tangible de ce qui, d'après ce qu'elle avait annoncé, aurait dû être une débauche de dépenses. Il faisait à ce moment-là une chaleur encore plus accablante. En réalité, ils avaient été déçus, la chaleur et la multitude de touristes agglutinés sur les trottoirs de la petite ville avaient tout gâché. Cela avait été pour lui une nouvelle occasion d'observer le comportement de certains de ses contemporains quand les vacances leur donnaient le goût de la liberté. Au lieu de penser que la leur s'arrêtait au moment où celle des autres était menacée, ils paraissaient juger que tout leur était dû, en particulier la faculté d'exprimer le sans-gêne et même la grossièreté. Mais passer son temps à épiloguer sur la médiocrité quasi habituelle des foules avait depuis longtemps quitté Maréchal. Il préférait pratiquer une retraite prudente, se retirer du jeu. Il avait même un mot pour ça : « Break ! », qu'il se murmurait à lui-même ou qu'il prononçait à haute voix à l'intention de Laetitia. Quand celle-ci, qui partageait souvent son point de vue, acquiesçait, ils *sortaient du jeu.*

Après avoir quitté la nationale, ils avaient retrouvé avec plaisir la quiétude de la route qui conduisait au village. Ils avaient roulé toutes vitres ouvertes, ce qui interdisait les conversations et avait laissé à Maréchal le temps de digérer tout ce qu'il avait appris de Brochard. Laetitia n'ayant rien demandé sur sa visite à la gendarmerie, lui-même s'était bien gardé d'y faire la moindre allusion. Le statu quo qu'elle avait proposé lui laissait le champ libre. Il devait toutefois s'attacher à ne pas trop laisser cette histoire de meurtre et les développements qui en découlaient – et n'iraient, il s'en doutait, selon toute vraisemblance qu'en s'amplifiant – gâcher la paix de leur séjour et la peiner. Il allait s'y efforcer. Les sentiments qui les unissaient devraient lui faciliter les choses.

Malgré les vitres ouvertes, la chaleur était aussi considérable à l'intérieur de la voiture. Le ciel était de plus en plus envahi par les nuages qui avaient depuis le matin occupé tout le secteur de l'ouest. À présent, c'était comme une immense chape sombre qui s'étendait sur le pays, barrée en son milieu par une partie encore plus foncée, presque noire, qui laissait à penser que là devait se trouver le cœur du mauvais temps et qui montait lentement vers le nord. Il n'y avait pas de vent et sur le bord de la route, les arbres immobiles paraissaient accablés. Quand ils étaient arrivés, Corbans semblait écrasé sous la canicule.

Ils avaient dîné de peu, malgré les exhortations de Vidal qui craignait toujours que la cuisine de sa femme ne soit pas appréciée à sa juste valeur. Laetitia, souffrant d'une migraine, avait regagné leur chambre très tôt. Maréchal était resté longtemps sur la terrasse de La Perdrix, désertée rapidement ce soir-là par les clients de l'auberge. Cette solitude lui avait permis de se laisser aller à une impressionnante quantité de réflexions tout en fumant une non moins impressionnante série de Gauloises. Il avait ainsi constaté amèrement que ses bonnes résolutions s'étaient enfuies aussi vite qu'elles étaient venues. Ce n'était ni la première ni la dernière fois, il en était certain. Le meurtre du vieil homme l'avait peu occupé au cours de ces songes. Il y avait bien d'autres sujets qui le tracassaient, à commencer par son travail, ce livre avec lequel il bataillait depuis des mois et qu'il ne parvenait pas à terminer. Même s'il accusait d'abord sa paresse, il devait se reconnaître des circonstances atténuantes, avec, depuis qu'il était à Corbans, la nouvelle affaire qui lui était tombée dessus. Dans le calme de la terrasse et l'odeur de la glycine qui ce soir-là paraissait avoir une présence physique, il avait pourtant réussi à mettre en ordre dans sa tête suffisamment d'idées pour estimer que son travail allait enfin pouvoir être mené à terme sans trop de délai. C'était rassurant et, quand il était allé se coucher, il avait plutôt bonne conscience. Au moment de quitter la terrasse, il avait regardé le ciel et constaté qu'au-dessus de Corbans aucune étoile ne brillait. C'était la première fois depuis qu'ils étaient arrivés. Il en avait ressenti comme un manque, comme un nouveau silence d'un au-delà qui par ailleurs n'était pas prodigue de messages. Le ciel était d'un noir total, sauf vers l'ouest, où une fine bande d'un rouge très vif évoquait un incendie gigantesque. Il y avait dans cette image une sorte de menace, mais son moral était tout d'un coup tellement au beau fixe que Maréchal n'y prêta pas beaucoup d'attention.

Il avait essayé de dormir. Mais il avait le sommeil bien plus fragile que Laetitia et il avait été forcé de se relever au bout d'une heure passée à se tourner et se retourner, au risque de réveiller sa compagne. Il avait poussé le fauteuil devant la fenêtre ouverte pour essayer d'attraper un peu de fraîcheur nocturne. Mais il n'y avait pas le moindre souffle d'air, celui-ci paraissait s'être solidifié au-dessus de Corbans. Il avait fini par sommeiller un peu, jusqu'à ce qu'il fût réveillé par une sensation toute nouvelle de fraîcheur. Le vent s'était levé, il l'entendait passer au-dessus des toits du village et venir secouer les grands pins du parc d'une propriété voisine de La Perdrix, avant de soulever le rideau de la fenêtre.

Peu après, il entendit les premiers coups de tonnerre. Ils arrivèrent au début en ordre dispersé dans une nuit toujours aussi opaque. Puis leur bruit augmenta jusqu'à devenir assourdissant, en même temps que le ciel s'illuminait de grandes lueurs blanches. L'air se chargeait d'électricité, Maréchal eut l'impression qu'elle était palpable. Une légère odeur de soufre accompagnait la venue de l'orage.

Dix minutes plus tard, le tonnerre retentissait sans discontinuer, le ciel était en permanence zébré de grands éclairs très blancs qui se dirigeaient au hasard avant de frapper dans des éclaboussements de lumière.

– Qu'est-ce que tu fais, Franck ? demanda Laetitia.

Il ne répondit pas tout de suite, mais se leva de son fauteuil et alla vers elle.

– Je ne pouvais pas dormir..., expliqua-t-il. Je me suis

installé dans le fauteuil. Ça fait dix minutes que ça a commencé.

Elle lui tendit la main.

– Brr ! J'ai fait un rêve épouvantable. Tu étais en train...

– N'en dis pas plus ! la coupa-t-il sur le ton de la plaisanterie.

Il détestait qu'on lui raconte des rêves. Il savait que c'était absurde et que souvent cela aidait ceux qui les avaient faits à ne plus en porter seuls le poids. Ce devait être le cas de Laetitia, tellement son ton était angoissé. Mais il ne supportait pas... Il préféra utiliser la diversion :

– Ce genre d'orage, ça rafraîchit.

Comme pour lui donner raison, les premières gouttes résonnèrent sur les solins de zinc du toit de La Perdrix. À entendre le vacarme qu'elles faisaient, elles devaient être énormes. Il retourna à la fenêtre tandis que Laetitia se levait.

Le vent avait forci considérablement, il rabattait maintenant de grands pans de pluie qui faisaient comme un rideau mobile, extrêmement changeant et que les éclairs faisaient briller. L'eau claquait sur les murs et les tuiles avant de s'écouler en ruisseaux de plus en plus abondants qui bientôt débordèrent des gouttières.

Peu à peu, dans la fantasmagorie de la foudre, cette pluie parut presque se solidifier, comme si elle formait une matière compacte qui recouvrait tout.

Laetitia était venue aux côtés de Maréchal. Elle se serrait contre lui. Il passa le bras sur son épaule.

– C'est beau, dit-il.

– Oui, admit-elle. Un peu effrayant quand même.

– Peut-être. Tu sais, après cette canicule, ce genre d'orage est habituel.

– Je sais, mais quand même. Je me demande pour combien de temps il y en a...

– Qui sait, les voies du Seigneur sont impénétrables.

Il plaisantait, mais pensait profondément à ce qu'il venait de dire.

Elle parut rassurée par son enjouement. C'était le but. Elle frissonna pourtant quand une lueur immense, une pointe longue et acérée, vint frapper le milieu de Corbans.

– Celui-là, il n'est pas passé loin ! fit Maréchal, retrouvant une expression souvent entendue dans son enfance. La foudre a dû tomber sur le paratonnerre de l'église.

– C'est parce que tu as parlé de Dieu, Franck ! dit-elle, à moitié souriante, d'un ton puéril.

– Peut-être. Ça prouverait au moins qu'il nous entend...

Elle se serra encore davantage contre lui. Il la regarda dans la lueur ininterrompue des éclairs. Comme elle lui paraissait belle et fragile ! Elle lui tendit les lèvres, puis elle murmura en l'entraînant :

– Viens, Franck, viens...

L'orage dura plus d'une heure. Quand il s'éloigna de Corbans, il le fit lentement, comme à regret, en envoyant encore quelques coups de tonnerre et des éclairs, tels des combattants d'arrière-garde. Mais la pluie continua de tomber. Un déluge qui se poursuivit jusque vers trois heures du matin avant de peu à peu laisser la place à un crachin très fin.

Maréchal s'était relevé. Accoudé à la fenêtre, il retrouva le silence après le tumulte qui avait précédé. Silence seulement rompu par le bruit de la respiration de Laetitia de nouveau profondément endormie.

Vers quatre heures du matin, la pluie cessa tout à fait. Maréchal voyait seulement luire le toit de La Perdrix à cause de l'enseigne lumineuse qui surmontait l'entrée. Les tuiles paraissaient comme cirées. Plus loin, dans le village lui-même, il distinguait le halo pâle de l'éclairage public dont les lampes semblaient posées sur un drap sombre. Plus haut vers l'ouest, d'où l'orage était venu, le ciel était de nouveau tout occupé d'étoiles.

À ce moment-là, vers la place, il crut voir une lumière orangée qui clignotait. Cela l'intrigua quelques secondes, jusqu'à ce qu'il entende plusieurs coups de klaxon et détermine qu'il s'agissait du gyrophare d'une voiture de secours.

Il était certain d'être incapable de s'endormir de nouveau et jalousait un peu Laetitia. Il s'habilla rapidement, passa la main dans ses cheveux et sortit de la chambre.

En arrivant à la réception de La Perdrix, il rencontra Vidal qui rentrait.

– Saloperie d'orage ! Le vent m'a soulevé les tuiles de la resserre et j'ai dû transbahuter mon stock de provisions ...

– Pourquoi vous ne m'avez pas demandé de vous aider ? dit Maréchal sans réfléchir.

– Oh, monsieur Maréchal ! s'exclama Vidal, comme si on lui avait proposé de participer à une conspiration.

Maréchal se rendit compte de sa bêtise. Aussi enchaîna-t-il très vite :

– Vous avez entendu ? Ce sont les pompiers ?

– Quoi ? Vous avez entendu quelque chose, vous ? Moi j'étais dans ma resserre et vous ne pouvez pas imaginer...

Maréchal imaginait très bien. Il le coupa :

– Je vais faire un tour.

– Avec ce temps ! s'étonna l'aubergiste.

– La pluie a cessé. J'ai besoin de prendre l'air.

– C'est vrai qu'il ne pleut plus..., admit Vidal, qui paraissait complètement largué.

Maréchal n'insista pas. Il sortit, traversa la terrasse et remarqua au passage que la pluie avait exalté les odeurs de fleurs. Dans les buissons du parc de la propriété voisine, des oiseaux lançaient de timides appels. Partout, l'eau s'égouttait. Elle dévalait les caniveaux de la rue quand il y parvint. Tous les trop-pleins étaient en train de s'écouler. Cela faisait de grandes quantités d'eau. Le pays tout entier devait revivre.

Il suivit la rue qui menait à la place de la Mairie en s'efforçant d'éviter les nombreuses flaques qui brillaient sous les lampadaires.

Quand il arriva sur la place, il vit qu'en effet une camionnette de pompiers était stationnée devant la mairie. Son gyrophare tournait en jetant sur les murs humides de grands éclats orangés. La mairie était ouverte. Des gens allaient et venaient par le grand escalier de ce bâtiment récent qui, d'après ce que lui avait dit Vidal, faisait l'orgueil des habitants de Corbans. On entendait un grésillement continu et des appels hachés. Maréchal conclut qu'il s'agissait de la radio de la voiture de secours. En approchant, il vit en effet qu'un pompier assis dans le VSAB manipulait avec fébrilité la pédale du micro de la VHF. Il avait une drôle d'allure avec sa tenue de cuir et son casque brillant. Maréchal essaya d'entendre ce qu'il disait, mais il se bornait à répéter la même phrase sur un ton passablement affolé :

– Du renfort ! Je vous dis qu'il nous faut du renfort.

Il répéta encore deux ou trois fois son message avant de presque jeter le micro d'un air dégoûté en lançant un juron retentissant. Maréchal pensa qu'il allait abandonner et rejoindre les autres qu'on apercevait par une grande fenêtre illuminée de la mairie, pourtant le pompier reprit le micro en main et renouvela son appel.

À ce moment-là, et comme il allait se décider à entrer dans la mairie pour demander ce qui se passait, Maréchal entendit le bruit d'un véhicule qui pénétrait sur la place. Il se retourna et vit une camionnette bleue de la gendarmerie. Une fois qu'elle eut stoppé, Brochard en descendit, ainsi que Périer qui conduisait.

L'adjudant avait très mauvaise mine. À sa tête, on devinait qu'il avait été tiré du lit en plein sommeil. Visiblement, il ne devait pas aimer ça.

Maréchal sourit en constatant qu'il réajustait les boutons de sa veste avant d'aller vers la mairie. Tout de suite après, il remarqua sa présence.

– Ça alors ! Je vois que vous êtes toujours au bon endroit !

– Je ne pouvais pas dormir. J'ai aperçu le gyrophare des pompiers depuis ma fenêtre..., tenta d'expliquer Maréchal.

– Mais vous n'avez pas à vous justifier ! s'exclama

Brochard, avant d'ajouter : Paul Vialat m'avait bien prévenu de ça aussi...

Maréchal ne prit pas la peine de relever l'allusion, d'autant qu'aussitôt après Brochard reprit sa figure des mauvais jours. Il demanda :

– Que se passe-t-il ?

– On a des ennuis. De gros ennuis ! On a reçu il y a une heure un appel d'une ferme qui est en bas, au-dessous de Corbans. Il semblerait que ça débordait pendant l'orage...

– Qu'est-ce qui débordait ? demanda Maréchal en craignant d'entendre la suite.

– Le Gavron. C'est un gros ruisseau. Il reçoit toutes les eaux du secteur. Alors, avec ce qui est tombé...

– Cet appel, qui c'était ? le coupa de nouveau Maréchal, sûr de la réponse.

– Les Asphodèles, une magnanerie...

– Qui a appelé ?

– Mme Caminade.

– Catherine ?

– Oui, c'est ça. Vous la connaissez ?

– Oui. Ou plutôt, c'est Laetitia qui la connaît. On est allés là-bas par hasard, on s'était perdus. Il se trouve qu'elles étaient ensemble à la fac.

Maréchal se demanda pourquoi il racontait tout cela. Encore une fois, de ces paroles inutiles qui nous mangent notre peu de temps... Il questionna :

– Qu'est-ce qu'elle a dit ?

– C'est ça, le problème, Maréchal ! Elle a dit : « L'eau ! l'eau arrive ! »

– C'est tout ?

– Oui ! Après, la communication a été coupée.

Comme dans tout le secteur, d'ailleurs. C'est le poste de La Jaunette qui a dû être touché par la foudre.

Maréchal se dit que les Caminade n'avaient sûrement pas de portable. Pas les moyens de s'offrir un abonnement.

– Et depuis ?

– Rien ! Les pompiers sont descendus. Le chemin de la magnanerie est coupé. Paraît qu'il y a un paquet d'eau par là-bas. Les gars vont essayer d'y aller par les bois, au-dessous de Corbans. Pas facile. Ils attendent du matériel.

– Je peux aller avec eux ?

– Vous ? demanda Brochard, l'air étonné. Ah, c'est vrai, vous les connaissez.

Il parut réfléchir.

– Vous vous en sentez ?

– Parfaitement ! affirma Maréchal, qui au même moment se disait qu'il était en train de faire une grosse bêtise.

Toutefois, il avait répondu avec une telle assurance que Brochard déclara :

– D'accord ! Vous irez avec Périer. Je le prends sur moi. On va prévenir le capitaine des pompiers.

Maréchal le suivit dans la mairie. Ils entrèrent ensemble dans la salle du conseil municipal. Il y avait là des pompiers, Périer et trois civils. Le maire de Corbans et deux adjoints, apprit Maréchal, quand Brochard fit les présentations. Contrairement à ce qu'il avait craint, les autres admirent sa présence sans problème. À vrai dire, ils avaient d'autres soucis en tête. Le capitaine des pompiers entraîna l'adjudant vers une carte du secteur qui avait été épinglée sur le mur.

C'était un homme de quarante-cinq ans environ, un

grand costaud au visage ouvert. Il paraissait très préoccupé. Il montra à Brochard un point rouge qui avait été porté sur la carte au marqueur.

– Les Asphodèles, c'est là. D'après les gars que j'ai envoyés, tous les chemins sont coupés. Il y a de l'eau partout par là.

Il montrait un cercle, étendu, tout autour de la magnanerie.

– Comment est-ce possible ? demanda Maréchal, qui avait sa petite idée.

Il pensait que le capitaine ou les gendarmes allaient donner une explication différente de celle qui découlait à l'évidence de sa conversation avec Paul Caminade. Il se trompait.

– C'est ce foutu barrage ! s'exclama Brochard.

– Pardi ! acquiesça le pompier. Ça fait un bout de temps qu'on a attiré l'attention de la préfecture sur ce risque. Paraît qu'y a pas de sous ! Ah, si Verviers était menacé, encore... Et voilà le résultat. Des orages comme celui de cette nuit, il y en a un tous les dix ans.

Il avait l'air d'être encore plus en colère intérieurement qu'il ne le manifestait. Cela plut à Maréchal.

– Qu'est-ce que vous allez faire ? demanda-t-il.

L'autre suivit du doigt sur la carte un chemin à travers bois qui commençait juste au-dessous du village.

– On va descendre par là. Jusqu'à cet endroit, ça ira. Après, il y a pas mal de broussailles. Elles ont dû repousser depuis le feu de 98. Déjà pour aller là, ça avait été du sport. En plus, il faut descendre une barque... C'est ça qu'on attend.

– Une barque ? s'exclama Maréchal. Vous n'avez pas un Zodiac ?

– Pensez-vous ! Y a pas de sous, je vous dis.

Il paraissait amer. Et Maréchal apprécia qu'au lieu de manifester comme les gens font d'habitude de l'affectation plus ou moins utile des crédits, il prenne sur lui et, en montrant du doigt une tache sombre sur la carte, il ajoute :

– Là, si on y arrive, il doit y avoir moins d'eau, c'est une butte. On sera au plus près de la ferme. En tout cas, si on a la barque, on pourra y arriver sans risquer d'être entraînés par le courant. Il doit y en avoir un paquet maintenant. Et ça doit filer à fond de train vers la rivière.

– Maréchal veut venir avec vous et Périer, annonça Brochard. Il connaît les Caminade.

Maréchal pensa que le capitaine allait répliquer que ce n'était pas la place des civils. Mais il le regarda, parut le jauger, puis déclara :

– Si ça l'amuse ! À ses risques et périls, bien sûr !

– Bien entendu, dit Maréchal.

– Alors, Maurice ? cria le capitaine à l'adresse d'un pompier qui entrait.

Maréchal reconnut celui qui manipulait la VHF.

– Ils arrivent avec la barque. Dans un quart d'heure.

– Si c'est pas malheureux ! dit le chef. Et les autres aussi ?

– Pareil, répondit le pompier.

Un quart d'heure plus tard, un véhicule arrivait sur la place. Il était attelé d'une remorque sur laquelle trônait une barque. Maréchal se demanda s'il ne devait pas rentrer à l'auberge pour prévenir Laetitia. Mais cela n'aurait comme résultat que de l'inquiéter. Elle apprendrait toujours assez tôt que son amie Catherine était au milieu des eaux et que lui-même allait se risquer à suivre, dans des coins impossibles, des types entraînés et beaucoup plus jeunes que lui... Mais il se sentait comme obligé d'aller là-bas. Il imaginait la détresse des Caminade.

Le capitaine des pompiers vint vers lui.

– Allez au VSAB et demandez un équipement à Maurice. Bottes, veste et casque !

Il avait parlé sur un ton de commandement. Toutefois, Maréchal, qui abhorrait toute manifestation d'autorité, se surprit à très bien prendre cet ordre. Malgré ce qu'il avait dit, la responsabilité du capitaine était engagée. Il acquiesça et sortit.

La nuit était encore profonde. Les étoiles avaient gagné du terrain dans le ciel. La lune, mince comme une lame, était posée au milieu, tout à côté du clocher de Corbans. La pluie avait tout à fait cessé et seules les gouttières dégorgeaient encore. Il y avait même comme une espèce de douceur dans l'air rempli d'odeurs exaltées par la pluie. Des gens étaient venus aux nouvelles, mais ils se tenaient groupés à l'angle de la mairie. Brochard avait dû donner des ordres pour qu'ils ne viennent pas gêner les secours. Il chercha du regard, mais ne vit pas Vidal. Ceux qui étaient là devaient habiter sur la place. Les autres dormaient sans doute du sommeil du juste. « Tu n'aurais pas voulu qu'on sonne le tocsin, quand même ? » se dit-il. Et pourtant, à d'autres époques, on l'aurait fait. Il se garda bien de se laisser entraîner dans des considérations sur l'égoïsme ou plus simplement sur les changements de mentalité qui avaient entraîné l'éclatement des communautés. Il alla vers le camion des pompiers.

– Le capitaine m'a dit de vous demander une veste et des bottes..., lança-t-il au dénommé Maurice, un jeune homme maigre au visage un peu niais, avec des yeux arrondis comme des soucoupes.

Celui-ci penchait la tête vers le haut-parleur de sa radio, sans doute pour essayer de distinguer quelque chose dans le grésillement épouvantable qui sortait du poste.

Il se leva, alla vers le fond du camion et tira d'un coffre en bois une veste de cuir raide comme la justice et une paire de bottes qui rappelèrent à Maréchal celles du Chat botté sur les illustrations d'un recueil de contes de son enfance.

– Il vous a pas dit de prendre un casque ?

Maréchal faillit baisser la tête comme un gamin pris en faute.

– Ah oui, c'est vrai, répondit-il.

– Ça m'étonnait aussi ! fit Maurice d'un air convaincu en lui tendant un casque.

Maréchal remercia et s'éloigna du camion pour s'équiper. Une fois la veste et les bottes passées, il se retrouva avec ses propres chaussures. Il regarda autour de lui. Du matériel avait été déposé derrière le camion. Il y posa ses souliers et le casque : il ne pouvait pas s'imaginer avec ça sur le crâne. Puis il rejoignit la mairie.

9

Maréchal regarda sa montre-bracelet. Les aiguilles phosphorescentes indiquaient cinq heures trente. Cela faisait une heure qu'ils étaient descendus sous les anciens remparts de Corbans et il avait l'impression qu'ils n'avaient pas avancé. À travers les arbres, il voyait les étoiles et les silhouettes des maisons du village qui paraissait encore très proche.

Il était en nage, épuisé. Très vite, il s'était trouvé à la traîne derrière les pompiers, quatre gaillards en pleine forme, et Périer. Malgré l'obscurité, dans un passage particulièrement difficile, il avait été persuadé que celui-ci le regardait avec commisération. Ce n'était peut-être que des idées qu'il se faisait. En tout cas, personne ne lui avait fait la moindre remarque. Ils étaient bien trop occupés à porter cette « saloperie de barque », comme avait dit l'un d'eux pendant que les autres juraient en retenant l'engin qui les entraînait dans la pente et s'accrochait aux branches.

Maréchal mesurait parfaitement l'idiotie que cela avait été d'avoir voulu les accompagner. Pourtant, il ne regrettait pas de l'avoir fait et, quoi qu'il dût lui en coûter, il irait jusqu'au bout. « Enfin, si je peux ! »

pensa-t-il au moment où, se prenant le pied dans une racine, il faillit basculer et aller bouler dans un roncier.

Ils étaient au milieu de la forêt. Il y régnait une humidité considérable, l'eau ayant détrempé les couches de feuilles mortes et les mousses. On s'y enfonçait comme dans de la boue. Le silence était pesant, seulement rompu par les jurons des pompiers ou de Périer et par des gloussements d'oiseaux dérangés.

Alors qu'ils traversaient une clairière, Maréchal regarda le ciel. Il était entièrement farci d'étoiles. La lune était cachée par les arbres, mais sa lumière très pâle posait une couche blanche sur les feuilles qui paraissaient briller.

De temps à autre, les sentiers de chasseurs qu'ils suivaient étaient barrés par des ronces ou des repousses d'arbres abattus. Un des pompiers tranchait dedans à grands coups de machette. Maréchal pensa que ce boulot aussi devait être épuisant. Lui n'avait qu'à suivre. « De toute façon, c'est le maximum que je puisse faire ! » se disait-il.

Il avait le sentiment qu'ils s'enfonçaient de plus en plus dans la forêt. Depuis un moment, il n'y avait plus de clairière, presque plus de visibilité entre les branches. Les pompiers avaient allumé des lampes frontales. Malgré les circonstances, Maréchal trouvait l'effet magnifique. Il pensa à de vieux contes allemands, à des elfes, car les autres étaient devant lui et il ne distinguait d'eux que ces lumières et, de temps en temps, le plat-bord luisant de la barque qui paraissait naviguer sur un océan d'ombre.

Malgré sa fatigue, il ressentait une sorte de bien-être et il s'en voulait. Il ne pouvait oublier pourquoi il était là, vers quelle détresse ils allaient – pire, peut-être.

Cette marche de nuit lui en rappelait d'autres dont le souvenir, profondément enfoui en lui, revenait maintenant à sa mémoire.

À un moment, le sentier tournait brusquement sur une espèce de coude en surplomb et il vit qu'ils étaient au-dessus de la forêt. La vue se dégagea, découvrant le ciel immense. Les hommes s'arrêtèrent après un ordre de Périer :

– Stop, les gars, on va faire une pause.

Maréchal eut une seconde la crainte que le second de Brochard n'ait parlé pour lui. Mais il ne le regardait pas spécialement. Les autres aussi paraissaient épuisés, cela s'entendait à leur respiration haletante. Par-dessus ce bruit, Maréchal en entendit un autre, plus sourd, continu. Il prêta l'oreille. Cela venait du sud, au-delà de la partie de forêt qu'ils dominaient depuis leur promontoire. Il fit quelques pas jusqu'au bord du sentier.

Alors il comprit. Le bruit venait du fond de la combe, assez loin encore là-bas. C'était l'eau. Et ce bruit donnait une idée de ce qui les attendait. Il frissonna bien qu'il eût très chaud. Il pensa aux Caminade. On pouvait tout imaginer, même le pire. Il alla vers Périer qui lui aussi s'était approché du surplomb.

– *Ils* nous attendent, fit-il seulement.

Le gendarme le regarda. Maintenant, Maréchal voyait nettement ses traits, grâce au clair d'étoiles et à la lune qui trônait de nouveau au milieu du ciel. Il avait le visage très grave, ses yeux fixèrent Maréchal. Il articula avec netteté :

– Vous avez raison.

Puis il revint vers les hommes. Il s'exclama sur un ton vif, un peu forcé :

– Allez, les gars ! On repart ! Faut bien amener cette fichue barque dans son élément ! On n'a jamais vu un bateau flotter dans la forêt.

Personne ne parut apprécier la plaisanterie. Toutefois, les quatre autres se relevèrent sans maugréer. Maréchal se demanda si eux aussi avaient entendu le grondement de l'eau. Ils repartirent.

Ils s'enfoncèrent de nouveau dans la forêt. Elle était de plus en plus épaisse, d'autant que peu après ils durent abandonner le chemin de chasseurs qui remontait vers le nord, dans la direction de Noblesse, estima Maréchal. Ils bataillèrent pendant plus d'une heure à travers des fourrés épais, dont les longues tiges couvertes d'épines leur griffaient les mains et le visage. Ils se relayaient pour porter la barque, deux par deux. Cela rappela de vagues souvenirs de lectures d'enfance à Maréchal. Il se demanda si c'était dans Fenimore Cooper ou d'autres romans qu'il avait lu des scènes de portage au Canada, sur le Saint-Laurent ou dans cette contrée dont le nom seul depuis tant d'années évoquait toujours le même rêve, déclenchait toujours le même frisson enchanté : la Colombie britannique. Il sourit en lui-même. Qu'auraient imaginé ces hommes s'il leur avait exposé ses pensées ? Il était incorrigible. Pourquoi les livres constituaient-ils une part aussi importante de sa vie ? C'était ainsi. Fallait-il qu'il le regrette ? Sûrement pas. L'essentiel n'était-il pas d'avoir un stock de beauté disponible, toujours à portée de l'âme ?

Penser à tout ça l'aidait dans cette marche épuisante. Sans cela et sans la conscience aiguë de leur but, peut-être se serait-il couché sur cette herbe longue et trempée qu'ils foulaient, tant il se sentait à bout de forces.

Peu après, les arbres devinrent moins serrés, des espaces libres apparurent entre lesquels jouaient de grands éclats de lumière. Le vent soufflait ici alors que, vers Corbans, il n'y avait pas un souffle d'air. Il charriait une odeur de vase, lourde, prenante, nauséabonde. Le grondement avait augmenté considérablement, jusqu'à évoquer un torrent de montagne, une chute sur les rochers.

Ils parcoururent encore une centaine de mètres, mais de plus en plus facilement, entre des bosquets clairsemés, avant d'arriver au bord de l'eau.

Devant eux s'étendait une nappe immense. Elle formait comme une plaque d'argent sous la lumière de la lune. Après quelques secondes, Maréchal vit que les étoiles s'y reflétaient, mais par places leur image était brouillée par un courant qui galopait à toute vitesse. Peu à peu, il distingua aussi de vastes remous, sans doute au-dessus des arbres noyés, où se levaient de grands paquets d'écume. À ces endroits, l'eau grondait avec violence. Il devait y avoir là une sacrée profondeur. C'était impressionnant, très impressionnant.

Les hommes épuisés s'étaient assis sur la barque retournée. Périer, lui, se tenait debout au bord de l'eau qui venait doucement lécher la prairie sur laquelle ils avaient abouti. Il examinait une carte à la lueur de sa lampe frontale et jetait des coups d'œil vers le large. Maréchal s'approcha.

– Où est la magnanerie ? demanda-t-il.

– C'est bien ce que j'essaie de trouver ! fit Périer. Avec toute cette flotte, il n'est pas facile de se repérer. À mon avis, c'est dans cette direction. Vous voyez, là-bas, on dirait une île. Ce doit être cette hauteur sur ma carte d'état-major.

Il montrait du doigt à Maréchal une tache grisée sur la carte. Il poursuivit :

– Nous sommes ici. Ça au moins j'en suis sûr. Qu'est-ce que vous en pensez ?

Maréchal le remercia en lui-même de cette question, elle était comme la reconnaissance d'une égalité, la récompense de ses efforts depuis le départ de Corbans où il avait mis un point d'honneur à ne pas les retarder. Il examina la carte de nouveau, puis la nappe d'eau.

– Je suis de votre avis. Dans ce cas, les Asphodèles, c'est par là...

Il s'interrompit, car dans la direction qui correspondait à la magnanerie, il n'y avait que l'eau. Cela pouvait signifier tout simplement que les bâtiments avaient été engloutis. Mais cette zone était loin de la prairie et l'ombre y régnait, ce qui empêchait de bien voir. Maréchal essaya de se souvenir de la topographie des lieux. C'était difficile, il y était allé en plein jour et il avait prêté peu d'attention aux alentours, surtout intéressé par la bâtisse et les aménagements de Paul. Il lui semblait quand même que la butte qui, comme l'avait dit Périer, ressemblait maintenant à une île, était plus basse que l'arrière de la maison. Il pouvait se tromper. Il souhaita du fond du cœur avoir raison. Il exposa cette idée à Périer.

– Faut l'espérer, répondit celui-ci. Sans quoi...

Maréchal termina sa phrase intérieurement. Il en fut épouvanté. Il fallait passer à autre chose, vite.

– Comment vous comptez aller là-bas ? questionna-t-il.

– À votre avis ? ironisa Périer d'un ton forcé. On va essayer avec la barque. D'après les remous, on dirait bien que le courant porte en diagonale, vers là-bas. De toute façon, on n'a pas le choix ! Avec ce qui est tombé cette nuit, il y en a pour des jours avant que l'eau redescende. On va laisser un homme ici, au cas où... Et puis, si l'adjudant nous cherche...

Maréchal compléta de lui-même tous ces sous-entendus. Il n'avait pas besoin qu'on lui fasse de dessin.

– Vous pouvez rester aussi, si vous voulez, ajouta Périer sur un ton qui laissait entendre que c'était par devoir qu'il disait ça.

Maréchal répondit indirectement :

– Peut-être qu'avec les rames, nous allons pouvoir nous diriger un peu.

– *Un peu*, comme vous dites. Avec ce courant, c'est tout ce qu'on peut espérer. Mais restons optimistes. Ce qu'il faut éviter à tout prix, c'est d'être entraînés par là.

Il montrait la gauche où l'eau semblait revenir du large et où les remous brouillaient toute la surface du miroir en écumant, avant de filer vers une sorte de défilé surmonté par les arbres de la forêt et le goulot d'étranglement d'une crête. Maréchal reconnut celle par laquelle ils étaient arrivés avec Laetitia. Il pensa fugitivement à elle. Oui, il valait mieux qu'elle ne voie pas dans quel pétrin il s'était fourré. Se moquer de lui-même l'aidait. Car il éprouvait une frousse considérable. Il fallait reconnaître que cette masse d'eau qui grondait devant eux était particulièrement impressionnante et hostile. Songer qu'ils allaient s'y risquer avec cette barque donnait des idées de folie. Pourtant, comme avait dit Périer : « Comment faire autrement ? »

Ce dernier avait replié soigneusement sa carte et l'avait rangée dans une pochette imperméable. Puis il revint vers les hommes. Le second de Brochard montrait aux autres la masse d'eau et leur expliquait son projet.

Ils retournèrent la barque et la poussèrent à demi dans l'eau. Puis, l'un après l'autre, ils montèrent à bord. C'était une assez longue barque, Maréchal ne l'avait pas vraiment remarqué. Il grimpa juste avant Périer qui, dans l'eau à mi-jambe, donna une impulsion pendant que celui qui restait – un jeune blond – poussait à son tour. Le bateau fila sur son erre. Maréchal s'accouda au plat-bord, tandis que deux des hommes détachaient les rames fixées au fond avec des courroies. Périer avait pris une sorte de godille et s'en servait comme d'un gouvernail.

Sous l'impulsion du départ, la barque avait filé droit au milieu de l'eau. Les rameurs luttaient contre le courant qui les entraînait légèrement vers la gauche le long de la rive. Puis, après quelques remous, le bateau se trouva dans une zone calme où la manœuvre devint plus facile. Déjà la silhouette de celui qui était resté à terre rapetissait à vue d'œil.

Maréchal fut frappé par l'impression qu'il ressentit alors de se trouver au milieu d'un espace infini. Tout autour, l'eau luisait encore davantage que depuis la rive. Les coups de rame y creusaient des cuvettes dont les cercles qui s'éloignaient brillaient comme du vif-argent.

Il se dégageait de l'ensemble une grande beauté, mais aussi comme une terreur sourde qui aurait attendu son heure pour éclater et tout dévaster. Oui, c'était bien cela, ils avançaient sur une menace qui n'avait pas de nom, qu'on ne pouvait pas exactement définir, mais qui serrait le cœur. Maréchal sentait qu'il n'en aurait pas fallu beaucoup pour qu'il se laisse envahir par l'affolement, se jette à l'eau et tente de regagner la rive à la nage. Mais cela aurait été suicidaire, tant le courant était fort maintenant. Il chercha à retrouver du courage en regardant ses compagnons. Il y avait suffisamment de lumière réfléchie par la surface pour qu'il distingue leurs traits. Tous étaient tendus par l'effort mais, même si ces hommes partageaient ses sentiments, cela ne se lisait pas dans leurs yeux. Il souhaita qu'il en fût de même pour lui.

Périer, lui, scrutait la masse liquide. Les sourcils froncés, il cherchait à deviner ce qui se trouvait devant leur route vers l'espèce d'île qu'ils avaient remarquée tout à l'heure et qui se trouvait à environ deux cents mètres. Ils l'atteignirent bientôt dans un effort qui crispa encore davantage leurs traits. Périer godilla sur les derniers mètres et l'avant de la barque glissa sur une bande de prairie avant de s'immobiliser. Un des hommes et Maréchal sautèrent sur la terre ferme et tirèrent le bateau. Les rameurs s'écroulèrent, épuisés, en soufflant comme des phoques.

Ils se trouvaient derrière la petite crête qui partageait l'île en deux. Maréchal suivit Périer qui l'escalada. Une fois au sommet de l'éminence, ils regardèrent dans la direction présumée de la magnanerie. Au début, il leur fut difficile de distinguer quoi que ce soit, puis Périer montra une tache sombre sur la surface étincelante de l'eau.

– On dirait bien le toit des Asphodèles..., dit-il.

Maréchal écarquilla les yeux. La forme de la tache se précisa.

– On dirait, en effet.

Il avait de la peine à continuer, car ce toit, posé comme une barge sur la surface de l'eau, paraissait totalement isolé, sans aucun support. Maréchal hésita à formuler sa pensée. Il s'y força :

– Si j'en crois ce que je vois, il n'y a que le toit qui sort de l'eau.

Cette constatation supposait un tel drame que c'en était effrayant. Périer lui toucha le bras.

– Pas tout à fait ! s'exclama-t-il. Regardez vers la droite !

Les yeux de Périer étaient plus jeunes que les siens. Avec beaucoup de peine, Maréchal finit par distinguer, à côté du toit, ou en arrière – c'était difficile à déterminer avec la distance –, une autre tache. Il se souvint alors qu'il avait remarqué en marchant avec Paul Caminade une construction en arrière de la magnanerie. Paul lui avait dit que c'était un séchoir à noix. Celui-ci était posé sur une butte, plus haut que le toit du bâtiment principal. Il se rappela qu'un gros massif de sureaux poussait à côté, dont il avait noté la floraison abondante, couverte d'abeilles dans le soleil de l'après-midi. Il le chercha du regard, évitant d'épiloguer sur la diminution de son acuité visuelle, ce n'était pas le moment ! À la fin, il découvrit l'ombre du sureau. Il était au dessus de l'eau. Il expliqua :

– C'est un séchoir à noix. Il y a un sureau à côté. Je m'en souviens parfaitement. Il est à trente ou quarante mètres de la maison.

– Ça cadre ! fit Périer, qui lui saisit le bras de nouveau. Vous ne voyez rien d'autre à côté de votre sureau ?

Maréchal écarquilla les yeux encore une fois. En

vain. Il faillit dire à Périer : « À mon âge ! » Il se retint à temps. L'autre ajouta :

– Il me semble qu'il y a *autre chose*. Et que *ça* bouge !

Maréchal se concentra. Après quelques secondes, il eut l'impression qu'en effet, une ombre bougeait à côté du sureau.

– Vous croyez qu'il s'agit de quelqu'un ?

– Je veux ! répondit le gendarme. Il me semble même distinguer deux silhouettes. Ils ont des enfants ?

– Pas à ma connaissance. Mais elle est beaucoup plus petite que lui.

– Ce doit être ça. J'en vois bien deux...

Maréchal respira profondément. Ainsi le pire avait été évité. Il alluma une Gauloise et en tira deux ou trois bouffées avant de demander :

– Vous croyez qu'on va pouvoir aller les chercher ?

– On est bien arrivés jusqu'ici, non ?

– Certes, mais il y a un sacré courant entre l'île et la magnanerie.

Il montra la surface de l'eau tout agitée, avec la lumière réfléchie, brouillée, mêlée d'écume.

– Ouais, j'ai vu..., répondit Périer. Avec un peu de chance...

Maréchal pensa qu'il leur en faudrait plus que ça. Périer était revenu vers les hommes. Il disait :

– On va aller là-bas. Il y a deux personnes à récupérer.

Cinq minutes plus tard, la barque filait de nouveau sur l'eau.

Maréchal se demanda quelle distance ils devraient parcourir. C'était difficile de l'estimer avec cette surface changeante, mais finalement monotone. Cinq cents mètres ? Davantage ? Il ne pouvait trancher. En tout cas, comme il l'avait prévu, c'était beaucoup plus difficile que dans la première partie du trajet. Ceux qui tenaient les avirons peinaient comme des forçats et Périer appuyait de toute sa force sur la godille pour maintenir une direction correcte. À un moment, Maréchal remarqua que la trajectoire, rectiligne au départ, s'incurvait vers l'est. Si cela se confirmait, ils allaient manquer les Asphodèles et se retrouver au plein du courant qui filait à toute vitesse vers le goulot d'étranglement. Il allait le dire à Périer, mais ce dernier s'en était aperçu et hurla :

– Plus vite, les gars, sinon on va aller s'échouer dans les arbres !

Les hommes savaient ce que cela signifiait. La barque prendrait une telle vitesse s'ils étaient entraînés qu'il n'y aurait aucune chance qu'elle flotte encore après être allée buter sur les branches qui dépassaient à deux cents mètres de là et autour desquelles l'eau tourbillonnait avec furie. Le mouvement des rames s'intensifia et la trajectoire se redressait. Maréchal respira et se concentra sur le séchoir à noix. Malheureusement, à ce niveau, il ne distinguait plus que sa silhouette, et même plus la seule ombre qu'il avait vue tout à l'heure. Il fallait attendre d'être plus près.

Depuis un moment, le ciel commençait à s'éclaircir vers l'est. Au-dessus de l'eau, quand il regardait en arrière, il voyait la forêt par laquelle ils étaient descendus, puis au-dessus la masse encore indistincte de Corbans. Sur la droite, l'aube qui se levait posait de fines touches roses sur lesquelles se détachait la dentelure d'autres forêts. Ici, au milieu de l'eau, le vent avait faibli jusqu'à presque disparaître, tout juste si, de temps en temps, il venait friser un peu la surface ou emporter un peu d'écume au-dessus des tourbillons.

Aucun oiseau ne sillonnait le ciel, tout paraissait figé en dehors des mouvements de l'eau. Le bruit des rapides était à cet endroit très atténué et, si ce n'avait été le choc des avirons sur la surface et les encouragements de Périer, le silence aurait été total. Cela donnait une impression de fin de tout, de catastrophe, et il se dit que si survenait celle qu'on nous promettait depuis si longtemps, ce serait un silence de ce type qui l'accompagnerait. C'était très impressionnant.

Il y avait aussi cette odeur de vase qu'il avait sentie au début. Ici, elle était encore plus prégnante, comme plus épaisse, et prenait à la gorge. Il en venait une sorte de dégoût, celui des choses mortes. Il se concentra sur le but. Celui-ci valait le coup, sans quoi cela eût été folie d'aller là-bas. Seules ces vies à sauver pouvaient justifier qu'on risquât ainsi celle des autres. Il ne faisait à ce moment aucune différence entre la sienne et celle de ces hommes, même si c'était leur métier... Ce qui d'ailleurs n'était sûrement vrai que de Périer. Les autres devaient être des volontaires. Il y avait de la grandeur dans ce comportement, dans ces risques pris sans discuter pour aller au secours de parfaits étrangers. Maréchal se sentit réconforté. Il en avait besoin. Une fatigue incommensurable le figeait sur son banc, il avait les jambes glacées malgré les bottes, l'eau ayant débordé au-dessus de la tige. Il ne mesurait que trop bien à quel point les années avaient fait leur ouvrage, lui qui autrefois aurait accompli tout ça sans difficulté. Mais l'*autrefois* qui lui était venu aux lèvres ne contenait aucune amertume. Il fallait seulement en être conscient et il l'était. Tout le reste n'était que boulets accrochés à vos talons.

Ils avançaient lentement malgré les efforts des hommes. Peu à peu, le ciel rosissait au-dessus de l'eau et Maréchal pouvait mieux mesurer la surface d'eau au milieu de laquelle ils se trouvaient. C'était stupéfiant. Cela tenait à la configuration de la combe, pensa-t-il. Elle formait une cuvette dont les limites de forêts et de falaises s'étendaient loin du centre. Là, il devait y avoir une quantité phénoménale d'eau. Il se demanda comment il était possible qu'on n'ait pas fait le nécessaire pour empêcher que cela se produisît. Il se souvenait encore des paroles pleines d'amertume de Paul Caminade à ce sujet. Parce qu'il était clair que rien ne serait arrivé si le barrage avait été entretenu. Tout ça pour un problème de *crédits* !

Il se dit « Laisse tomber ! » C'était le mieux à faire pour l'heure, plus tard, il verrait. Il entendit la voix de Périer :

– Maréchal !

Il lui montrait du doigt la direction du séchoir à noix dont la barque s'était considérablement approchée. Avec le jour qui se levait et peu à peu éteignait les étoiles, il vit.

Et il fut transpercé.

Une seule personne se tenait sur la rive. Il reconnut Catherine. Quant à la deuxième silhouette aperçue depuis l'île, il s'agissait de César, qui maintenant bondissait en jappant.

Maréchal eut à cet instant le pressentiment de la tragédie. Il avait beau se dire que Paul était probablement ailleurs, sur une autre île, un autre toit, il savait qu'il n'en était rien. Catherine était seule à les attendre et face à cela il n'y avait aucun espoir qui tienne.

Elle les regardait approcher et, au plus profond de lui, Maréchal sentit le poids de la destinée humaine. S'il avait eu le cœur de faire de la littérature à ce moment-là, il aurait eu bien des modèles à évoquer, tant au cours des temps le malheur et la solitude avaient inspiré de gens. Mais il n'en avait aucun goût, le désastre était de plus en plus certain, d'autant qu'à présent le visage de la jeune femme était parfaitement visible. Elle ne pleurait pas, ayant eu le temps d'épuiser ses larmes depuis que cela était arrivé. Ce n'était pas nécessaire pour qu'il lût dans ses yeux la détresse la plus totale.

La barque vint s'échouer sur la prairie et sa proue s'enfonça mollement dans la terre détrempée. Périer lui fit un signe discret et Maréchal sauta le premier sur la rive. Quand elle le reconnut, Catherine parut sortir d'une sorte de torpeur. Elle ouvrit de grands yeux hagards et se précipita sur lui en hurlant :

– Franck ! C'est vous, Franck ?

– Oui, c'est moi, répondit-il, le cœur serré, en lui ouvrant les bras.

Elle se jeta contre lui et posa la tête sur sa poitrine comme une petite fille qui veut qu'on la console. Elle pleurait maintenant. Elle hoqueta :

– Oh, Franck ! Paul a disparu...

Il la laissa pleurer tandis qu'elle répétait deux ou trois fois la même phrase. À quoi cela aurait-il servi qu'il dise quelque chose ? Ses mots auraient été inutiles, car il avait parfaitement compris que *disparu* signifiait *mort.* En relevant la tête et tout en lui caressant les cheveux, il regarda autour de lui. César courait autour des hommes qui avaient débarqué et gardaient la tête baissée par pudeur et compassion.

Le jour venait très vite et avec lui un soleil qui paraissait cruel. Il éclairait maintenant la prairie autour d'eux et les petites fleurs blanches et bleues qui parsemaient l'herbe semblaient être les emblèmes, cruels eux aussi, de la vie.

10

Maréchal ouvrit lentement les yeux. La chambre était plongée dans la pénombre. Seule une fine raie de lumière passait à travers le rideau qu'on avait tiré devant les persiennes. Elle mettait en évidence le mouvement incohérent des petites particules de poussière. Il les fixa un long moment avant de se réveiller tout à fait. Loin en bas, il entendait un bruit diffus, peut-être des conversations, cela y ressemblait. Il s'en fichait, il était bien. Il faisait bon dans la chambre et, malgré le soleil qui devait taper dur de l'autre côté des persiennes, l'orage de la nuit avait considérablement rafraîchi l'atmosphère.

Penser à l'orage gâta son plaisir. Il revint sur terre, brutalement. La première image qui se présenta fut celle de Catherine, debout sur la prairie, au bord de l'eau, incarnation du désespoir. Il se souvint. Avec Périer, ils s'étaient demandé comment ils allaient faire pour rejoindre la terre ferme avec la barque. Un vrai casse-tête. Puis le gendarme avait essayé son téléphone portable, sans y croire. Et le miracle avait eu lieu, il avait obtenu la communication avec Brochard à qui il avait exposé la situation. L'adjudant lui avait dit de ne pas bouger de là, d'attendre. Dans le petit matin, un des hommes avait allumé un feu avec des branches mortes près du séchoir. Ce n'était pas qu'il faisait froid mais, avec toute cette humidité et l'effort pour venir jusque-là, le feu les avait réconfortés. Ils avaient sorti des couvertures d'un coffre étanche au fond de la barque. Maréchal avait enveloppé Catherine avec l'une d'elles. Et il était demeuré auprès d'elle tout le temps. De nouveau elle ne pleurait plus, comme si elle avait épuisé ses larmes. On ne lisait que la même détresse dans ses yeux. De temps en temps, elle regardait autour d'elle. Il ne restait rien de ce qu'elle avait voulu bâtir avec Paul. Lui-même avait perdu la vie. Rien, non, il ne lui restait rien ! Seulement César, couché à ses pieds.

Ils avaient attendu. Vers neuf heures, un grondement s'était fait entendre vers l'est. Périer avait désigné du doigt un point noir qui grossissait au milieu du ciel bleu.

– Le chef a eu un hélico ! s'écria-t-il.

Il paraissait étonné. Puis le point avait grossi et l'hélicoptère avait fait deux ou trois tours au-dessus d'eux avant de se poser un peu plus haut, à cent mètres du séchoir à noix. Ils avaient embarqué et, une fois que l'engin eut pris de la hauteur, Maréchal sentit que Catherine lui serrait le bras à lui faire mal. En même temps, elle regardait au-dessous d'eux l'immense plaine liquide et, à côté de l'espèce d'île qu'ils venaient de quitter, le toit des Asphodèles.

À Verviers, l'hélico s'était posé sur le terrain de football. Brochard les attendait. Il n'avait pas dit grand-chose, seulement regardé Maréchal, cela suffisait. Il n'était pas seul. Laetitia aussi était là. Quand elle l'avait vue, Catherine s'était précipitée vers elle.

Un peu plus tard, des amis étaient venus la chercher, un jeune couple qui possédait une ferme pas loin de Verviers.

Ils étaient rentrés à Corbans avec les gendarmes. Laetitia avait peu parlé pendant le trajet, mais elle s'était serrée contre Maréchal. Il devait être onze heures quand Brochard les avait déposés devant La Perdrix.

Vidal les attendait. Il avait eu dans les yeux une lueur admirative quand il avait regardé Maréchal. Mais celui-ci ne prêtait déjà plus aucune attention à quoi que ce soit. Il avait grimpé l'escalier dans un demi-coma, s'était précipité sous la douche pour essayer de chasser l'odeur de vase et de mort qui lui collait à la peau, puis il s'était écroulé sur le lit, tout nu.

Après, il lui semblait vaguement que Laetitia avait tiré les rideaux. Il avait sombré aussitôt dans un sommeil de plomb.

Il ne savait pas quelle heure il pouvait bien être, mais il ne fit aucun effort pour regarder sa montre-bracelet. Il s'étira. Il aurait probablement replongé dans le sommeil si à cet instant la porte ne s'était ouverte.

– Franck ? Tu es réveillé ?

– Non ! répondit-il en bâillant.

– C'est malin, fit-elle en souriant. Ton copain Brochard vient d'appeler.

– Qui ça ? demanda-t-il, sincère. Ah, oui ! Brochard. Qu'est-ce qu'il voulait ?

– Que tu passes à la mairie avant six heures si possible.

– Quelle heure est-il donc ?

– Six heures !

– Il y a longtemps qu'il a appelé ?

– Une demi-heure. Mais quand je suis montée, tu ronflais.

– Je ronflais ? Moi ? Non ! C'est impossible...

– J'ai dû rêver, répondit-elle, sarcastique. Mais j'ai préféré attendre que tu sois vraiment réveillé.

– Viens m'embrasser.

– Il a dit *six heures,* Franck. Tu devrais t'habiller maintenant.

Elle lui lança en partant :

– Je suis en bas, Mme Vidal est en train de me donner sa recette du poulet aux morilles.

Quand il descendit, il la retrouva en effet dans la cuisine de La Perdrix, où la patronne, une forte femme à l'humeur égale et au visage respirant la bonne santé, était en train de touiller dans une cocotte en fonte. Il régnait dans la cuisine une odeur délicieuse.

– Le poulet est prêt ? demanda-t-il.

– Oh, monsieur Maréchal ! Vous plaisantez ? Oui, vous plaisantez.

– De toute façon, même s'il était prêt, il n'aurait pas le temps d'en manger, madame Vidal. Il a un rendez-vous urgent avec les autorités.

– Ah bon ? fit la patronne d'un air interloqué.

Mais, comme elle devait le faire à chaque fois que les choses la dépassaient, elle se replongea dans sa recette.

– Vous voyez, ma petite, le tout, c'est d'abord de bien faire dorer les oignons...

Après un clin d'œil ironique de Laetitia, Maréchal quitta la pièce. Une fois à la réception, il aperçut Vidal qui s'affairait sur sa terrasse envahie de touristes. Il se garda bien d'aller par là, il n'avait aucune envie de raconter ce qui s'était passé à cet homme bon mais à la curiosité débordante. Il sortit par une petite porte qui donnait directement dans la rue.

Le ciel avait repris sa teinte uniforme des jours précédents. Il faisait de nouveau chaud dans les rues de Corbans et Maréchal fut frappé par l'animation qui régnait. Il ne put s'empêcher de penser que le drame qui s'était déroulé à trois kilomètres de là paraissait ignoré ou peut-être pire : négligé. Il reconnut qu'il s'avançait trop. Ils avaient découvert ce qui s'était passé aux Asphodèles le matin même. On ne pouvait donc pas reprocher aux gens de vivre comme si rien n'était arrivé, alors qu'ils n'étaient sans doute pas au courant. Toutefois, au fond de lui, il savait que, même informés, il était peu probable qu'ils se détournent de leurs vacances. C'était ainsi, chacun vivait sa vie. Il en avait déjà trop vu pour y attacher plus d'importance que cela n'en méritait.

Il arriva bientôt sur la place de la Mairie. Là aussi régnait une grande animation. Des marchands ambulants avaient installé un marché d'artisanat et de produits du terroir. Il faut bien vivre, pensa Maréchal qui avait une opinion mitigée sur ce genre de manifestations. La mode était au *retour à la nature.* Lui connaissait bien cette dernière, il en savait les côtés agréables et ceux qui l'étaient moins. Tout ça était très joli, mais souvent fort loin de la réalité. Toutefois il n'avait aucun désir de convaincre quiconque de ses idées sur la question.

La camionnette des gendarmes stationnait devant l'édifice public. Il monta les marches et se dirigea vers la salle du conseil municipal. Sur le mur du fond, la carte était toujours épinglée. La salle était vide, mais il entendit des conversations dans un bureau voisin. En passant, il jeta un coup d'œil sur la carte. Une grande croix rouge avait été tracée à l'emplacement des Asphodèles. Pour la première fois depuis le drame, il songea à cet autre nom de la magnanerie : le Mas des Peurs ! Cela amena devant ses yeux l'image de Catherine et la pensée de ce qu'elle avait dû éprouver là-bas dans son abandon, tandis que l'eau montait autour d'elle. Il frémit.

Dans le bureau se tenaient le maire, que Maréchal avait aperçu la veille, Brochard, Périer et un quatrième homme qu'il ne connaissait pas, un type de trente-cinq ans environ, à la figure ouverte, et qui avait l'air d'être sur la sellette. La discussion était animée et Maréchal fit mine de rebrousser chemin en disant :

– Excusez-moi.

– Non, Maréchal, ne partez pas ! lança Brochard. Vous en avez assez fait cette nuit pour être tenu au courant.

Il se tourna vers le maire et l'inconnu, et ajouta :

– M. Maréchal, *l'écrivain*, est un ami de Mme Caminade.

Il avait insisté sur « l'écrivain ». Ce dernier aurait voulu corriger : non il n'était pas un *ami* des Caminade, c'était Laetitia qui..., etc. Mais il avait depuis longtemps compris que parfois il est inutile de tout expliquer. D'autant qu'il se sentait très proche de Catherine.

Brochard termina les présentations :

– Monsieur le maire, vous vous êtes déjà vus, et Jacques Bernardeau, qui est ingénieur des services techniques du conseil général. (Puis il reprit :) Vous avez beau dire, Bernardeau, depuis le temps que Paul Caminade a attiré l'attention sur ce barrage, rien n'a été fait !

– C'est faux, Brochard ! Monsieur le maire peut témoigner que je suis venu en juin avec un collègue et nous avons établi un rapport. Il est à la préfecture, et la municipalité de Corbans en a une copie, n'est-ce pas ?

– Exact, répondit le maire, qui avait l'air totalement accablé.

– Et alors ? insista Brochard.

– Alors, le barrage avait besoin de travaux, mais il s'agissait seulement de points de détail. Nous n'avons rien trouvé qui aurait permis de prévoir ce qui s'est passé.

– Vous en êtes sûr ? questionna Maréchal.

– Absolument, affirma Bernardeau.

Lui aussi paraissait démoralisé. Il hésita et finit par dire :

– Vous pensez bien que si nous avions eu le moindre doute sur la solidité de cet ouvrage, nous l'aurions signalé.

– Vous savez parfaitement qu'il n'y a jamais de crédits pour ce genre de boulot ! s'indigna Brochard.

– C'est vrai, concéda l'ingénieur. Mais cela n'a rien à voir avec mon rapport. Sur le plan technique, jamais ce barrage n'aurait dû lâcher. Et jamais l'eau n'aurait dû arriver jusqu'à la magnanerie ! Je vous le répète : ce barrage était en bon état. On aurait dû faire ce que je préconisais : du crépi, du nettoyage. Et je suis bien d'accord avec vous que c'est incroyable qu'on ne trouve pas de fric pour ça... Mais cela n'aurait rien changé. Ce n'est pas pour ça que le barrage a lâché.

Maréchal regardait l'ingénieur pendant qu'il parlait. Il avait de prime abord tendance à le croire, avant tout parce qu'il lui semblait qu'il s'exprimait avec sincérité. Bien sûr, il en avait vu d'autres auxquels on aurait donné le bon Dieu sans confession et qui... Mais enfin...

– Alors, comment se fait-il qu'il ait lâché, à votre avis ? demanda-t-il.

Bernardeau écarta les bras en signe d'impuissance, puis il répondit :

– Je l'ignore. Nous le saurons sans doute quand toute cette eau sera partie.

– Il y en a pour des jours ! s'exclama Brochard. Qu'est-ce que je fais en attendant ?

Personne ne lui répondit. Maréchal pensa que l'adjudant devait se sentir bien seul. Il suggéra :

– Vous récupérez le rapport de monsieur et vous attendez la décrue.

C'était idiot de dire ça. Maréchal en était conscient. Pourtant, Brochard lui sut gré de son soutien.

Le maire de Corbans sauta sur l'occasion :

– Je vais le chercher. Il doit être dans l'armoire du secrétaire de mairie.

Bernardeau était allé vers la fenêtre. Il contemplait la place. Un ange passa.

– Bon, fit Brochard en s'adressant à l'ingénieur,

vous pouvez répéter ce que vous nous avez dit... *officiellement* ?

– Bien entendu.

– Périer va enregistrer ça.

Le second de Brochard avait fait un clin d'œil amical à Maréchal quand ce dernier était entré. Il se tenait dans un angle de la pièce.

Il précéda l'ingénieur et ils sortirent. Maréchal remarqua que Périer fermait la porte derrière eux.

Quand ils furent seuls, l'adjudant demanda :

– Vous avez des nouvelles de Mme Caminade ?

– Oui, répondit-il, Laetitia a appelé chez ses amis. Elle a fini par s'endormir.

Pour détendre l'atmosphère, qui était pesante, il ajouta en souriant :

– Comme moi d'ailleurs...

– Périer m'a raconté votre petite balade...

Maréchal paria que le gendarme allait lui dire ce qu'on lui disait toujours dans ces occasions : « Ça va vous faire un sujet de roman... » Pour éviter cela, il interrogea :

– Vous croyez ce que raconte Bernardeau ?

L'adjudant écarta les bras.

– Comment voulez-vous que je sache ? C'est un bon ingénieur. Et il a la réputation d'être intègre. Mais tout le monde peut se tromper. Le problème c'est quand ça entraîne la mort d'un homme ! En plus, il y a toutes ces démarches que Paul Caminade avait entreprises pour qu'on refasse ce foutu barrage ! Il y a des lettres, vous comprenez ! Rien de tel pour déclencher toute une histoire. Il suffit qu'un journaliste s'en empare. Tenez, comme l'autre, celui de *La Bannière*, à propos du meurtre...

Maréchal n'y pensait plus. Ni au meurtre du vieil homme, ni à la visite qu'il s'était promis de rendre à son copain Jean Chasles.

– Et dans cette affaire, vous avancez ?

– Ne m'en parlez pas ! Non seulement je n'avance pas, mais en plus le flic arrive ce soir !

– Je vous plains, dit Maréchal.

Il était sincère.

– Merci ! répondit Brochard. Quand je pense que j'avais l'intention de prendre une semaine de congé !

– Vous m'aviez demandé de passer..., lui rappela Maréchal.

Brochard donna l'impression de s'en souvenir tout à coup. Il se frappa le front. En fait, Maréchal trouva qu'il avait l'air gêné. Ce que confirma son ton hésitant :

– Ben, voilà. Comme je vous ai dit, l'inspecteur Delambre arrive ce soir.

– Et alors ?

– Comme de bien entendu, il a refusé de loger là où on avait prévu à Verviers. Il descend à l'auberge.

– À La Perdrix ?

– Oui, dit Brochard, de plus en plus hésitant. C'est pour ça... que... vous comprenez ?

– Non ! répondit Maréchal avec franchise.

– Si vous pouviez savoir ce qu'il pense... Ensuite, je veux dire... un peu plus tard...

Maréchal faillit éclater de rire.

– En somme, vous me demandez d'espionner ce flic pour vous !

– Non. Ce n'est pas... Enfin...

Maréchal le tira d'embarras :

– Allez, Brochard, ne vous en faites pas : si j'apprends quelque chose, je vous le dirai. Promis.

Le gendarme avait l'air encore plus gêné, il bredouilla :

– C'est Paul Vialat qui m'a dit... Enfin, vous comprenez..., répéta-t-il.

– Mais oui. Je comprends. Je vous ai promis. Maintenant, je vais rentrer à l'auberge. Mme Vidal nous prépare une recette, je ne vous dis que ça.

Brochard sourit. Il paraissait particulièrement heureux de la façon dont Maréchal avait pris sa requête. Avant qu'il ne le remercie à nouveau, celui-ci ouvrit la porte du bureau et, apres un salut de la main au gendarme, il sortit. Il tomba sur le maire qui descendait l'escalier quatre à quatre en brandissant une liasse.

– Ça y est ! Je l'ai.

Une fois sur la place, Maréchal s'attarda un moment devant les stands des marchands. C'était l'habituel déballage d'artisanat, masques en cuir peint, bouquets secs, santons et poteries cent fois vus, mais qui malgré cela intéressaient encore des chalands. Il faisait bon sous les platanes, une atmosphère légère à cause de l'ombre, une ambiance de fête, comme souvent celle des vacances.

L'ingénieur sortait de la mairie. Il avait l'air soucieux. Maréchal s'arrangea pour que leurs chemins se croisent. Il sortit son paquet de Gauloises et l'aborda au moment où l'autre allumait une cigarette, blonde, nota-t-il.

– J'ai oublié mon briquet, expliqua-t-il, faute de mieux.

Bernardeau lui passa le sien. Pendant que Maréchal

allumait sa cigarette, il regarda autour de lui, les sourcils froncés.

– On dirait que rien ne s'est passé, remarqua-t-il.

– C'est exactement la réflexion que je me suis faite tout à l'heure. Vous savez, j'ai été frappé par ce que vous avez déclaré.

– L'adjudant a dit que vous étiez un ami de la victime.

– Un ami, c'est beaucoup dire. En fait, je ne l'ai rencontré qu'une fois. Et c'est vrai qu'il m'avait parlé du barrage. Il se plaignait que personne ne voulait rien faire. Et aussi qu'un jour ou l'autre il arriverait quelque chose et qu'il serait trop tard. C'est bien ce qui s'est passé, non ?

– Écoutez ! Comme je l'ai expliqué tout à l'heure, si le barrage a cédé, ce n'est pas par manque d'entretien. Je vous le répète : l'ouvrage était sain. Il aurait suffi...

– Oui, peut-être, mais il a lâché. Exactement comme le prédisait Paul Caminade !

– Je vais vous dire quelque chose. C'était devenu une obsession pour votre ami, enfin, pour M. Caminade. Il inondait les services techniques de lettres comminatoires. Je l'ai rencontré une fois à Verviers. Il s'est mis en colère, impossible de discuter avec lui. Et puis...

Comme il s'était interrompu, Maréchal insista :

– Et puis ?

– Vous devez être au courant, non ? Il avait fini par se mettre tout le monde à dos.

– À cause du barrage ?

– Pas seulement. Il était en guerre contre le monde

entier. Et ici, ça avait pris des proportions extraordinaires. Tout ça à cause de cette femme...

Maréchal s'efforça de ne pas laisser paraître sa surprise. Une fois de plus, les choses étaient moins simples qu'il ne semblait.

– Quelle femme ?

– Vous n'êtes pas au courant ? On dit qu'il avait une liaison avec Mme de Marliet, celle qui habite Noblesse. Celle qui... enfin, vous voyez ce que je veux dire.

Maréchal était stupéfait. Imaginer Paul Caminade en amant de la folle paraissait difficile.

– Vous êtes sûr ?

– Moi ? Non, je ne suis sûr de rien. C'est ce que tout le monde raconte ici. D'ailleurs, je m'en moque. Je ne vous raconte ça que parce que vous connaissiez Caminade et que je croyais que vous étiez au courant.

– Non, je l'ignorais, reconnut Maréchal.

– En tout cas, reprit l'ingénieur, le problème, c'est moi qui l'ai désormais. Parce que, ne vous leurrez pas, on va essayer de me faire retomber sur le dos ce qui s'est passé à la magnanerie. Vous pensez bien que les politiques ne vont pas prendre le risque de me défendre.

– Il y a votre rapport, non ?

– Oui, et heureusement. Encore faut-il qu'on l'utilise pour faire apparaître la vérité, pas pour trouver un bouc émissaire.

Maréchal le regarda dans les yeux. Il n'y lut que de la franchise et une certaine inquiétude. Il comprenait, l'enjeu était de taille. Un coup à vous stopper net une carrière. Il fut frappé par la véhémence de Bernardeau quand celui-ci ajouta :

– Mon rapport est un rapport technique et je vous

le répète : jamais ce barrage n'aurait dû lâcher le soir de l'orage.

– Même avec un pareil orage ?

– Même ! Tout avait été prévu pour que l'eau se déverse beaucoup plus bas dans la vallée, là où il y a trois bassins d'épanchement. Non : jamais toute cette flotte n'aurait dû arriver aux Asphodèles.

Il tirait nerveusement sur sa cigarette. Sa sincérité paraissait évidente. Il ajouta, l'air amer :

– Vous ne me croyez pas, n'est-ce pas ?

Il avait parlé sur un ton tel que Maréchal pensa qu'il cherchait un appui :

– Je vais vous étonner, Bernardeau. Je crois que vous pensez ce que vous dites, et même que vous en êtes persuadé. Je crois aussi que vous pouvez vous être trompé...

– C'est mon métier, Maréchal, et j'aime ce métier. Il m'est arrivé de me tromper, je l'ai toujours reconnu. Là, je suis sûr que non. Je vous le répète : il est impossible que le barrage ait lâché comme ça. Il a dû y avoir autre chose. Mais quoi ? Ça, je l'ignore.

– Contrairement à ce que vous avez l'air de croire, la vérité apparaît toujours un jour ou l'autre.

Bernardeau éteignit sa cigarette contre un lampadaire, puis il jeta le mégot dans une poubelle. Maréchal venait de voir apparaître Laetitia à l'autre bout de la place.

– Il faut que je vous laisse...

Il tendit la main à l'ingénieur et s'éloigna dans la direction de Laetitia.

Un moment plus tard, comme il accompagnait la jeune femme au milieu des stands, il vit que Bernardeau s'éloignait lentement, le dos voûté.

– À quoi penses-tu encore ? demanda-t-elle.

– À la précarité du témoignage humain, répondit-il sans réfléchir.

– Ben dis donc ! Je ne suis pas sûre que ça te réussisse trop, les vacances à Corbans.

Elle avait dit ça avec ironie, mais il avait senti dans sa voix une nuance d'inquiétude. Elle devait se dire qu'il était regrettable qu'il soit embarqué de nouveau. Il ne pouvait lui donner tort. Il aurait mieux valu qu'il s'occupe d'autre chose, de son travail, par exemple. Mais il n'y avait pas que le meurtre du vieil homme. Désormais s'y ajoutait le drame du Mas des Peurs, sans compter ce qu'il venait d'apprendre en discutant avec l'ingénieur.

– Il semble que Paul Caminade avait une maîtresse.

– Franck, enfin ! Tu étais avec moi l'autre jour. Tu as vu comme moi à quel point Catherine et lui avaient l'air de bien s'entendre.

– C'était peut-être une histoire ancienne.

– Impossible ! affirma Laetitia avec force.

D'habitude, il faisait confiance aux intuitions de la jeune femme. Cela lui avait évité pas mal d'erreurs. Mais dans ce cas, non, il était persuadé que ce que lui avait dit l'ingénieur était vrai.

– Et qui était-ce ? demanda Laetitia.

– La châtelaine de Noblesse..., commença-t-il.

– Je ne comprends rien à ce que tu me racontes ! s'écria-t-elle, avant de reprendre plus bas, en voyant que des passants s'étaient retournés : Noblesse ? Qu'est-ce que c'est ?

Maréchal réalisa qu'elle n'était au courant de rien. Il se serait battu. Il n'avait aucune envie de lui raconter par le détail ce qui s'était passé. Plus tard peut-être, pas maintenant. Parce qu'il faisait doux sur la place de Corbans, que Laetitia était très belle et qu'il était un imbécile de s'occuper de tout ça au lieu de lui accorder tout son temps. Il prit sa main et murmura :

– Je t'aime.

– Moi aussi, je t'aime, Franck. Mais ça n'empêche : j'aimerais bien comprendre ce que tu racontes.

– Je te promets que je te le dirai... plus tard... Si on rentrait ?

– On vient à peine d'arriver. Regarde ces meubles peints, ça irait bien dans l'entrée de mon studio.

Elle montrait un bibus ordinaire, auquel le peintre avait donné en effet beaucoup d'allure en le décorant de bouquets.

– Et comment tu le ramèneras à Montpellier ?

– Mais avec la 4L, bien entendu ! s'exclama-t-elle, avant de poursuivre après avoir réfléchi : Tu as raison, tu as toujours raison ! Tu ne peux pas savoir combien c'est agaçant. Allez, paye-moi une limonade, tu me dois bien ça.

Un peu plus tard, alors qu'ils étaient attablés à la terrasse du café de Corbans, remplie de monde, Maréchal vit sortir Brochard de la mairie, flanqué de Périer. L'adjudant, en arrivant à la camionnette, observa la place. Ce n'était pas le moment qu'il le repère. Il n'était pas certain que Laetitia aurait supporté une nouvelle conversation avec le collègue de son père. Il glissa légèrement sur sa chaise et se dissimula derrière une énorme capeline tout à fait démodée que portait une Hollandaise volubile qui commentait à son mari, un petit homme rabougri, les différents lieux d'excursion proposés par le Guide vert.

Vers sept heures, ils quittèrent le café et firent une

balade dans les rues du village. Il y avait moins de monde à présent. En passant devant les maisons, Maréchal nota les odeurs de cuisine qui commençaient à se répandre. Cela donnait une grande idée de paix, de quiétude familiale, tout ce qui lui manquait parfois, dans des moments comme celui-ci où il pensait qu'il aurait été bon de se laisser aller au fil du temps qui passe, sans courir toujours après quelque chose dont en plus il savait parfaitement qu'il ne l'attraperait jamais. De cela il était obligé d'admettre qu'il était le seul responsable. Qu'est-ce qui, par exemple, l'obligeait à dévier leur promenade pour passer devant la maison biscornue ?

Il constata que le jasmin était toujours aussi opulent et qu'il dégageait la même odeur troublante, un peu nostalgique, que la fameuse nuit où il s'était trouvé devant. Les volets de la maison étaient toujours clos. Il se demanda si la propriétaire était officiellement rentrée. Au moment où ils passaient devant la porte, celle-ci grinça et un homme sortit. Il était âgé d'une soixantaine d'années, de taille moyenne, fin mais plutôt musclé, avec un visage taillé à la serpe. Ses yeux ne correspondaient pas à l'allure du personnage et Maréchal eut le sentiment d'y lire de la duplicité quand le bonhomme regarda vers eux avant de baisser la tête et de refermer soigneusement la porte. Toutefois, ce n'était qu'une impression. Laetitia, qui s'intéressait à ce moment à un couple de pigeons en train de se poursuivre dans les chenaux d'une maison située de l'autre côté de la rue, n'avait prêté aucune attention à l'homme. Celui-ci fourra la clé dans le fond de sa poche et s'éloigna sur le trottoir d'un pas décidé. À la première rue, il tourna et disparut. D'après ce qu'avait dit Brochard, il était facile de déduire qu'il s'agissait là du nommé Auguste et il était évident que c'était lui que Maréchal avait vu rentrer le soir où il espionnait derrière la fente du volet. Un *jardinier*, avait dit l'adjudant. Il ne pouvait s'empêcher de penser que cela était trop simple. Encore une histoire d'intuition, certes, mais quoi qu'il fît pour s'en défendre le plus possible il ne pouvait s'empêcher de lui accorder crédit. Il jeta un dernier coup d'œil aux volets de la maison, mais tout donnait à penser que la maison était inhabitée.

Ils regagnèrent La Perdrix alors que le soir commençait à descendre sur Corbans. La lumière était déjà moins vive et sur les toits du village un fin halo rosé se mélangeait aux ondulations de chaleur. Un léger vent soufflait de la vallée et amenait les bruits du centre du bourg, mais atténués, plus discrets. Avant d'arriver à l'auberge, ils furent dépassés par deux ou trois camionnettes des marchands ambulants qui redescendaient dans la direction de Verviers. Cela évoquait la fin d'une fête, d'autant que les haut-parleurs qui avaient diffusé de la musique tout au long de l'après-midi s'étaient tus à présent. Qu'on ne l'ait pas fait plus tôt donnait à penser que, comme l'avait dit Bernardeau, le décès de Paul Caminade ne devait guère toucher les gens du coin. Et Maréchal n'aimait pas ça. Toutefois, au lieu de remuer des pensées amères, il s'efforça à être suffisamment gai pour ne pas gâcher la soirée de Laetitia.

Ils prirent leur repas sur la terrasse alors que la nuit était déjà venue. Vidal leur apporta tout autre chose que le poulet aux morilles que Maréchal attendait. Pourtant, il prêta une oreille si distraite aux explications de sa compagne sur le changement de menu que, quand elle eut fini, il aurait été incapable de répéter ce qu'elle avait dit. Une espèce d'euphorie tranquille l'avait gagné, peut-être à cause d'un reste de fatigue, peut-être à cause de la quiétude de la nuit d'été, de la paix qui descendait avec elle sur Corbans, il n'aurait pas pu l'expliquer, il se contentait d'en jouir. Il répondait distraitement à Laetitia, mais elle ne semblait pas en prendre ombrage.

À la fin du repas, comme elle avait apprécié une île flottante, la patronne lui avait fait dire par son mari que, si elle le souhaitait, elle pouvait lui en donner la recette. Laetitia répondit qu'elle allait venir et, pendant que Vidal repartait, elle dit avec un sérieux parfaitement feint :

– Tu te rends compte, Franck, tout ce que je vais apprendre avec elle...

Il aurait dû jouer le jeu, dire une bêtise du genre : « Ça changera de l'habitude... », ou autre. Il n'en fit rien et se contenta de sourire. Il y avait quelque chose qui lui revenait depuis un moment, il cherchait à comprendre quoi, n'y parvenait pas.

Sa compagne se rendit compte qu'il pensait à tout autre chose. Mi-figue mi-raisin, elle dit :

– Bon, je vois que mes progrès culinaires ne t'intéressent absolument pas... Je vais aller voir Mme Vidal, elle au moins s'intéresse à mon avenir de ménagère.

Elle n'était pas fâchée, c'était déjà ça, se dit Maréchal, après qu'elle l'eut embrassé du bout des lèvres avant de rejoindre le *laboratoire*, comme Ferdinand Vidal appelait la cuisine de son auberge.

La terrasse de La Perdrix était occupée par les clients habituels, ceux qui avaient pris pension à l'auberge et ceux de passage. Il en montait un gros murmure de conversations. Il alluma une Gauloise et la fuma tranquillement en regardant le ciel d'été farci d'étoiles qui s'allumaient les unes après les autres à toute vitesse et qu'il voyait à travers les trouées de la glycine. Il songea qu'il était bon de rester ainsi, immobile, loin de tout, même des gens pourtant si proches, indifférent à tout. « À la ville aujourd'hui, on dirait : "Il est zen, celui-là..." » Mais il détestait ce genre de vocabulaire, fruit d'une sorte de bouche à oreille gigantesque qui traversait le monde moderne à la vitesse de la sacro-sainte *communication.* Il se secoua. « Tu parles de zen ! Tu recommences seulement tes habituelles diatribes intérieures ! Tu sais pourtant que ça ne mène nulle part. » Il écrasa un peu rageusement son mégot dans le cendrier Ricard déjà aux trois quarts plein et se leva en allumant une nouvelle cigarette. Il traversa la terrasse et se dirigea vers la rue. Il avait envie de marcher un peu. Il prit la direction de la place. Mais il ressentit une grande lassitude. Il se rendit compte qu'il était épuisé. Il revint sur ses pas.

Au moment de parvenir à l'escalier de la terrasse, il remarqua qu'une voiture était maintenant garée près de l'entrée. Il s'agissait d'une Golf noire. Elle n'avait rien que de très banal, toutefois elle était placée à un endroit où personne ne s'arrêtait jamais, car la rue y était plus étroite.

En traversant la terrasse, il constata que la plupart des tables étaient désertées. À ce moment, il vit une femme sortir de la réception. Maréchal la trouva superbe. Elle avait environ trente ans, elle était grande, mince, très blonde. Il se dégageait d'elle beaucoup de classe, tant par sa démarche que par ses vêtements qu'il aurait parié être de grandes marques. Au demeurant, si elle les portait avec élégance, il n'y avait rien d'ostentatoire ou de tape-à-l'œil dans son allure. Lorsqu'elle le croisa, il remarqua qu'elle avait de très beaux yeux verts et qu'elle était parfaitement maquillée, quoique avec discrétion. À vrai dire, il était subjugué par son apparition dans le cadre simple et un peu popote de La Perdrix. Il la suivit du regard alors qu'elle descendait les escaliers vers la rue. Un instant plus tard, il entendit un bruit de moteur et pensa qu'elle allait garer sa Golf sur le parking de l'auberge situé un peu plus haut.

Lorsqu'il entra dans la réception, l'aubergiste était plongé dans son registre. À côté de lui, il y avait une valise Vuitton et un vanity-case de la même marque. Vidal sourit, ce qui laissait entendre que lui aussi appréciait sa nouvelle cliente. Il allait dire quelque chose à ce sujet et Maréchal craignit le pire. Mais, à cet instant, un coup de klaxon retentit. Il se frappa le front et se précipita en disant :

– *Elle* doit être bloquée par ma Kangoo !

Dès qu'il fut sorti, Maréchal se pencha et, retournant l'étiquette de la valise, il lut : « Mme Eva Delambre, 10, rue des Rosiers, Montpellier. » L'écriture elle-même était élégante, mais ce n'était pas cela qui frappa Maréchal. Il se souvenait de ce que lui avait dit Brochard en réponse à une de ses questions : « *Ils* m'envoient l'inspecteur Delambre... » Il avait bien dit aussi à la mairie que l'inspecteur en question devait loger à La Perdrix. Les conclusions étaient faciles à tirer. « Pauvre Brochard, il ne lui manquait plus que ça ! » pensa-t-il. Lui-même préférait, et de loin, voir arriver cette Eva Delambre plutôt que sa bête noire,

Dubosc. Au moins, elle serait déjà plus agréable à regarder. Pour le reste, dans l'état où il se trouvait, il n'avait qu'une envie : se coucher et essayer de récupérer, d'autant que pour le lendemain il avait promis une balade à Laetitia. Un peu égoïstement, il avait proposé de visiter un arboretum. Elle n'avait pas paru s'y opposer. À vrai dire, elle aimait les arbres presque autant que lui.

Il passa la tête à la porte de la cuisine.

– Tiens, te voilà ! s'exclama Laetitia.

Elle avait mis un tablier et, les mains couvertes de farine, elle expliqua :

– Mme Vidal...

– Ursule ! la coupa celle-ci.

Laetitia, un peu décontenancée, reprit :

– Euh... Ursule m'apprend à faire une pâte feuilletée.

Elle avait des yeux rieurs de petite fille. Maréchal en fut bouleversé, comme à chacune de ses rencontres avec l'innocence, dont il pensait qu'elle devenait rare en ce monde.

– Je vais me coucher, je n'en peux plus, dit-il.

– Moi, je reste un moment encore. Madam... Ursule doit aussi me donner la recette du plum-pudding.

Maréchal fit l'effort de masquer la grimace qui lui était venue aux lèvres.

– Bonne nuit, monsieur Maréchal, dit la patronne.

– Franck ! répondit-il à mi-voix tout en s'éloignant.

Comme il montait l'escalier, il entendit des voix. Vidal parlait avec sa nouvelle recrue. Mais il avait déjà atteint le palier et, de là, il ne put la revoir. Il était moulu. Il entra dans la chambre sans allumer à cause des moustiques. Il se déshabilla et alla ouvrir la fenêtre. De là, il pouvait voir le parking de l'auberge et la Golf noire qui était garée, très mal une fois encore. Il se demanda comment Vidal ferait le lendemain matin quand il voudrait sortir pour aller aux provisions. Il jeta un dernier regard sur les toits de Corbans pendant qu'il entendait au-dessous de lui le rire clair de Laetitia. Aussitôt allongé, il sombra dans un sommeil de plomb.

Quand il se réveilla, il faisait grand jour et cela le surprit. Il avait l'habitude d'être debout bien avant le lever du soleil. Pour une fois, Laetitia l'avait devancé. Elle se tenait à la fenêtre. Quand elle l'entendit remuer, elle se tourna vers lui.

– Tu as vu cette fille ? demanda-t-elle.

– Une fille ? Quelle fille ?

– Celle qui déjeune en ce moment sur la terrasse.

– Comment veux-tu que je l'aie vue ? Je dormais.

Il se dit une fois de plus qu'il était difficile de pénétrer la logique féminine, car elle répondit :

– Ah bon, je croyais.

– Qu'est-ce qu'elle a de spécial ? demanda-t-il avant de se souvenir.

– Viens voir toi-même.

Il s'enveloppa du drap et approcha de la fenêtre. La propriétaire de la Golf était en effet attablée devant un café et des croissants. Elle était tout aussi superbe que la veille. « En plus, pensa Maréchal, elle est matinale. Brochard va souffrir. »

– Elle est belle, fit Laetitia avec admiration.

– Un peu gravure de mode à mon goût, répondit-il hypocritement.

– Pourtant, je croyais...

– Tu croyais quoi ? Que j'allais être ravi, subjugué ? Tomber amoureux, peut-être... ?

– Pourquoi pas, répondit-elle avec sérieux. Ça s'est vu...

– Impossible ! s'exclama-t-il. Mon cœur est déjà pris.

– Par qui ? minauda-t-elle.

– Tu le sais parfaitement ! dit-il en l'attirant vers lui.

– Franck ! Ferme au moins la fenêtre.

Quand il descendit à la réception, il entendit la jeune femme demander à Vidal le chemin de Verviers. Quelques minutes plus tard, alors que l'aubergiste lui apportait son café, un bruit rageur d'échappement retentit.

– Ça, c'est une Golf ! dit-il.

– Comment vous le savez, monsieur Maréchal ?

– Ferdinand, je connais tous les bruits d'échappement de toutes les voitures.

– Pas possible ! s'exclama Vidal, abasourdi.

– Mais non, bien sûr. J'ai vu *sa* voiture sur votre parking.

– Oui, même que ce matin pour aller aux courses, il m'a fallu lui demander de la déplacer.

– Vous êtes allé *la* réveiller ?

– Bien sûr que non ! Vous pensez bien que j'aurais pas osé. Mais *elle* était déjà debout. En rentrant, elle m'a dit qu'elle était allée visiter Corbans. Vous vous rendez compte : à six heures du matin !

Maréchal se rendait compte. À cet instant, le téléphone grelotta dans la réception. Vidal se précipita et ressortit dix secondes plus tard.

– Monsieur Maréchal, c'est pour vous !

C'était Brochard.

– Alors ? demanda-t-il.

– Alors quoi ? répondit Maréchal.

– *Il* est arrivé ?

– Non.

– Comment, non ? L'inspecteur de Montpellier n'est pas arrivé à La Perdrix ?

– Si, l'inspecteur est arrivé.

– Maréchal, implora l'adjudant, je n'y comprends rien !

– C'est simple. Votre inspecteur est arrivé, oui. *Elle* est arrivée.

– Elle ? Vous voulez dire que c'est une femme ?

– Je ne fais que vous le répéter.

– Il... Elle est comment ?

– Tailleur Chanel, je crois, et bagages Vuitton. Ah, elle a aussi une Golf noire.

Il y eut un silence au bout du fil. Maréchal était ravi. Il ajouta :

– Vous n'allez pas tarder à la voir.

– Ah bon..., fit Brochard d'un ton désabusé.

– Oui, elle vient de partir pour chez vous.

11

Lorsqu'ils prirent la route de Verviers, il était neuf heures. L'Arboretum se trouvait à quinze kilomètres de la petite ville, mais Laetitia en avait profité pour ironiser sur la lenteur de la 4L et avait déclaré qu'il valait mieux se mettre en route de bonne heure.

– D'autant, ajouta-t-elle, qu'on n'est jamais sûr de ne pas tomber en panne...

Cette pique aurait dû laisser Maréchal de marbre. Il répondit pourtant :

– Cela fait une éternité que ça ne lui est pas arrivé.

– Un mois exactement. Tu ne te souviens pas ? Dans le col de Ruinert ?

Il avait oublié. C'était un mauvais souvenir. Il avait dû parcourir quatre kilomètres à pied pour aller chercher de l'aide chez un garagiste dont l'atelier datait des années trente, ce qui était en général bon signe, les garages modernes le regardant de travers quand il annonçait le modèle de son véhicule. Cette fois encore, il avait regretté d'être si obstiné sur la question des téléphones portables. Laetitia l'avait attendu dans la voiture, au milieu d'un fichu brouillard qui bouchait le col en plein mois de juin. Au retour avec le garagiste, il l'avait trouvée frigorifiée, pas fâchée mais sardonique, tandis que l'homme de l'art se régalait à trafiquer dans le moteur de cette voiture – Laetitia disait : « épave » – dont il avait répété une dizaine de fois *qu'on n'en faisait plus des comme ça.*

Tout occupé à se remémorer cet épisode peu glorieux, il ne répondit pas à Laetitia, d'autant qu'aussitôt après il songea qu'il était stupide de perdre son temps et d'user les neurones qui lui restaient à de pareilles fariboles alors qu'autour d'eux la gloire de l'été resplendissait sur la campagne. Sous le ciel si bleu qu'on l'aurait croqué, il admira l'immense déroulement des champs, dont certains avaient été comme moissonnés par l'orage. Il y avait pourtant dans ce désastre qui devait toucher de plein fouet les paysans et leurs maigres revenus une sorte de beauté tragique. C'était souvent ainsi : la vie côtoyait son contraire sans trop s'attacher aux détails, semblait-il, du moins il avait plus d'une fois été amené à le constater.

Trois kilomètres après Corbans, dans une trouée de la forêt, un grand éclat de lumière vibra sous le soleil, comme si celui-ci eût frappé un gigantesque miroir. Il le montra du doigt.

– Il y a encore pas mal d'eau, dit-il.

Il savait qu'elle pensait comme lui à la magnanerie submergée et à Catherine, désespérée et seule. Laetitia avait pris de ses nouvelles et avait proposé à l'amie qui l'hébergeait de passer la voir. Mais celle-ci avait dit que c'était trop tôt, on l'avait mise sous tranquillisants et elle dormait.

Maréchal repensa à sa conversation avec l'ingénieur. Depuis la veille, ce que lui avait dit cet homme le tracassait. Il en avait parlé à Brochard, quand celui-ci avait téléphoné pour avoir des nouvelles de l'inspecteur Delambre. L'adjudant avait rétorqué : « Laissez tomber, Maréchal. Ces types ont toujours peur que tout leur retombe dessus. »

Pour lui, à l'évidence, le barrage avait cédé parce qu'il était trop vieux, parce qu'il n'avait pas été réparé à temps, etc. Ce n'était pas l'avis de Maréchal qui, sans preuve mais avec force, avait l'impression que Bernardeau avait raison.

– À quoi penses-tu encore ? demanda Laetitia.

Il mentit :

– À ton amie Catherine et à son mari.

Elle resta silencieuse.

Ils atteignirent Verviers, qu'ils traversèrent avant que les touristes n'envahissent les rues, puis, à la sortie de la ville, ils prirent la direction de l'Arboretum qui, selon le prospectus de l'Office du tourisme, se trouvait dans la montagne à l'ouest. La route s'enfonça bientôt dans des forêts épaisses de chênes et de hêtres. Elle montait peu à peu, et ses bas-côtés furent bientôt envahis d'immenses fougères au vert très cru qui rappelèrent à Maréchal les images des bouquins de sciences naturelles à l'époque où il passait le bac. Cela aussi avait dû changer – les bouquins, pas les fougères –, et de toute façon il ne se souvenait pas de grand-chose à leur sujet. Cela jetait une ombre cruelle sur les connaissances acquises, mais n'empêchait nullement de trouver les fougères magnifiques, ce qui était autrement plus important. Les quelques clairières qu'ils distinguaient étaient inondées de lumière, alors que le sous-bois était plongé dans une ombre verte, un peu glauque.

Peu à peu, les arbres devinrent plus rares et bientôt

les trouées s'élargirent. De vastes landes à bruyères apparurent. Elles étaient parsemées de rochers gris posés comme des bornes. Maréchal ne put s'empêcher de penser à l'Écosse, dont il rêvait depuis longtemps et où il n'était jamais allé. Il se demanda bien pourquoi, ce qui ne rimait à rien : il y avait tant de choses qu'il aurait voulu faire et dont, à chaque fois, quelque occupation – dont on ne voyait que trop, après coup, le peu d'importance – le détournait.

– Tu aimerais aller en Écosse ? demanda-t-il.

– Question idiote ! D'autant que tu me l'as déjà posée. Tu m'avais même promis qu'on irait.

– Je t'ai promis ça, moi ?

– Franck ! Tu n'as pas envie que je te rappelle tout ce que tu m'as promis ?

– Je ne sais pas pourquoi je n'ai pas tenu parole, dit-il avec sincérité.

– Peut-être que là-bas, il y a moins de meurtres qu'ici...

– Ça, c'est un coup bas !

Puis ils se turent, car la route qui avait continué son ascension dans les bruyères atteignait un vaste plateau qui leur donna tout à coup le sentiment de basculer au milieu du ciel.

– Ben dis donc ! s'exclama Laetitia.

C'était exactement ce qu'il avait failli dire. Au loin, on voyait les sommets des montagnes qui paraissaient s'enfoncer dans le bleu du ciel. Le plateau était immense, entièrement libre sur la moitié de sa surface, et là, il avait l'air de tomber au-delà dans un vide indiscernable. De l'autre côté, la forêt en occupait une vaste partie. Avant sa lisière, ils distinguèrent en se rapprochant des panneaux en châtaignier et quelques voitures qui devaient être garées sur le parking de l'Arboretum. Maréchal craignit tout à coup d'être venu se fourrer dans un piège à touristes. Mais de toute façon la route avait été superbe et il serait toujours temps de battre en retraite s'il y avait trop de monde. Il avança jusqu'au parking. De près, la situation était plus rassurante : il n'y avait que cinq voitures de visiteurs, les trois autres étaient des 4 × 4 marqués au nom de l'Arboretum. Même s'il était a priori défavorable à ce genre de véhicules [1], il concevait que pour entretenir les plantations dans ces pentes il était hors de question d'utiliser des limousines.

Des limousines ? Il y en avait justement une garée sur le parking, vert foncé, munie de chromes et de sièges en cuir. Une Jaguar, un ancien modèle qui avait encore belle allure, même aux yeux de quelqu'un comme lui, peu enclin à s'extasier sur la première cause d'esclavage de ses contemporains. Comme un gamin, il gara la 4L juste à côté. Il descendit pendant qu'il entendait vaguement quelques mots de Laetitia qui n'avait pas laissé passer l'occasion de faire des comparaisons. Il allait allumer une Gauloise, mais il respira profondément et ressentit une impression de bien-être tant le grand air du plateau lui parut léger. De plus, il était chargé de ces odeurs, qu'il aimait plus que tout, de grandes forêts, de mousses et de sous-bois qu'amenait une brise du nord fraîche, presque froide. Il rangea son paquet.

Malgré la présence des voitures, un profond silence régnait à cet endroit. On n'entendait que le passage du vent sur les prairies alentour, où de hautes herbes avaient remplacé la bruyère.

1. Voir : *Les Cendres de juin.*

Il tenta de fermer à clé les portières de la 4L sous le regard sarcastique de sa compagne, qui attendit qu'il en vint à celle du passager dont la serrure ne fonctionnait pas depuis longtemps pour dire :

– Je me demande pourquoi tu t'obstines à fermer les autres !

– C'est une question de principe !

Interrogation et réponse habituelles, dont ils ne manquaient jamais de respecter le rituel depuis qu'ils se connaissaient.

Puis Laetitia frissonna et passa son bras sous le sien.

– Dis donc, il fait plutôt frais ici.

– Bien entendu, tu n'as rien pris pour te couvrir. Et moi, je n'ai que ma vieille canadienne à te proposer.

– Celle qui est dans le *capharnaüm* ?

– C'est la seule que j'ai..., répondit-il en faisant mine d'aller vers le coffre de la voiture.

– Non, Franck, je t'assure, ce n'est pas la peine, je vais me réchauffer en marchant, dit-elle en l'entraînant vers une petite construction située à l'entrée et d'où partaient de longues lices en bois vert autoclavé.

Maréchal appréciait peu ce genre de lieu où il fallait payer pour voir ce qui aurait dû être livré au bon plaisir de tout un chacun – n'était-ce pas notre bien commun ? Une fois les grands principes énoncés, il fallait bien se rendre à l'évidence. Depuis le déclin de l'agriculture et des activités traditionnelles dans ces régions de montagne, il aurait été seulement possible de contempler de loin des tas d'endroits envahis par une végétation impénétrable. Celle-ci gagnant de plus en plus de terrain finissait par faire disparaître de nombreuses espèces nobles, patiemment acclimatées parfois, et qui auraient fini par s'éteindre tout à fait sans les ressources du tourisme. Ce n'était que dans ses moments de colère contre l'humanité tout entière, de plus en plus rares curieusement avec l'âge, qu'il souhaitait que la terre soit complètement recouverte de broussailles et d'épines comme dans un songe prophétique de l'Ancien Testament. Pour accroître son indulgence vis-à-vis de cet Arboretum où il escomptait voir quelques spécimens exceptionnels de chênes, la demoiselle qui vendait les billets était une jolie fille brune, en jean, dotée d'un visage ravissant et qui respirait la santé.

Au moment où ils entraient, ils croisèrent un couple qui terminait sa visite. Contre ces gens non plus il n'avait rien à dire, ils parlaient normalement, sans exclamation superflue, et paraissaient ravis. Rassuré sur la fréquentation du lieu, il put se laisser aller à examiner les arbres qui balisaient le parcours, discrètement identifiés par de petits panonceaux en châtaignier, avec leurs noms en latin, ce qui déjà le faisait rêver, incapable qu'il était devenu de les comprendre.

En dehors de l'intérêt même de la visite, la simple promenade sous les frondaisons des grands arbres était un enchantement. Sous le couvert, il faisait bien meilleur que sur le large du plateau. Le vent du nord ne pénétrait pas dans la forêt dont il agitait seulement le sommet. Le chemin sur lequel ils marchaient avait été recouvert d'un fin gravillon rougeâtre qui faisait comme un tapis. Bien sûr, on était loin de la nature sauvage que Maréchal affectionnait, mais il se sentait bien. Laetitia aussi. Elle s'émerveillait devant les immenses fûts dressés qui disparaissaient là-haut, très loin au-dessus d'eux, dans un océan de feuilles qui ondulaient doucement.

À plusieurs reprises, le chemin coupa un ruisseau d'une eau très claire qui courait sur des galets de couleur. Les rives étaient garnies de massettes et de saponaires sur lesquelles d'innombrables libellules se posaient en ployant les tiges.

Ce fut en passant sur un pont de bois que Maréchal aperçut un couple qui se trouvait devant eux à une centaine de mètres. La femme, qui était de bien plus petite taille que l'homme, semblait s'appuyer sur le bras de ce dernier. En fait, en se rapprochant d'eux, Maréchal vit que c'était lui qui la tenait. Ils avançaient en silence, comme il put le constater quand lui et Laetitia furent plus près de ces gens qui marchaient très lentement et sans paraître s'intéresser aux arbres. Il eut le sentiment d'une promenade sans but, au ralenti. Il avait aussi l'impression qu'un détail lui échappait. Lequel ? Il l'ignorait. Cela le tracassa. Le hasard du chemin les éloigna, puis, cent mètres plus loin, les rapprocha à nouveau. À ce moment-là, il sut. Il venait de les reconnaître : c'étaient les propriétaires de Noblesse. Maréchal était stupéfait. Ainsi comme on s'accordait à le dire, le monde était en effet tout petit...

Le comte – c'était ainsi que l'avait appelé Vidal – était vêtu de la même veste de chasse à boutons d'argent, mais à présent il était chaussé de brodequins de cuir noir qui alourdissaient sa démarche. Elle portait une robe vaporeuse, avec un long châle jeté en travers de ses épaules. L'ensemble était hors du contexte. Tout, vêtements, façon de marcher, comportement, les rendait comme incongrus en ce lieu.

Maréchal allait se reprocher de tirer des conclusions fort hâtives du comportement seulement particulier de ces promeneurs quand brutalement la femme secoua le bras de son compagnon, se libéra et s'enfuit à toutes jambes dans une laie qui s'ouvrait entre deux mélèzes. Le sentier tournait peu après et elle disparut. L'homme tenta de la suivre, mais il en était incapable. Avisant alors Maréchal, qui se demanda s'il l'avait reconnu, il lui cria :

– Rattrapez-la ! Monsieur, je vous en prie !

Maréchal, suivi de Laetitia, se précipita dans la direction où la femme avait disparu. L'homme, tout en continuant à avancer maladroitement, cria encore :

– Monsieur ! Monsieur ! Rattrapez-la !

Puis, comme Maréchal passait devant lui, il lança :

– Sinon, elle va se jeter dans le lac !

Maréchal, tout en courant sur les traces de la folle, se souvint qu'en effet le prospectus de l'Arboretum indiquait la présence d'un plan d'eau. D'après la carte, qu'en bon visuel il avait parfaitement en mémoire, il lui sembla qu'il devait se situer tout près de l'endroit où ils se trouvaient.

Lui et Laetitia, un peu distancée, suivirent la laie et s'enfoncèrent à leur tour dans l'épaisseur du bois. Il entendait encore les appels au secours du comte. La femme avait pris de l'avance et elle courait vite. Ils firent ainsi environ trois cents mètres sur ses pas. Puis l'espace s'ouvrit et, dans les rayons du soleil qui se réfléchissaient à la surface, le petit lac apparut. En de toutes autres circonstances, Maréchal aurait trouvé le coup d'œil remarquable. Il se contenta de chercher du regard la femme qui semblait avoir disparu. Toutefois, l'herbe était haute à cet endroit et il distingua sa trace grâce aux tiges couchées. Laetitia était maintenant loin derrière lui. Il fit encore cent mètres à travers les fléoles avant de parvenir à une petite crique qui encochait la rive du lac. Elle était là, déjà dans l'eau jusqu'à mi-cuisses, son châle flottant à la surface. Elle l'entendit arriver et se retourna. Elle le contempla avec un air d'infinie surprise. Puis elle avança les mains devant elle comme pour le repousser, tout en criant d'une voix aiguë :

– N'approchez pas ! Non ! Laissez-moi !

Il s'attendait à reconnaître de l'hystérie dans sa voix, il n'y trouva que de la peur. Davantage, même : de la terreur. Il s'efforça de maîtriser sa respiration haletante après la course et dit le plus calmement qu'il put :

– Ne craignez rien, nous ne vous voulons pas de mal...

– Vous peut-être..., s'exclama-t-elle. Mais lui, si ! C'est le démon !

Maréchal fut saisi. Parce que, en dehors de ce qu'elle disait, il y avait le ton. Et il n'y retrouvait aucun signe de folie. Seulement un accent de vérité qui le stupéfia. Bien sûr, elle avait les yeux exorbités et il était facile – « trop facile ! » pensa Maréchal – d'en trouver l'explication dans la démence. Mais elle était véritablement terrorisée et il avait pour règle de ne jamais se fier à la première impression qui, si elle était parfois la bonne, pouvait aussi se révéler souvent trompeuse. Ce n'était pas facile, surtout dans ce contexte d'une fuite éperdue à travers les prairies, jusqu'à ce lac où s'il n'était pas arrivé presque en même temps, elle allait se jeter pour y mourir. Ce n'était pas facile non plus de repousser un a priori concernant cette démence après avoir vu son comportement de l'autre jour à Noblesse quand elle avait couru vers l'étalon noir. Toutefois Maréchal se souvenait parfaitement de son regard d'alors qui, lui, exprimait tout à fait l'étrangeté, davantage sans doute. Il répéta d'une voix aussi posée qu'il put :

– N'ayez pas peur, madame... Je ne vous veux aucun mal.

Tout en parlant, il s'avança jusqu'au bord de l'eau et lui tendit la main en ajoutant :

– Venez. Prenez ma main. Venez.

Elle le fixa longuement en inclinant un peu la tête. Elle semblait peser le pour et le contre. Elle avait toujours les bras en avant comme pour le repousser. Puis, lentement, elle les abaissa et attendit encore. Il répéta :

– Venez. Cela ne sert à rien de rester ici maintenant.

Elle hocha la tête.

– Vous croyez ? C'est que vous ne savez pas !

Il reconnut de nouveau dans sa voix de la terreur et aussi de la sincérité. Puis elle hocha encore la tête et fit un pas dans sa direction. Sa robe collait à ses jambes, elle était très belle. Au moment où elle saisit ses doigts tendus, elle murmura :

– C'est vous qui êtes venu l'autre matin à Noblesse.

– En effet. Je ne pensais pas alors que nous nous retrouverions si vite...

Il fut stupéfait de constater qu'elle esquissait un fin sourire, comme si ces paroles de convenance avaient détendu quelque ressort secret en elle. Elle le suivit sans résister. Quand elle fut sur la berge, il vit en jetant un regard en arrière que Laetitia se tenait immobile à cinquante mètres derrière eux, au milieu des hautes herbes que le vent agitait. La femme murmura :

– C'est vous qui étiez ami de Paul ?

– Non. Je le connaissais seulement. C'est ma compagne qui est amie avec sa femme Catherine.

Elle grimaça et dit sèchement :

– Sa femme ? Ah oui. Mais elle ne compte pas...

Maréchal en savait suffisamment pour comprendre cette parole de dépit, mais pas assez pour ce qui suivit aussitôt dans un gémissement :

– *Ils* l'ont tué.

– Qui ça ? demanda-t-il, surpris.

Elle se méprit :

– Paul, évidemment !

– Non, je voulais dire : *qui l'a tué ?*

Il crut qu'elle allait répondre. Mais, à cet instant, un cri retentit à l'autre bout de la prairie :

– Solange ! Solange !

Le visage de la femme se figea brutalement. La terreur réapparut dans ses yeux. Elle regarda Maréchal et il comprit qu'elle pensait qu'il l'avait trahie. Son regard se ferma. Il demanda de nouveau avec beaucoup de douceur :

– Qui l'a tué ? Dites-le-moi.

Mais, visiblement, elle ne l'écoutait plus. Elle semblait vaincue et regardait le comte qui arrivait dans la prairie de sa démarche maladroite. Laetitia n'avait pas bougé. Il passa devant elle et dit quelque chose, mais elle ne répondit pas. La femme paraissait maintenant complètement brisée. Quand le comte arriva devant elle, il lui saisit le bras sans un mot et l'entraîna. Il souffla seulement à Maréchal :

– Merci, monsieur.

Comme ils s'éloignaient vers le bois, il entendit que le comte parlait à la jeune femme sur le ton qu'on emploie avec les enfants :

– Solange, enfin ! Qu'est-ce qui vous a pris ?

Il n'y eut pas de réponse.

Quand ils eurent disparu à la lisière du bois, Maréchal rejoignit Laetitia.

– Eh bien, dis donc ! Il s'en passe des choses chaque fois que nous allons en promenade.

Elle avait parlé sur un ton enjoué, mais il sonnait faux. Elle avait l'air plutôt éprouvée.

– Qu'est-ce qu'il t'a dit en passant ?

– *Elle est folle ! Folle à lier ! Il va falloir...*

– Il va falloir quoi ? demanda-t-il, parce qu'elle s'était interrompue.

– Justement ! Il ne l'a pas dit : on aurait cru qu'il parlait tout seul.

Elle frissonna. Elle regarda le lac et ajouta avec regret :

– Dommage, c'est très beau ici.

Il lui prit la main et ils revinrent sur leurs pas.

Quand ils parvinrent devant l'entrée de l'Arboretum, la jeune fille de l'accueil s'exclama en les voyant :

– Vous n'allez pas me dire, vous aussi, que vous avez tout vu en si peu de temps ?

– Non ! répondit Maréchal. Mais ma femme est souffrante, nous reviendrons un autre jour.

– C'est exactement ce que m'a dit l'autre monsieur.

Comme la jeune fille avait l'air déçue, Maréchal reprit :

– C'est très beau chez vous. Nous reviendrons, c'est promis.

Elle parut rassérénée. Comme ils s'éloignaient, Laetitia feignit d'employer un ton jaloux :

– Si elle n'avait pas été jolie, tu n'aurais pas été aussi aimable, à mon avis, et...

– Regarde ! la coupa-t-il en montrant le parking.

Le comte et sa compagne étaient assis dans la Jaguar

et ils paraissaient discuter avec âpreté. Maréchal tenta de plaisanter :

– Si elle s'échappe de nouveau, il ne faut pas qu'il compte sur moi ! Je n'ai plus vingt ans.

– Mais si, Franck ! fit Laetitia en se serrant contre lui. Laisse ces gens, occupe-toi plutôt de moi.

– Mais je ne fais que ça ! dit-il en l'embrassant.

À ce moment-là, le comte gifla la femme et la Jaguar démarra sur les chapeaux de roues.

– Eh bien ! s'exclama-t-il. Ce comte a des talents cachés. Tu as vu comme il conduit ? Un champion.

– Le comte ? Quel comte ? Comment tu sais qu'il s'agit d'un comte ?

Il éclata de rire.

– C'est une longue histoire ! Je te raconterai...

– Je me méfie de tes longues histoires, Franck ! En général, il n'y a que des complications au bout.

Alors qu'ils remontaient dans la 4L, la Jaguar filait déjà à une vitesse folle sur le chemin de la vallée. Laetitia ne put s'empêcher d'ironiser quand il lança le démarreur :

– Ce *moulin*, comme tu dis parfois, ne me paraît pas tourner aussi bien que celui du carrosse de ce fameux comte qui va nous amener un tas d'ennuis. Je le sens.

Maréchal, en voyant qu'elle se touchait le bout du nez pour accompagner ses mots, trouva une nouvelle fois qu'il était charmant. Cette remarque était anodine, mais elle lui fit du bien. Trop de questions se pressaient dans son esprit.

12

La visite de l'Arboretum ayant été écourtée, Maréchal et Laetitia rentrèrent à Corbans vers treize heures. Ils trouvèrent Vidal affairé avec ses pratiques.

– Déjà ? s'exclama-t-il en passant avec un plat. Je croyais que vous ne rentreriez que ce soir. Vous voulez manger ?

– Non, monsieur Vidal, répondit Laetitia, nous avons pris un sandwich en passant à Verviers.

Il la regarda avec un air de profonde commisération et murmura :

– Un sandwich... Quelle idée...

– On se rattrapera ce soir, lança gentiment Laetitia.

Vidal la remercia d'un sourire plein de gratitude. Il repartit vers une table avec son plat, puis se ravisa et revint sur ses pas.

– À propos ! La femme de chambre m'a dit que votre appareil n'avait pas arrêté de sonner.

– Quel appareil ? demanda Maréchal.

– Ben, votre téléphone portable ! répondit Vidal, avec à peu près le même mépris que pour le sandwich.

– Ce doit être mon père, dit Laetitia, alors qu'ils montaient l'escalier.

Mais, une fois dans la chambre et alors que Maréchal jetait un coup d'œil sur les toits de Corbans écrasés par la lumière d'août, il comprit à la mine de la jeune femme que ce n'était pas lui qui avait essayé de la joindre.

– *Ils* ont laissé un message sur le répondeur.

– Qui ça ? demanda-t-il distraitement.

– L'orchestre ! On a une répétition exceptionnelle demain matin. Il faut que je rentre.

Maréchal fit la grimace, mais il était inutile de lui dire que quand les gens prenaient des vacances on pouvait au moins leur ficher la paix. Elle aimait son métier et avait depuis le début accepté ce genre de changement brutal d'emploi du temps. « On est des artistes, Franck ! » répétait-elle à chaque fois. C'était vrai, même si cela compliquait parfois l'existence. Il dit :

– On va faire les valises.

– Non, voyons ! Ce n'est pas la peine que tu viennes. C'est juste pour demain matin.

– Et comment tu vas faire pour y aller ?

– Il doit bien y avoir un train pour Montpellier à Verviers.

– Faut demander à Vidal. J'y vais.

Tout en partant à la recherche du patron de La Perdrix, il se reprocha de n'avoir pas beaucoup insisté pour l'accompagner. Il ne pouvait même pas fournir l'alibi de son travail : il n'avait pas ouvert son manuscrit. S'il était sincère, il devait reconnaître qu'il ne pensait qu'à essayer de nouer un tas de fils épars qui flottaient, vaguement reliés à ce qui s'était passé depuis leur arrivée à Corbans. En l'absence de Laetitia, il pourrait chercher, sans lui imposer ce qu'elle n'avait aucune envie de connaître. Ayant ainsi trouvé le moyen d'apaiser sa conscience, il courut à la recherche de Vidal.

Ce fut un vrai miracle qu'ils arrivent à temps à la gare de Verviers. Le train de Montpellier partait à quinze heures et la 4L, comme si elle avait compris les attentes de son propriétaire, fit des prouesses dans la descente et ensuite au milieu du flot de la circulation sur la nationale.

Ils coururent vers le quai et y parvinrent juste au moment où la voix impersonnelle de l'hôtesse annonçait le départ imminent du TER.

Laetitia l'embrassa à la volée et grimpa dans le premier wagon qui se présentait.

Le train était pratiquement plein, elle allait avoir du mal à trouver un siège. Pourtant, deux secondes plus tard, alors que la motrice démarrait, il la vit apparaître derrière une vitre et lui faire un signe d'adieu. Il sourit, reconnaissant la débrouillardise habituelle de celle qu'il aimait. Il lui envoya un baiser, aperçut encore son visage, puis un reflet de soleil le brouilla et le train s'en alla.

Lorsqu'il se retrouva seul devant la gare, Maréchal eut un petit pincement au cœur. Il n'était pas tout à fait sûr d'avoir eu raison de ne pas accompagner Laetitia. Ça ressemblait à de l'égoïsme. Certes, elle savait parfaitement ce qu'il allait faire pendant son absence et au moins il n'aurait pas à lui mentir. C'était essenticl, mais peut-être insuffisant. De toute façon, il était trop tard. Il fit démarrer la 4L qui hoqueta un peu, comme si elle lui reprochait sa conduite sportive pour venir de Corbans. Il traversa Verviers. En passant devant la gendarmerie, il eut envie d'aller voir Brochard. Puis il chassa cette idée, il n'avait rien de neuf à lui raconter et il était certain que si, de son côté, l'adjudant avait appris quelque chose, il n'aurait pas manqué de l'en informer. À la sortie du bourg, un panneau indiquait la route de Saint-Estève. La ville se trouvait à vingt kilomètres de là. C'était l'occasion ou jamais de renouer avec une vieille connaissance. Il avait largement le temps de s'y rendre et de revenir à temps pour accorder toute son attention au repas que Vidal avait promis pour rattraper le fameux sandwich. Déjà qu'il avait été déçu par le départ inopiné de Laetitia, il ne fallait pas le vexer davantage.

Il atteignit Saint-Estève vers quatre heures après une route paisible dans des paysages de riche campagne endormie sous le soleil.

Une fois en ville, il eut quelques difficultés à trouver le bâtiment de *La Bannière,* à cause de la foule des touristes encore plus dense qu'à Verviers et que semblait attirer, comme les mouches le miel, un gouffre célèbre situé à deux kilomètres.

À la fin, il dut se résoudre à se garer au parking payant de la place de l'Hôtel-de-Ville. Il faisait très bon, mais il y avait vraiment trop de monde à son goût. Après un rapide coup d'œil sur le plan de la ville affiché devant la mairie, il s'engouffra dans des ruelles étroites, sombres, et surtout boudées par les touristes. L'une d'elles débouchait sur la place où se trouvait le journal. Il découvrit en effet l'enseigne de *La Bannière* derrière des tilleuls magnifiques qui ornaient cet endroit silencieux. Maréchal pénétra dans l'édifice. Derrière une façade ancienne, il trouva une série de bureaux pour la plupart visiblement désertés en ce mois d'août. La façade était cossue, l'intérieur beaucoup moins et Maréchal retrouva une ambiance qui devenait rare. Les murs des couloirs étaient passés à la peinture laquée bordeaux, les portes d'un vert plutôt agressif, le sol des bureaux recouvert d'un linoléum usé jusqu'à la trame. On n'avait rien refait ici depuis les années cinquante, il se dégageait du lieu une impression de commissariat de police comme dans certains *Maigret* de la même époque. Cela aurait pu être déprimant – ça l'était peut-être pour ceux qui y travaillaient –, mais Maréchal aimait ces anciennes odeurs de dossiers et de tabac froid, toute une mythologie puisée dans Simenon, auquel il avait pensé d'abord, mais aussi, par certains côtés, dans les romans de Chandler. Tout indiquait que la crise de la presse écrite avait oblitéré, si tant est qu'elle eût existé, toute velléité de modernisation.

Le bâtiment paraissait désert. On entendait seulement des grincements à l'étage supérieur et, comme il passait devant un bureau vide, un ronronnement régulier : un gros bourdon noir s'était pris dans un rideau et tentait vainement de s'échapper par une fenêtre entrouverte. Maréchal avait bon cœur, il s'avança dans la pièce pour libérer la bestiole en secouant le rideau. Le bourdon s'envola comme une flèche vers le grand jour qu'on apercevait tout là-haut entre les murs d'une arrière-cour parfaitement grise.

Au moment où il ressortait du bureau, un jeune homme descendait l'escalier en bois à la rampe métallique et aux marches délavées, qui prenait son jour par plusieurs hauts vitraux 1900, vestiges probables d'un temps de luxe depuis longtemps révolu. Il portait une chemisette et des pantalons larges, un stylo à bille était coincé sur son oreille gauche. Maréchal pensa que lui aussi avait peut-être lu des romans de Chandler.

– Vous cherchez quelqu'un ?

– Oui, Jean Chasles.

– Le rédacteur en chef ?

Il avait demandé ça comme si Maréchal avait invoqué le nom d'une divinité.

– Oui, sans doute..., répondit l'écrivain.

Le jeune homme tendit le bras et montra le chemin de l'Olympe.

– Le premier bureau à droite en haut de l'escalier. Le plus grand, avec une porte vitrée.

Maréchal le remercia et le regarda s'éloigner. Il songea qu'il devait être bon de vivre, comme cela semblait être le cas du jeune homme, ses rêves de jeunesse. Il serait toujours temps pour lui de déchanter. Maréchal lui souhaita que ce fût le plus tard possible et grimpa les marches. Le même silence pesait sur l'étage. Seul le grincement persistait : il était dû à un énorme ventilateur, lui aussi certainement cinquantenaire, qui brassait l'air tiède du couloir.

Il découvrit la porte vitrée sur laquelle un panonceau écrit à la ronde indiquait : « Rédacteur en chef. » Il frappa. Une seconde plus tard, une voix qu'il reconnut cria :

– Entrez, Jérémie !

– Non, ce n'est pas Jérémie ! claironna Maréchal en pénétrant dans la pièce.

– Maréchal ! Pas possible !

– Ben si ! Tu vois, tout finit par arriver.

– J'ai cru que c'était le stagiaire. Je l'ai sans arrêt sur mes talons.

– Ce jeune homme croit à son métier, fit Maréchal.

– Tu le connais ? demanda le journaliste, étonné.

– C'est lui qui m'a indiqué ta tanière.

– Je n'en reviens pas, tu sais ! Je désespérais de jamais te revoir. La dernière fois que je t'ai parlé, c'était pour cette histoire de Résistance [1]. On m'a dit que tu n'avais pas été étranger à l'arrestation des coupables.

– Le hasard, minimisa Maréchal. Et aussi tes renseignements.

– Je suppose que c'est ce genre de choses que tu es venu me demander ?

– Comment tu as deviné ? dit Maréchal sur le ton de la plaisanterie. Mais, dis-moi, tu as pris du galon depuis *La Gazette de Saint-Donat.* Rédacteur en chef ! Mazette !

– Ne te fiche pas de moi. Tu as vu où on travaille ?

– J'aime bien, répondit Maréchal avec sincérité.

– On voit que tu ne passes pas ici dix heures par jour. Encore, quand j'étais à *La Gazette,* je me baladais dans la campagne. Maintenant, je passe mon temps dans ce foutu bureau.

Il y avait pas mal d'amertume dans ses mots. Maréchal remarqua :

– Pourquoi tu as accepté la promotion, alors ?

– Les sous, Maréchal ! Les sous ! La voix du diable, tu sais bien.

Oui, Maréchal se souvenait. Ils avaient vingt ans tous les deux. Ils avaient fait la fac ensemble et, avec deux autres étudiants, ils étaient inséparables. Un jour, comme ils parlaient de l'avenir, Chasles avait dit : « Si on ne se méfie pas, les gars, on va se laisser avoir par la voix du diable. » Les autres avaient demandé ce que

1. Voir : *Vengeance d'automne.*

c'était. Il avait expliqué : la carrière, les honneurs et l'argent, surtout l'argent. Maréchal n'avait pas oublié et il n'avait pas trop mal réussi à faire taire cette voix dangereuse. Pas Jean Chasles, selon son propre aveu, et il paraissait le payer cher. Maréchal le plaignit. Cela se lut peut-être sur son visage, car son ami lança en se forçant :

– Bon ! On ne s'est pas vus depuis des années et je ne vais pas me lamenter. Parlons plutôt de toi. J'ai des nouvelles de temps en temps par la presse. Ça se passe bien pour toi, non ?

Maréchal sourit.

– Pas mal...

– Tu es marié ?

– Non, mais presque...

Un sujet délicat que Maréchal préférait éviter.

– Et toi ?

– Oui, et j'ai deux enfants.

Le ton découragea Maréchal de chercher à en savoir plus. D'ailleurs, le journaliste poursuivit :

– Maintenant, dis-moi ce qui t'amène ici. Ce n'est pas ton territoire.

– On est en vacances à Corbans.

– OK ! J'ai compris !

– On m'a dit que tu avais levé le lièvre au sujet de ce crime. Ça m'étonne. En quoi la mort d'un pauvre bougre comme lui peut-elle bien intéresser la presse ?

– Si je ne te connaissais pas, je te parlerais de notre devoir de confidentialité...

– Mais tu me connais, le coupa Maréchal.

– Ouais. Je veux bien t'en dire davantage, mais tu dois d'abord me promettre de le garder pour toi.

– Je promets.

Quand il sortit de *La Bannière*, une demi-heure plus tard, l'après-midi était bien avancé. La lumière jouait dans les tilleuls de la place en dessinant sur les pavés des figures changeantes. Il revint par les ruelles sombres vers la place de la Mairie. Il y avait encore plus de monde dans les rues, et les boutiques à souvenirs étaient envahies. Les terrasses étaient remplies, ce qui le dissuada de s'y arrêter pour prendre le café dont il avait besoin. Il supporta toute cette agitation qu'il n'aimait pas en songeant que sa visite à Saint-Estève n'avait pas été inutile. C'était fou la quantité de choses que des gens comme Jean Chasles pouvaient savoir. Qu'ils n'en fassent pas un mauvais usage en général donnait quelques raisons d'espérer en la bonté de la nature humaine qui en était trop peu pourvue à son gré.

Il regagna la 4L garée en plein soleil ; il y régnait une chaleur étouffante. Il sortit rapidement de la ville. Sur le chemin du retour, il pensa à tout ce que lui avait raconté son copain. Dire que cela simplifiait le problème était exagéré, cela ne faisait peut-être même au contraire qu'éloigner la solution. Pourtant, Maréchal savait que c'était de cette accumulation de détails, certains apparemment complètement éloignés du sujet, que jaillissait parfois la lumière. Il croisa les doigts intérieurement pour que ce fût le cas. Il était perdu dans ses pensées quand il entendit une sorte de hurlement par la vitre ouverte. Puis une ombre brutale obscurcit toute vision sur la moitié de la route. Il eut le temps de se serrer un peu sur la droite et de voir passer un semi-remorque à l'immatriculation étrangère parfaitement inconnue de lui, qui klaxonnait tout en le doublant à une vitesse sans rapport avec celle à laquelle la circulation était en principe limitée. À peine l'eut-il dépassé que le semi se rabattit en une superbe queue-de-poisson, qui arracha un affreux juron à Maréchal, d'autant qu'une voiture arrivait en face et passa sur la gauche du poids lourd à une vingtaine de centimètres. Maréchal était persuadé qu'il venait de fermer les yeux. Il jura encore. Il ne s'offrit pas le luxe d'un coup de klaxon anémique, mais il eut le sentiment de l'avoir échappé belle. De plus, il était furieux. Une telle inconscience, fréquente au demeurant, c'était à vous dégoûter de prendre la route. Il essaya de se calmer et alluma une Gauloise pendant qu'il voyait disparaître le semi-remorque au bout d'une ligne droite qui semblait sans fin.

Il fut heureux de retrouver Verviers, qui lui parut un havre de paix après Saint-Estève. Alors qu'il se garait, pas très loin de la gendarmerie, une voiture attira son attention. C'était une Golf noire. L'inspecteur Delambre en descendit. Il se souvint qu'elle était partie pour Verviers tôt le matin. Comme il était peu probable qu'elle ait mis tout ce temps pour arriver, il y avait fort à parier que le calvaire de Brochard avait commencé. Elle apparut, resplendissante. Elle avait des jambes magnifiques et ses talons hauts, s'ils étaient un peu déplacés à Verviers et en cette saison, lui faisaient une démarche de reine. Pourtant, il n'y avait rien d'ostentatoire dans son allure. « Seulement de la classe », pensa-t-il en la regardant s'éloigner dans la direction de la gendarmerie.

Il descendit de son vieux carrosse, alluma une nouvelle cigarette tout en maudissant son manque de volonté et se dirigea vers la rue principale du bourg. Il chercha le bureau de poste. Là, au milieu d'une panique indescriptible due à l'afflux des visiteurs, il réussit à s'emparer d'un annuaire à la barbe d'un Allemand. Il feuilleta les pages cornées, déchirées, salies, avant de trouver ce qu'il cherchait. L'Allemand attendait, l'air vaguement coléreux, de récupérer enfin l'objet de ses désirs. Lorsque Maréchal le lui tendit avec un léger sourire, il s'en empara en maugréant un compliment dont Maréchal fut heureux que ses lacunes dans la langue de Goethe l'empêchent d'en saisir le sens exact.

Il sortit de la poste et revint jusqu'à la place de la Mairie pour consulter le plan de la ville. La Golf était toujours là. Maréchal se dit qu'il pourrait aussi bien aller voir Brochard maintenant. Ce serait l'occasion de faire connaissance avec cette ravissante blonde d'inspecteur. Il eut honte en pensant à Laetitia. « Décidément, les hommes sont incorrigibles ! » se dit-il comme s'il parlait de quelqu'un d'autre.

Il résista à la tentation et prit la direction de la rue de la Balance en suivant les indications du plan. Après deux ou trois détours dans de nouvelles ruelles désertées, il parvint à une voie perpendiculaire à la rue principale. Au milieu, il aperçut la croix verte clignotante qu'il cherchait. En passant une première fois, il lut la confirmation escomptée : « Pharmacie Tarreilles ».

Il revint sur ses pas et fit semblant d'examiner la vitrine de la pharmacie. On y voyait les habituelles publicités vantant des cosmétiques dont on pouvait se demander ce qu'ils avaient à voir avec la santé publique. Il s'offrit une bonne dose de nostalgie en se souvenant de la devanture d'une autre officine devant laquelle, enfant, il avait longtemps rêvé à cause des grands bocaux remplis de liquide vert ou rouge qui s'y trouvaient et dont il avait toujours ignoré la destination. Cela le ramenait, au cœur de cet été torride, alors que les passants le bousculaient pour remonter vers le quartier historique, à des soirées d'hiver, des retours de l'école dans la neige de décembre, des illuminations de Noël. Il y avait longtemps que ces bocaux avaient disparu des vitrines. La pharmacie de son enfance aussi avait disparu, remplacée par une boutique ultramoderne au rez-de-chaussée d'un immeuble de bureaux. Il se souvint que cette absence lui avait fait mal au cœur le jour où il l'avait découverte. Depuis, il évitait soigneusement la rue où elle se trouvait jadis. Le tintement d'une sonnerie le fit revenir sur terre. Elle retentissait chaque fois que quelqu'un sortait de la pharmacie ou y entrait. Ce fut le cas quand il passa la porte.

À l'intérieur, tout était d'une propreté parfaite, d'une éclatante blancheur. On était loin du temps des bocaux ! Toutefois, quelque chose persistait de cette époque. Il reconnut une légère odeur d'éther qui flottait au milieu des parfums artificiels. « Allons, pensa-t-il, tout n'est pas perdu. » Il y avait deux clients dans la pharmacie. Il fit semblant de s'absorber dans la contemplation d'un présentoir de produits de pédicurie tout en lorgnant par en dessous, à travers une plaque translucide, l'arrière du comptoir, où une jeune fille servait les clients. Derrière de grands meubles métalliques à tiroirs où étaient classés les médicaments, un homme était assis devant un bureau. Il s'attacha à examiner avec soin ce Pierre Tarreilles dont avait parlé Brochard. Mais Maréchal le distinguait mal, et seulement de profil. Il nota ses lunettes cerclées d'or et le début de calvitie qui dégarnissait légèrement le front de cet homme âgé de trente-cinq ans environ. Peu après, le pharmacien se leva et vint ouvrir un des grands tiroirs des meubles de rangement. Debout, il avait une tout autre allure. Il portait un costume d'été en toile blanche très habillé, rien à voir avec le genre sportif à la mode du moment. Chemise bleue et cravate, évidemment. Maréchal remarqua que celle-ci était ornée de fleurs de lys dorées, un de ces détails qu'il emmagasinait volontiers et qui, à un moment ou un autre, pouvaient se révéler utiles ou pas...

Il y avait dans toute sa personne beaucoup de soin, peut-être un peu d'afféterie. En tous les cas, les signes affichés d'une certaine opulence, comme sa chevalière en or, énorme, et sa montre Rollex. Tout ce qui était étranger à Maréchal, en somme. Mais il parvenait assez facilement dans ces cas-là à garder tout de même suffisamment d'objectivité.

Il se rendit compte qu'il devait cesser de contempler fixement le présentoir, un tel intérêt pour les durillons et les ongles incarnés n'avait pas sa raison d'être. Ayant refermé le tiroir, Tarreilles revenait à son bureau et notait quelque chose dans un grand registre. C'était au tour de Maréchal. Une des jeunes filles qui servaient le lui fit comprendre en lui demandant ce qu'il voulait. Il répondit sans réfléchir :

– De l'aspirine.

– Comprimés ou soluble ? fit-elle d'un ton sec.

– Ça m'est égal...

Elle le regarda, elle devait peser le pour et le contre d'une nouvelle question, la mine de Maréchal et ses vêtements beaucoup plus négligés que ceux de son patron lui donnèrent sans doute à penser qu'il était inutile de reformuler sa demande. Elle se retourna, fit jouer un tiroir à son tour et posa devant lui d'un geste sec une boîte d'aspirine effervescente.

– Six euros !

Maréchal sortit de sa poche un tas de pièces en vrac et s'amusa à lui compter la somme en petite monnaie. Elle s'en saisit avec une sorte de dégoût et recompta soigneusement. Puis elle poussa vers lui la boîte d'aspirine. Il eut un sourire qu'il s'efforça de rendre le plus crispant possible et demanda :

– Vous n'auriez pas une poche ?

D'un geste sec, la préparatrice en tira une de sous le comptoir et la posa à côté de la boîte. Puis, comme il ne bougeait pas, elle glissa cette dernière dans le sac. Il la remercia d'un nouveau sourire et nota qu'à ce moment-là le pharmacien avait levé les yeux de son registre et le fixait. Rien de ce qui se passait dans l'officine ne devait échapper à ce regard d'aigle.

– Merci, mademoiselle, dit-il en souriant de nouveau, mais plus gentiment, et il se paya le luxe d'une discrète inclinaison de la tête en direction de Pierre Tarreilles, qui ne cilla pas.

Puis il sortit dans un tintement retentissant.

Il avait le sentiment d'avoir appris quelque chose. Déjà, il savait à quoi ressemblait l'amant de la sœur de la folle de Noblesse, donc de l'occupante de la maison biscornue. Il ne pouvait se défaire de l'idée que cette femme était *la propriétaire* de la main et de la robe rouge qu'il avait aperçues en espionnant à travers la fente du volet. Il essaya de faire entrer le pharmacien Tarreilles dans ce schéma romanesque.

C'était possible. Ce type était particulier, sûrement très particulier. Maréchal, s'il avait eu à le définir en un seul mot, aurait employé celui de *froideur. Dureté de cœur* aurait convenu tout aussi bien à résumer son impression. Mais ce n'était qu'une impression. Or on ne devait pas juger les gens sur leur mine, lui avait-on appris. Ce n'était malheureusement pas toujours vrai.

Les touristes redescendaient maintenant en plus grand nombre depuis le centre historique vers les artères commerçantes. Il suivit le flot, sans cesse interrompu par des amas de curieux agglutinés devant les tourniquets de cartes postales. À deux cents mètres après la pharmacie, il reconnut malgré ses lunettes de soleil l'élégante inspectrice Delambre qui regardait la vitrine d'une boutique de mode.

Maréchal s'absorba à son tour dans la contemplation d'une devanture de bouquiniste. La policière pénétra dans le magasin. Il feuilleta une édition dépareillée des œuvres complètes de Balzac, dont il eut à peine le temps d'examiner les trois premiers volumes avant qu'elle ne ressorte, un paquet sous le bras. Il lui laissa prendre du champ et la suivit. Il s'attendait à ce qu'elle fît de longs détours par les rues commerçantes, mais ses pas la ramenèrent bientôt sur la place. Il se dissimula – avec pas mal de mauvaise conscience – derrière un laurier en pot à la terrasse du routier. Elle monta dans sa Golf et démarra. Quand elle eut quitté la place, il alla vers la 4L.

Au moment même où il ouvrait sa portière, il entendit un bruit de moteur derrière lui et, se retournant, vit la Golf à cinquante centimètres. Elle baissa la vitre et dit :

– Si je ne savais pas qui vous êtes, je penserais que vous me suivez pour des motifs peu avouables.

Maréchal encaissa le coup. Elle le regardait pourtant en souriant. Avec ses lunettes de soleil remontées dans ses cheveux, elle était vraiment attirante. Ce n'était pourtant pas à cela qu'il pensait. Il se sentait comme un collégien pris en faute. Il essaya de s'en sortir :

– Et comment savez-vous qui je suis ?

Elle montra la gendarmerie d'un mouvement de tête.

– Ça, et aussi, parce que je vous ai vu à La Perdrix...

Elle avait parlé simplement, comme si tout cela allait de soi, et elle ajouta :

– Brochard a l'air de vous tenir en estime. Ça vous sauve !

– Bon, fit Maréchal. Qu'est-ce qu'on est censés faire maintenant ?

– Vous, je n'en sais rien. Moi, je rentre à Corbans.

– Moi aussi, mais cela m'étonnerait qu'on y arrive en même temps, ajouta-t-il en montrant la Golf.

– Qui sait ? répondit-elle en tournant la clé de contact.

Au moment de démarrer, elle parut se raviser :

– Si vous avez un moment, dans la soirée, j'aimerais que vous me disiez ce que vous pensez de cette affaire.

Il bredouilla un « D'accord... » qui se perdit dans le ronflement du moteur de la Volkswagen.

Quand elle eut disparu vers la route nationale, il se fit l'effet d'un imbécile, debout devant sa voiture, les bras ballants.

Il rentra à Corbans à petite vitesse, essayant de digérer tout ce qu'il avait appris. Une soirée d'été paisible s'annonçait et une nouvelle fois il se demanda pourquoi il se mêlait ainsi de ce qui ne le regardait en aucune manière au lieu de s'attacher à ce qui comptait : son travail, Laetitia. Le départ de cette dernière tombait plutôt mal – ou bien, mais cela ne lui vint même pas à l'esprit –, alors que cette fille superbe venait en quelque sorte de lui fixer un rendez-vous. Il avait tendance à se méfier, et d'abord de lui-même.

En rentrant, il s'arrêta quelques minutes sur l'esplanade d'où il était parti l'autre jour pour se rendre à Noblesse. Il n'avait pas l'intention de récidiver, mais bien des réponses à ses questions se trouvaient sûrement là-bas, de l'autre côté du bois sur lequel le soleil déclinant posait une lumière voilée. Il aimait bien respirer l'esprit des lieux, cela lui avait parfois donné des idées. Après avoir arpenté dans les deux sens un morceau du chemin, il dut admettre que ce n'était pas le cas ce soir-là.

Dans la montée vers Corbans, on ne distinguait plus du tout la surface brillante de l'inondation dans l'encoche de la forêt. Peut-être Brochard s'était-il trompé et toute cette eau avait-elle disparu plus tôt qu'il ne le prévoyait. Cela permettrait alors d'en savoir plus sur ce qui s'était passé la nuit de l'orage.

Il remonta la rue principale et arrêta la 4L devant le garage de La Perdrix. Il descendit pour manœuvrer la porte basculante, Vidal aurait été vexé s'il avait laissé la voiture dans la cour avec celles des autres clients. Au moment où il allait tourner la poignée, il entendit des éclats de voix. Il eut aussitôt l'impression d'une altercation. Il écouta. Cela paraissait venir de la resserre qui se trouvait à côté du garage et où l'aubergiste entreposait les provisions de son restaurant. Il reconnut sa voix, mais pas celle de son interlocuteur. Vidal paraissait très en colère, il hurlait presque, mais l'autre répondait avec calme, autant que Maréchal put en juger. Il ne parvenait pas à saisir le sens de leurs paroles. Il se dit que cela ne le regardait pas et qu'il valait mieux faire comme s'il n'avait rien entendu. Il tourna la poignée et souleva la porte basculante, ce qui déclencha un grincement épouvantable. Aussitôt après, il se rendit compte que les deux voix s'étaient tues. Puis, deux ou trois secondes plus tard, la porte de la resserre s'ouvrit et un individu en sortit. On lisait sur ses lèvres un vague sourire sarcastique. Maréchal le reconnut aussitôt, bien qu'il ne l'ait vu qu'une fois. C'était le jardinier de la maison biscornue. Le dénommé... Comment Brochard l'avait-il appelé déjà ? Auguste ! oui, c'était ça : Auguste. Il passa à cinq mètres de Maréchal, lui jeta le même genre de regard sans aménité que la fois où il l'avait croisé dans la rue, sans le saluer non plus évidemment, et s'éloigna d'un pas paisible.

Maréchal imaginait que Vidal allait sortir à son tour. Il n'en fit rien. Attendre davantage aurait été avouer qu'il avait tout entendu. Il rangea la 4L. Alors qu'il était déjà entré dans le garage, il aperçut Vidal dans le rétroviseur. L'aubergiste était encore rouge de colère et il marchait avec une sorte de précipitation. Il ne regarda pas dans la direction de Maréchal, ce qui était étonnant, puis il s'engouffra dans l'entrée de service de La Perdrix. Maréchal referma la porte basculante et prit la même direction.

Quand il était arrivé, Maréchal avait remarqué que la Golf n'était pas garée derrière l'auberge. À l'heure du dîner, il descendit. Il s'attendait à voir Eva Delambre à une table. Il n'en était rien. Vidal avait retrouvé son calme et sa faconde habituelle pour vanter la cuisine de sa femme. Une fois de plus, il n'inventait rien et le repas était délicieux. Ensuite, Maréchal alluma une Gauloise et s'étira. Il se sentait particulièrement bien. C'était une de ces belles soirées d'août auxquelles, après la chaleur, la fraîcheur de la nuit donne une atmosphère douce, réconfortante. Vers dix-neuf heures, il avait appelé Laetitia sur son portable. Elle lui avait annoncé que leur répétition s'était bien passée. Sauf que : « La soprano était ch... » et que les plans étaient de nouveau modifiés. Ils en avaient encore pour au moins deux jours de travail. Elle lui avait demandé s'il ne s'ennuyait pas d'elle, il avait répondu que si, et elle avait paru le croire. Elle avait aussi demandé s'il *avançait dans son travail*. Ne sachant s'il s'agissait d'une pique ou d'une question sincère, ni non plus de quel *travail* il était question, il était resté évasif. Elle n'avait pas insisté. De toute façon, elle était pressée, on l'attendait dans un restaurant chic pour le repas du soir offert par le manager de la soprano, qui avait l'air de vouloir les traiter comme des princes, ce qui paraissait suspect à Laetitia. Quand elle eut raccroché, il resta pensif quelques instants. Il savait qu'elle aimait cette vie un peu bousculée, ces aléas dont elle se plaignait mais qu'elle supportait avec facilité. Souvent, il s'était étonné qu'ils parviennent si bien à accorder leurs vies si différentes, la sienne étant plus *contemplative et solitaire*, comme elle l'avait dit un jour. Contemplative et solitaire ? Oui, pensa-t-il, à condition qu'on en exclue le genre de complications dans lesquelles il se fourrait régulièrement.

Il savoura une nouvelle cigarette. Puis il commanda un cognac, ce qui ne lui arrivait presque jamais.

Quand l'aubergiste l'eut apporté, Maréchal se rendit compte – c'était une de ses forces : se rendre compte de la motivation de ses actes – qu'en fait il essayait de passer le temps : il attendait quelqu'un.

Elle arriva vers neuf heures.

Il remarqua aussitôt qu'elle avait troqué son tailleur Chanel contre des jeans, un chemisier léger et des mocassins sport. Il pensa au paquet qu'elle avait sous le bras en sortant de la boutique de mode. Elle regarda la terrasse puis, l'apercevant, vint vers lui.

– Vous permettez ? dit-elle tout en s'asseyant en face de lui.

– Bien sûr, répondit-il bêtement.

Vidal accourut en la voyant. Il paraissait un peu surpris qu'elle soit assise à la table de Maréchal.

– Ce soir, nous avons de la gibelotte...

– Une salade avec des œufs durs, c'est possible ?

Il parut décontenancé et regarda Maréchal, auprès de qui il ne trouva aucun secours. Puis il parut se résigner.

– La salade, avec des noix, quand même ? Un peu de fromage ?

– Les noix seulement. Et une grande carafe d'eau fraîche, s'il vous plaît. Je suis assoiffée avec cette chaleur.

Quand Vidal se fut éloigné, elle ajouta :

– C'est vrai qu'il fait chaud cette année.

– Ça risque de changer. En général, vers la mi-août, dans ces régions...

Il s'interrompit et éclata de rire en même temps qu'elle.

– Bon, après ces banalités météorologiques, parlons de notre affaire, monsieur Maréchal.

– Vous connaissez mon nom ? (Il se frappa le front.) Ah oui, Brochard ! Vous m'avez dit...

– Pas seulement ! Il y a quelqu'un d'autre qui m'a parlé de vous.

– Qui donc ?

– Quelqu'un qui, lui, n'a aucune sympathie pour vous. Heureusement pour votre réputation que Brochard a corrigé le tir. Et aussi que je sais qui vous êtes, monsieur l'écrivain. Notez que je ne vous ai pas lu. Mais je vais le faire...

Il la coupa d'un geste.

– Ce n'est pas indispensable. Qui est-ce qui dit du mal de moi ?

– Vous n'avez pas deviné ? Avec mon métier, pourtant...

– Vous n'allez pas me dire que c'est Marcel Dubosc ?

– Eh bien si ! Mais vous avez encore une autre chance...

– Laquelle ?

– Je déteste Dubosc. C'est une vipère !

Elle avait parlé fort et durement. Elle devait avoir une sacrée dent contre la bête noire de Maréchal et de Vialat. Elle reprit aussitôt :

– Nous n'allons pas perdre notre temps à énumérer les défauts de ce nain. Parlons plutôt de cette histoire de meurtre.

– Ce n'est pas mon métier...

– Écoutez, Maréchal, je le sais. Mais si j'ai une qualité, c'est celle de savoir écouter. Et ce que j'ai entendu raconter de vous à propos de ces affaires auxquelles vous avez été mêlé, plus ce que dit Brochard et les louanges de son collègue Vialat, me poussent à ne pas négliger votre opinion et même à vous demander votre aide.

Maréchal laissa paraître sa surprise.

– Ça vous étonne, n'est-ce pas ?

– C'est-à-dire que je ne m'y attendais pas. Vous avez évoqué la chance que j'ai eue parfois et qui m'a permis de donner un coup de main à Paul Vialat. Ce qui m'a valu aussi d'être en butte avec ce crétin de Dubosc. Mais c'est tout. Le flic, ce n'est pas moi, c'est vous.

– Certes, et je ne vous demande pas de faire le boulot à ma place. Mais je suis quelqu'un de la ville, une citadine pur-sang, c'est le hasard qui m'a amenée à Montpellier et un plus grand hasard encore qui m'a mis cette affaire sur les bras. Or moi, les histoires de province, la France profonde, je connais mal. On me parachute pour battre en brèche la gendarmerie. Ce n'est un secret pour personne, surtout pas pour vous, n'est-il pas vrai ?

Maréchal acquiesça d'un signe. Elle paraissait sincère. Elle reprit :

– Je me suis dit que vous qui vivez dans ces campagnes, vous en saviez sûrement plus que moi sur les mentalités, les mobiles éventuels. J'aurais pu demander ça à Brochard, on serait restés entre *professionnels,* mais j'ai des ordres, Maréchal. « On fait cavalier seul », m'a-t-on dit. Vous, c'est autre chose.

– D'accord, je comprends mieux. Mais il n'empêche, ce n'est pas mon métier...

– Mais vous aimez ça ! Osez dire le contraire !

– Touché ! répondit-il en riant.

Il était idiot d'argumenter. Elle avait parfaitement compris qu'il s'intéressait à cette affaire. Ce qu'elle avait dit sur sa compréhension des mentalités était sans doute exact, au moins en partie. Comme lui aussi avait vécu en ville, il comprenait. De toute façon, il ne risquait pas grand-chose en acceptant. Et puis, devait-il s'avouer, elle avait un sourire ravissant.

– D'accord, je veux bien partager avec vous mes découvertes. S'il y en a ! s'empressa-t-il d'ajouter. Car, pour le moment, je suis dans le brouillard. Commençons par le début : qu'est-ce que vous savez, vous ?

13

En traversant la réception de La Perdrix aux petites heures du jour, Maréchal constata qu'elle était sombre. D'habitude, quand il se levait, l'aube proche éclairait déjà un peu le hall de l'auberge. Ce matin-là, seule la lampe à l'abat-jour orné d'une très ancienne publicité de champagne que Vidal laissait allumée toute la nuit délimitait un cercle de lumière au-delà duquel l'obscurité était presque totale. Quand il avait regardé au-dehors, alors qu'il avait fini par abandonner tout espoir de retrouver le sommeil, il avait vu que le ciel était bouché au-dessus de Corbans. On ne distinguait aucune étoile. Le village lui-même paraissait émerger d'un brouillard léger. Après un moment passé à écouter la vie du bourg, elle aussi discrète à cette heure, il avait fait une toilette de chat et un gros effort pour ne pas trop se regarder dans le miroir pendant qu'il se rasait. Puis, tout en remarquant, étonné, qu'il se sentait plutôt bien, il avait descendu les escaliers déserts de l'auberge. Il avait été surpris de n'entendre aucun bruit. À cinq heures du matin, Vidal et son épouse se levaient avec la régularité des gens obligés de suivre un horaire de chemin de fer.

Une fois à la réception, et après avoir regardé un moment avec nostalgie l'abat-jour en parchemin qui chaque fois qu'il passait devant depuis son arrivée à La Perdrix lui faisait monter au cœur de très vieux souvenirs, il avait de nouveau écouté et avait dû se rendre à l'évidence : personne n'était levé. Quelques secondes de plus et il aurait commencé à bâtir un début de scénario sur la disparition de Vidal. Son regard tomba par hasard sur l'horloge de la réception. Elle marquait quatre heures du matin ! Tout s'expliquait. Son insomnie avait été assez perturbante pour le mettre sur pied bien trop tôt pour le commun des mortels. Les causes de son impossibilité à trouver le sommeil lui paraissaient multiples. Il y avait en vrac le départ de Laetitia, sa rencontre avec son copain Jean Chasles, la pharmacie de Villiers. Il y avait aussi... – mais ça, il préférait ne pas trop y penser – sa rencontre et sa conversation de la veille avec l'inspecteur Delambre.

Il lui avait raconté tout ce qu'il savait. Ou presque... puisqu'il avait passé sous silence deux ou trois points, entre autres sa poursuite, la nuit du meurtre, d'un inconnu dont tout donnait à penser qu'il avait à voir avec cet assassinat. Il avait également caché son guet derrière le volet de la maison biscornue et la vision qu'il avait eue de la femme au vêtement de velours rouge. Au fond, il s'était rendu compte en lui parlant que, si on excluait ces *deux ou trois points*, il ne savait pas grand-chose. Sa seule façon de l'aider comme elle le lui avait demandé avait été de lui brosser un tableau aussi fidèle que possible – quoique forcément limité à ce que lui-même avait pu voir – de la vie de Corbans, des liens possibles à son sens entre ce meurtre dont on ignorait encore jusqu'au nom de la victime et cette famille de Marliet – les deux sœurs, le *hobereau*, le pharmacien de Villiers. Il espérait que l'inspectrice Delambre mette les moyens de la police au service indirect de ses futures déductions, dans la mesure où Brochard, trop proche de Corbans, avait peu mordu aux appâts qu'il lui avait tendus dans ce sens.

Il y avait encore beaucoup de choses qu'il refusait de s'avouer dans ce petit matin presque frileux. Ainsi, à plusieurs reprises pendant leur conversation, il s'était rendu compte qu'il était sous le charme des yeux d'Eva Delambre. Cela le gênait d'autant plus que, lorsque Laetitia avait téléphoné, tard et pleine de tendresse, il ne lui avait pas soufflé mot de cette soirée. Grâce au ciel, elle ne lui avait pas demandé à quoi il l'avait passée, sinon il lui aurait probablement menti, ce qu'il détestait.

Depuis qu'il avait découvert qu'il était à peine quatre heures du matin, il était resté figé au milieu du hall de la réception. Il vit à nouveau devant lui les inscriptions de l'abat-jour. La même image que tout à l'heure apparut, présence de quelqu'un qui avait beaucoup compté et dont il s'efforçait de tenir discret le souvenir pour ne pas se laisser envahir par le sentimentalisme facile auquel il se serait volontiers abandonné par penchant naturel. Ça ne servait à rien, on ne retirait jamais qu'un goût de cendres de tels abandons. Il fallait autant que possible tenir la laisse aux souvenirs. Sinon... Tout en se redisant cela il se rendait trop bien compte combien il était souvent incapable d'agir selon cette règle, combien justement il aimait cultiver parfois cette nostalgie dévastatrice. Une contradiction de plus ! Toutefois, il savait ne pas être seul à en être pétri...

La pendule de la réception avait à peine avancé d'un quart de tour de cadran. Vidal ne ferait pas surface avant cinq heures. Déjà bien beau qu'après leurs journées de travail, les aubergistes de La Perdrix soient capables de se lever si tôt !

Il alla vers la cuisine. L'auberge était plongée dans l'ombre, mais il connaissait le chemin. Il découvrit une cafetière électrique à moitié pleine. Il fit chauffer le café pendant qu'il réfléchissait à ce qu'il allait faire ensuite. Il commençait à avoir une petite idée. Il se versa un grand bol de café dans lequel il ajouta trois ou quatre morceaux de sucre – ce qui d'habitude faisait bondir Laetitia – et sortit sur la terrasse de l'auberge.

L'air était légèrement humide. Un petit vent apportait les odeurs des jardins de Corbans et quelques aboiements des chiens de la vallée. Peu après, un autre cri monta jusqu'au village, mais celui-ci était plus sec, plus aigu, plus sauvage, et Maréchal se plut à imaginer que c'était le défi qu'un renard au retour de la chasse lançait à ses collègues domestiqués. On entendait de temps en temps des appels de nocturnes dans les arbres, sous le bourg. Eux aussi parlaient d'un monde étranger, d'une nature libre qui ne s'exprimait que dans ces heures de la nuit où le monde échappait tout à fait à la civilisation.

Il écoutait et respirait l'air frais du petit jour avec cette sensation qu'il connaissait bien de premier matin du monde. Dans ces moments, seule la musique, celle de Gabriel Fauré par exemple, ou les phrases de Jankélévitch lui paraissaient capables de tenir le coup devant cette merveille qui allait venir, l'aube et les moments précieux qui la précédaient. Mais évoquer la musique le menait tout droit à Laetitia et à ses scrupules plus ou moins fondés mais bien réels toutefois. Il n'en sortirait pas, il le savait. On n'en sortait jamais, ou alors... Mais il n'allait pas se laisser aller à de telles pensées. Il y avait bien trop de bonheur dans ce goût du matin et Maréchal avait appris la valeur du bonheur, si fugace et menacé qu'il fût. La moindre miette de celui-ci valait des charretées de considérations philosophiques. Seules persistaient de toutes ces heures perdues dont se composait en général la vie, les quelques secondes, impalpables parfois, où on l'avait tenu entre les doigts avant qu'il ne s'écoule en laissant une trace, amère ou réconfortante cela dépendait – et d'abord de soi-même.

Il avait posé son bol sur la balustrade de la terrasse. Quand il le reprit, il s'aperçut que le café était froid. Peu importait. Il but une grande rasade, puis alluma une Gauloise. La première de la matinée. Il en aspira les premières bouffées avec volupté et se souvint qu'il avait décidé d'arrêter de fumer. Mais c'était une vieille habitude, ce genre de résolution, et il haussa les épaules.

L'idée de tout à l'heure recommença à faire son chemin. Il finit son bol. Le ciel se teintait d'une fine bande rose vers l'est. Cela formait comme un liseré sur le sommet des montagnes. Dans la cuisine, il s'empara d'une demi-baguette de pain et d'un morceau de saucisse cuite rangée dans un immense frigo. Le déjeuner de tout à l'heure...

Tout dormait encore dans l'auberge. Il était maintenant quatre heures et demie. Il passa par le couloir qui conduisait à l'arrière. La porte de la cour n'était jamais fermée à clé. Il tâtonna un peu pour trouver la poignée. Dans la cour, il distingua la Golf d'Eva Delambre. Il alla vers le garage en songeant qu'il faudrait dire à Vidal qu'il serait plus logique – il dirait *plus galant*, ce qui plairait à l'aubergiste, dont il avait remarqué les coups d'œil *intéressés* qu'il jetait sur la belle inspectrice – que ce soit cette voiture qui profite de l'abri du garage fermé plutôt que la 4L de Maréchal. Mais Vidal avait un tel respect de sa profession d'écrivain qu'il n'était pas sûr de le convaincre.

Maréchal avait remarqué que, par chance, la Volkswagen ne l'empêcherait pas de sortir, ce qui aurait anéanti ses idées d'escapade. Il s'efforça d'ouvrir la porte basculante de la remise en faisant le moins de bruit possible. Pourtant, un grincement épouvantable se fit entendre quand il souleva le vantail. Aussitôt, une fenêtre s'éclaira juste au-dessus de lui. « Vidal a entendu ! pensa Maréchal. C'est donc vrai qu'il monte la garde même en dormant... » La fenêtre s'ouvrit et une voix un peu ensommeillée, mais péremptoire, cria :

– Qui est là ?

Maréchal vit la tête ébouriffée de Vidal penché en train de scruter la cour. Il soupira et répondit :

– C'est moi, Maréchal !

Cela suffit visiblement à l'aubergiste.

– Ah, bon.

La fenêtre se referma et Maréchal pensa que le bonhomme avait dû aussi sec se recoucher pour profiter de son dernier quart d'heure de sommeil. Maréchal sourit. Il aimait les *braves gens*. Jusqu'à preuve du contraire, Vidal en faisait partie. Seule l'altercation de la veille entre l'hôtelier et le jardinier de la maison biscornue avait pu écorner cette appréciation. Mais cela faisait peu et permettait encore de ranger Vidal parmi ceux qui méritaient indulgence et considération.

La 4L démarra sans rechigner, elle devait apprécier de passer ses nuits au sec dans le garage de La Perdrix au lieu de l'allée des mûriers de La Valette. Il ne jugea pas bon de refermer le garage et risquer de priver Vidal de son ultime tranquillité. Puis il s'engagea dans la rue, descendit vers la place qui sous ses réverbères paraissait totalement abandonnée et peu après sortit de Corbans. Il prit la route des bois qui menait au Mas des Peurs.

Il retrouva aussitôt l'agréable sensation des départs au petit matin. C'était toujours comme le début d'une nouvelle vie, comme les départs en vacances d'autrefois quand on a quitté le lit douillet et qu'on s'embarque à dix ans vers l'inconnu. « Trop de nostalgie nuit ! » se dit Maréchal, qui songeait encore à l'abat-jour au champagne. Il se concentra sur la conduite. Ce n'était pas du luxe : la route était étroite et descendait très vite vers la forêt. Le ciel était maintenant plus clair vers l'est, toutefois, dès qu'il entra dans les bois, l'ombre redevint épaisse. Les phares jaunes de la 4L peinaient à la vaincre. Il pensa aux réflexions habituelles de Laetitia, ce qui le rassura et l'inquiéta à la fois : qu'avait-il besoin d'être rassuré en ce qui concernait Laetitia ?

Il s'ébroua comme un cheval. Il s'efforça de ne plus penser qu'à la route devant lui et aux sous-bois que balayait le pinceau de phares. De temps à autre aussi, il passait sur les grosses touffes d'asphodèles qu'il avait vues la première fois qu'il était passé ici. Son cœur se serra à cause du bonheur brisé qu'évoquait ce nom. Deux minutes plus tard, il pila brutalement. Dans la lumière jaune, il avait vu à temps une tache grise au milieu de la route, un lièvre qui regardait fasciné vers la voiture. Sans la présence d'esprit de Maréchal elle lui aurait enlevé la vie. Il éteignit les phares et attendit deux ou trois minutes. Quand il les ralluma, le lièvre avait disparu. Il redémarra.

La route sortit des bois après quatre ou cinq kilomètres. La grande combe s'étalait maintenant devant lui. Au-dessus, le ciel s'était éclairci. Tout le quartier de l'est était envahi d'une teinte gris-rose très légère au-dessous de laquelle on distinguait des bandes de brume sur les sommets. Mais, encore plus bas, cachée derrière les montagnes, on devinait l'explosion de l'aube qui se préparait. Dans quelques minutes, elle allait débouler sur le pays.

Cela se produisit lorsque Maréchal atteignit une petite crête au-delà de laquelle s'étendait la vallée où se nichait la magnanerie. Avec la brutalité d'un orage, la lumière bascula au-dessus de la montagne et illumina le ciel. Le reste de la vallée restait plongé dans l'ombre. Sur la droite, il reconnut le chemin qui menait au domaine des Caminade.

Peu après l'embranchement, il vit apparaître les traces de l'inondation : de longues traînées de boue recouvraient par places le chemin, des souches et des troncs entiers gisaient çà et là, des amas de feuilles et de mousse mêlées que les pelles mécaniques de l'Équipement avaient poussés sur le bas-côté – Maréchal avait appris de Brochard que l'on avait commencé à dégager la route d'en haut de la magnanerie. Celle du bas, qu'il avait lui-même empruntée quand il s'était perdu avec Laetitia, était, au dire de l'adjudant, encore recouverte d'eau et de boue pour un moment.

Maréchal avançait avec précaution sur cette chaussée où un coup de freins un peu violent aurait provoqué un dérapage dont il valait mieux ne pas imaginer les conséquences pour la voiture.

Après avoir roulé ainsi un kilomètre, il parvint à la petite crête au-dessus du Mas des Peurs. Là, les services techniques avaient interrompu leur travail. Un Caterpillar jaune vif bloquait la chaussée. Plus loin, la boue était entassée sur un bon mètre. Maréchal se gara sur un bas-côté qui paraissait ferme et stoppa son moteur. Quand il descendit, l'odeur qu'il avait commencé à sentir depuis le début de la petite route lui sauta au visage avec violence. C'était une odeur forte, écœurante, de putréfaction. Une odeur immonde qui n'évoquait que la mort. Pour en atténuer l'intensité et se donner du courage, il alluma une Gauloise. Même le goût fort de la cigarette ne parvint pas à la masquer entièrement. Il fit quelques pas sur le chemin à droite de l'énorme engin jaune, et s'engagea sur une bande de terre qui blanchissait sous la lumière parvenant peu à peu au fond de la vallée et qui serpentait au milieu de la boue vers la magnanerie, dont il apercevait la silhouette plus sombre se découpant sur les bois.

Le ciel devenait de plus en plus clair de minute en minute. Les oiseaux saluaient le jour dans les grands chênes de la forêt. Cette renaissance de la vie contrastait avec le spectacle de désolation qu'il avait devant les yeux et qui devint encore plus cruel quand il distingua la bâtisse elle-même. Il ne restait plus rien de l'aspect souriant malgré la sévérité apparente du bâtiment qu'il avait admiré en compagnie de Laetitia. Le jardin avait été complètement dévasté, l'eau avait balayé la terrasse aux géraniums dont elle avait entraîné les balustres au diable vauvert, avant d'accumuler des tonnes de boue de chaque côté et le long du mur de la maison. La porte et les fenêtres du rez-de-chaussée avaient été arrachées et avaient dégorgé des torrents de boue noire par leurs ouvertures où les meubles des Caminade étaient restés coincés, la plupart démantibulés. La grande table sur laquelle Catherine leur avait servi de l'orangeade était passée en travers de la fenêtre et pendait, coincée par les pieds, dans une accumulation de linge de maison souillé et de vaisselle brisée. Il n'était pas question de pénétrer à l'intérieur et d'ailleurs Maréchal n'en avait nulle envie. Il fit le tour du bâtiment jusqu'à la porte de derrière par laquelle il était sorti avec Paul Caminade. Elle aussi avait été arrachée et de grands cadres de bois que Maréchal estima être les claies d'élevage des vers à soie étaient passés par là, emportés par le torrent vers la façade arrière des Asphodèles. Le jour qui filtrait à travers les ouvertures transformait la bâtisse en maison fantôme. Le Mas des Peurs portait bien son nom. Maréchal songea que, par une nuit de pleine lune, ce devait être un spectacle à faire dresser les cheveux sur la tête.

Il eut une pensée pour Paul Caminade qui, dans cet après-midi d'été, si proche – et qui maintenant paraissait si lointain –, l'avait accompagné pour lui *faire visiter son domaine*, dont il ne restait rien en dehors de cette maison éventrée dans laquelle les vents d'automne s'engouffreraient bientôt avec des feulements d'âmes damnées. Dans quel coin désert son corps avait-il été emporté ? À moins qu'il ne soit recouvert par cette boue nauséabonde dans laquelle le découvrirait un jour ou l'autre le godet du Caterpillar ?

Maréchal frissonna. Il ressentit une immense pitié en songeant à la détresse de Catherine. Il était effrayant de songer à ce qu'elle éprouverait quand elle reviendrait ici. La dévastation de ce lieu qu'elle avait aimé tout de même malgré les difficultés, au point de lui donner un nom qui *lui plaisait* : « Les Asphodèles », et qui aujourd'hui était envahi par la mort. Il serra les poings. Parce qu'il avait une idée en tête depuis sa conversation avec Bernardeau. « Et si ce n'était pas seulement la vétusté du barrage qui avait provoqué cette catastrophe ? » Il était venu dans ce lieu funèbre pour essayer de vérifier. Il s'écarta de la maison. Le sentier qu'il avait suivi continuait vers le nord, dans la direction où l'on entendait gronder les eaux du Gavron.

Le ciel était encore gris, mais le vent se levait, plus fort avec le matin, et chassait peu à peu les nuées. Il chassait aussi en partie l'odeur de pourriture qui régnait sur le secteur, suffisamment en tout cas pour que Maréchal sente à nouveau par moments celle de la forêt dont les couleurs commençaient à s'éclaircir dans le soleil levant. Il restait encore un peu de brume dans la direction des montagnes et même vers Corbans, dont les toits clairs brillaient vaguement dans le lointain, comme suspendus au-dessus du brouillard. Plus il avançait, plus Maréchal constatait que l'inondation avait dévasté une large étendue de paysage. Toute cette portion de la vallée avait été recouverte par l'eau qui formait encore de petits lacs saumâtres dans les creux. Là aussi, des amoncellements de souches et de branchages emportés gisaient, entassés dans des monticules de boue sale, noirâtre et nauséabonde. Seul dans cette désolation, le bruit du Gavron apportait une note de gaieté. On entendait des chants d'oiseaux vers les bois, mais sur l'étendue du désastre toute vie paraissait avoir disparu. Par chance, il atteignit une bande de galets qui faisait suite au sentier au moment où il pensait que celui-ci allait s'interrompre. Il estima qu'il approchait de l'endroit où Paul Caminade lui avait montré le barrage. Mais tout avait été détruit et il était bien difficile d'en repérer les restes.

Maréchal savait que dans ce genre de situation, il ne fallait se fier qu'à l'intuition – et à la chance !

Il découvrit peu après quelques pierres de taille, qui formaient une sorte de bas de muraille d'environ un mètre de haut de chaque côté duquel les eaux plus claires du Gavron passaient en tourbillonnant. Il prit appui sur une pierre, parvint jusqu'au mur et s'assit au sommet. Il était environné d'eau. Celle-ci courait, presque limpide. À cet endroit, l'odeur avait disparu. Il sortit de sa poche le pain et la saucisse. Il se sentait bien malgré tout. Le soleil miroitait sur l'eau avec de vifs éclats d'argent. Il commença à mordre dans la baguette de pain. Accompagné de saucisse, c'était délicieux. Laetitia aurait demandé : « Comment fais-tu, Franck, pour ingurgiter *ça*, à jeun et de bon matin ? » Mais lui aimait depuis toujours ce genre de casse-croûte impromptu. À ces moments-là, n'importe quoi lui *faisait ventre*, comme disait sa grand-mère.

Tout en savourant son déjeuner, il laissa aller au hasard son regard. Petit à petit, il réussit à reconstituer le tracé du barrage détruit. En regardant plus loin, il voyait des pierres sortir de l'eau et former sur trois ou quatre mètres un soubassement dans le genre de celui sur lequel il était assis. Au-delà de la surface miroitante, un grand pan du barrage lui-même était toujours debout et se dressait jusqu'à la rive opposée du Gavron, où il rejoignait un talus très haut de rochers entre lesquels le lit du torrent était encaissé. « À tous les coups, pensa Maréchal, c'est là-bas que le barrage a cédé. » Il fut pris d'une furieuse envie d'aller voir. En sautant de morceau de mur en morceau de mur et à condition d'accepter de se mouiller, c'était jouable. Il regarda le ciel. Il était de plus en plus bleu. Bientôt, le soleil serait brûlant. Il décida de tenter sa chance. Il se moqua de lui-même quand il regarda alentour pour s'assurer qu'il était seul avant de se déchausser et de se mettre en slip. Il posa ses affaires sur le mur et mit un pied dans l'eau. Elle était glaciale. Pourtant, il continua et parvint facilement au deuxième tronçon de mur. Enhardi, il avança trop vite et, glissant sur une plaque de vase, se retrouva assis dans l'eau. Il éclata de rire tout en sentant la force du torrent qui encerclait maintenant sa poitrine. Il aurait mieux fait de se mettre tout nu. Même avec la complicité du soleil, il aurait bonne mine quand il lui faudrait retourner à La Perdrix. Il se releva et, avec prudence maintenant, il continua. Bientôt, il atteignit le chicot de barrage au pied des falaises. La ruine formait une sorte d'immense escalier. Après le plein jour au milieu du Gavron, cette portion était plongée dans l'ombre et il lui fallut un moment pour distinguer les détails. Il frissonna. Depuis que le soleil ne tapait plus sur sa peau, il sentait bien davantage le froid de l'eau. Il s'ébroua et se frictionna la poitrine. Puis il examina les débris du barrage.

Il le vit tout de suite. C'était un tube marron, comme du carton, mais huilé, luisant, coincé entre deux pierres, dont celle qui faisait face à Maréchal était couverte de traces noirâtres. Il n'était pas spécialiste des explosifs, mais il en avait suffisamment vu autrefois – dans son enfance, les paysans s'en servaient pour creuser de gros trous de plantation – pour reconnaître une cartouche de dynamite. Il s'approcha et découvrit le morceau restant de la mèche qui avait fait long feu.

Avec précaution, il tira doucement sur le tube et le dégagea des pierres. Puis il renifla la pierre elle-même : cela sentait bien l'explosif.

Cette découverte lui fit l'effet d'un coup de tonnerre, même si, depuis les explications de l'ingénieur Bernardeau, il avait imaginé quelque chose de ce genre. Mais cela allait au-delà de toute espérance. Il tenait entre ses doigts la preuve que quelqu'un avait fait sauter le barrage pour détruire le Mas des Peurs. Que cette saloperie ait entraîné la mort de Paul Caminade n'était peut-être pas prévu au programme. Pourtant, c'était bien ce qui s'était passé – et que Catherine soit encore en vie tenait du miracle d'après l'état dans lequel Maréchal avait trouvé la magnanerie.

Il vérifia soigneusement l'état du mur. La présence du bâton de dynamite prouvait bien que l'inondation qui avait coûté la vie au propriétaire du Mas des Peurs était *d'origine criminelle,* comme on disait dans les journaux. Mais quel lien pouvait-il bien y avoir entre l'assassinat du vieil homme qu'il avait découvert dans la rue de Corbans et ce qu'il fallait bien appeler un nouveau meurtre ?

Dans l'ombre de quelques trembles qui surplombaient le moignon de barrage encore debout, il grelottait. Il entreprit de revenir sur ses pas.

Dès qu'il fut au soleil, il se sentit mieux. La brume avait maintenant complètement disparu au-dessous de

Corbans. Dans le lointain, il entendait un bruit de moteur, un ahanement sourd. Il s'agissait sans doute du Caterpillar de l'Équipement. Il grimaça en songeant qu'il allait devoir passer devant les ouvriers avec sa chemise mouillée. Il retraversa le Gavron sans trop de difficultés, en faisant très attention où il posait les pieds. Une fois qu'il eut récupéré ses pantalons, il ôta sa chemise et la tordit pour l'essorer. Quand il la remit, le contact avec le tissu trempé le fit frissonner de nouveau. Il pouvait au moins espérer que le soleil, qui commençait à taper dur, la sécherait rapidement. Pour l'heure il devait avoir bonne mine. Il glissa la dynamite dans sa poche et revint vers sa voiture. Le soleil exaltait encore l'odeur de putréfaction qui se dégageait des marigots de chaque côté du sentier.

Le Caterpillar poussait comme un énorme bélier sur les amas de boue. Le conducteur était seul dans sa cabine. En passant, Maréchal lui fit un signe de la main auquel l'autre, sans doute trop occupé à manier son engin, ne répondit même pas. Un peu plus loin, une camionnette orange de l'Équipement était garée sur une esplanade. Il n'y avait personne, mais on entendait des coups de pioche derrière un petit mamelon. Il rejoignit la 4L. Après un dernier coup d'œil à la magnanerie, il démarra et reprit la direction de Corbans.

Il suivit le chemin de terre jusqu'à la petite route. Il contemplait les magnifiques jeux de lumière du soleil dans des bosquets de peupliers d'Italie quand il entendit un crissement de pneus épouvantable. Il eut juste le temps de piler pour ne pas rentrer dans une voiture qui arrivait en face à vive allure. C'était une Golf noire.

Quand elle descendit, Maréchal ne put s'empêcher de penser : « Qu'est-ce qu'elle est belle ! »

– Vous pourriez faire attention quand vous roulez avec votre... bolide..., dit-elle en jetant un regard sans indulgence sur la 4L.

Mais il nota qu'elle n'avait pas l'air vraiment en colère.

– Excusez-moi, je pensais à un livre.

– Ah ! fit-elle, si c'est la faute de *l'inspiration...*

– Non ! la coupa-t-il. Hélas, non. Il s'agit du livre de quelqu'un d'autre qui parle de ces peupliers d'Italie.

– Ils sont beaux, dit-elle en les regardant.

Elle parut se rendre compte de quelque chose.

– Mais dans quel état vous êtes ! Que vous est-il arrivé ?

Il grimaça un sourire et reconnut :

– Je suis tombé dans l'eau.

Elle sembla penser que ce n'était pas de son âge. Enfin, ce fut l'impression qu'il eut. Il changea vite de sujet :

– Qu'est-ce qui vous amène sur le chemin du Mas des Peurs ?

– Je croyais que ça s'appelait les Asphodèles.

– Oui, mais le vrai nom, c'est le Mas des Peurs...

– Brr, fit-elle en feignant de frissonner, ce n'est pas gai. C'est à cause de vous que je suis là. Depuis que vous m'avez parlé de cet endroit, je me suis dit que je devrais le voir. Après ce que vous avez laissé entendre...

– Maintenant, je peux être beaucoup plus affirmatif, dit-il en prenant l'explosif sur le siège de la 4L et en le posant sur le capot de la Golf.

– Qu'est-ce que c'est ?

– On ne vous apprend pas ça à l'École de police ? Un bâton de dynamite.

– C'est la première fois que j'en vois un...

Elle était pensive. Maréchal se demanda si elle songeait aux lacunes de son enseignement ou à la dynamite elle-même. Le soleil dorait ses cheveux blonds et allumait des petits éclairs verts dans ses yeux. Il s'efforça de rester technique.

– Je l'ai trouvé fiché dans ce qui reste du barrage. C'est avec d'autres trucs du même genre qu'on a fait sauter l'ouvrage.

– Vous voulez dire...

– Oui, c'est ça que je veux dire.

– On aurait fait sauter le barrage pour que l'eau inonde la combe des Asphod... enfin du Mas des Peurs ! Pourquoi, grands dieux ?

– Ça, madame l'inspecteur, c'est à vous de le trouver.

– Il s'agit donc d'un nouveau crime...

– Oui. Quelqu'un a assassiné Paul Caminade.

Un moment plus tard, en roulant sur la route de Corbans, il pensa de nouveau à ces petits éclats verts qu'il avait vus dans ses yeux, avec un mélange de plaisir et de mauvaise conscience. Il tenta de chasser cette image et se demanda comment il devait agir avec Brochard à qui il avait promis son aide. Ce n'était pas parce que la remplaçante de Marcel Dubosc était belle comme une gravure de mode qu'il devait mal se comporter avec l'adjudant qui ne lui avait manifesté que de l'amitié.

Pourtant, quand il arriva à La Perdrix, où il dut passer sous le regard sans indulgence de Vidal et de sa femme dans sa chemise encore dégoulinante, au lieu d'appeler Brochard, ce fut le numéro de Laetitia qu'il se sentit obligé de composer.

Il ressentit une sorte de désespoir en constatant que la sonnerie grelottait à vide dans le studio. Il jeta un regard sur les toits de Corbans sur lesquels le soleil faisait onduler l'air de chaleur. Même les montagnes bleues qu'il voyait dans le lointain furent incapables de vaincre cette brusque déréliction. Il tapa du poing dans sa main et composa le numéro de Brochard. Après tout, il n'avait pas promis à la belle Eva Delambre de garder pour lui sa découverte.

14

« Vous avez vu le numéro qu'*ils* m'ont envoyé ? » avait demandé Brochard. Maréchal avait eu envie de répliquer que c'était un joli numéro, mais il s'était souvenu à temps des liens de l'adjudant avec le père de Laetitia et avait répondu d'un ton neutre que, pour le peu qu'il en savait, l'inspectrice Delambre paraissait compétente, sûrement plus que Marcel Dubosc. Brochard avait reconnu que c'était probable. Quand il lui avait dit ce qu'il avait découvert au barrage, il y avait eu un grand silence. Puis : « On va y aller. Vous avez cette cartouche ? » Lorsque Maréchal avait répondu qu'il l'avait donnée à l'inspectrice, il y avait eu un nouveau silence. Puis, avec juste une nuance de sécheresse dans le ton : « Je verrai ça avec elle », avant d'ajouter : « Merci quand même de m'avoir prévenu... »

« Déjà beau qu'il t'ait remercié », pensa Maréchal tout en descendant la rue principale de Corbans. Il avait imaginé que Brochard le contacterait dans la journée. Il n'en avait rien été. Il n'avait pas non plus revu Eva Delambre, elle ne s'était pas montrée à l'auberge que lui-même n'avait pas quittée, passant le plus clair de son temps sur un fauteuil de la terrasse à lire et relire les notes de son travail en cours. Malgré cet effort méritoire, il n'avait pas avancé d'un pouce. Il avait été surpris d'en être aussi peu affecté.

Maintenant, la nuit s'installait sur le bourg. Il venait de terminer à La Perdrix un repas une fois de plus trop copieux et pensait qu'une promenade lui serait profitable, mais il se connaissait trop bien pour ne pas savoir qu'un autre motif se cachait derrière cette bonne résolution. Il s'était aperçu qu'il avait rencontré, à un moment ou un autre, tous ceux qui, de près ou de loin, lui paraissaient concernés par l'affaire. Un seul de ces personnages supposés restait sans visage. En fait, de celui-ci il ne connaissait que la main. « C'est insuffisant ! » ironisa-t-il en traversant la place occupée comme d'habitude par les jeunes en Mobylette. Il essaya de repérer la Honda rouge. Apparemment, elle n'était pas là.

Il venait beaucoup de bruit du café. Il s'éloigna rapidement et s'engagea dans une rue dépourvue d'éclairage.

Il faisait très doux, grâce au vent qui s'était levé après une journée étouffante. Le ciel était rempli d'étoiles et, une fois loin de la place, le silence était presque total en dehors du froissement des feuilles des arbres qui paraissaient revivre. Après quelques détours qui l'obligèrent à reconnaître qu'il s'était un peu perdu, il se retrouva au bout de la rue qui l'intéressait. Il aperçut deux silhouettes à peu près au niveau de la maison biscornue, mais il ne s'agissait que de deux amoureux qui s'éloignèrent rapidement.

Le jasmin lui parut encore plus lourd et chargé d'odeurs. L'orage l'ayant affaissé, il débordait encore davantage dans la rue. Maréchal aurait aimé plonger à l'intérieur. C'était enfantin et désormais impossible. Il fit le tour et se retrouva devant le portail. Jusque-là il avait évité de se demander comment il ferait pour découvrir qui était la mystérieuse femme qui habitait là. Maintenant, cette question demandait une réponse urgente. Il choisit cependant de n'y pas répondre et poussa le portail. Il venait de décider de frapper et ensuite de se fier à l'inspiration – dont il songea ironiquement qu'il était censé ne pas manquer – pour expliquer sa venue. En longeant la bâtisse qui, ce soir-là encore, volets fermés, était plongée dans l'ombre, alors que la lune se levait et faisait apparaître de grandes fantasmagories dans le parc qui se trouvait au-delà, il remarqua que de la lumière brillait à une des fenêtres de la maison du jardinier, et il eut l'impression d'entendre le bruit de fond, lointain et étouffé, de la télévision. Il arriva devant la porte, sous une marquise en fer forgé sur les côtés de laquelle un rosier pompon, très blanc sous la clarté de la lune, dégringolait en une sorte de neige. S'obligeant à suivre jusqu'au bout sa ligne de conduite, il frappa à la porte.

Alors qu'il s'attendait à fournir la première explication qui lui viendrait à l'idée, il entendit un pas précipité et le battant fut tiré violemment. La déception parut se lire aussitôt sur le visage de celle qui venait d'ouvrir. Elle dit sans réfléchir, d'une voix très aiguë :

– Ce n'est pas lui...

– Non. Vous allez penser...

Elle parut ne tenir aucun compte de lui et le coupa aussitôt en murmurant, tout en s'appuyant avec peine au chambranle :

– Pourquoi ne vient-il pas maintenant ?

Maréchal estima qu'elle n'attendait sûrement pas de réponse. La femme qui se trouvait devant lui était un peu plus jeune que sa sœur de Noblesse et encore plus belle. Vêtue de ce velours rouge qu'il avait aperçu la première fois derrière le volet, elle était grande et mince. Il fut à nouveau frappé par la beauté de ses mains, longues et fines, qu'elle tenait serrées contre elle en froissant de ses doigts le tissu de sa robe. Cette nervosité était encore plus apparente dans son regard, qui paraissait comme perdu. « Non, ce n'est pas le mot juste, se dit Maréchal. Elle attend quelque chose dont elle a un besoin vital. Quelque chose qui lui *manque*... » La conclusion était facile à tirer. Elle était toujours appuyée au chambranle. Il regarda vers l'intérieur. Il fut frappé en constatant que tout correspondait exactement à l'idée qu'il s'en était faite à partir de ce qu'il avait aperçu à travers le volet. Meubles Second Empire, rideaux lourds cramoisis, appliques de bronze et un tapis en faux Chine déroulé de l'entrée à un escalier monumental grimpant vers l'étage, dont la rampe en fer forgé à volutes commençait par une boule de verre verte à facettes. On aurait cherché en vain ici la moindre trace de modernité. Plus loin, vers la droite, le regard portait vers une vaste pièce et un grand salon au parquet de chêne où il devina que devait se trouver le fauteuil en acajou dans lequel, la première fois, était assise celle qui se tenait devant lui et le regardait avec avidité, comme s'il avait pu lui apporter ce qu'elle désirait tant.

Tout à coup, il se rendit compte à quel point sa venue en ce lieu était incongrue. Si cette femme n'avait pas été dans cet état, comment serait-il parvenu à expliquer sa venue à cette heure tardive ? Et quelles questions aurait-il pu lui poser ? De toute façon elle était incapable de prononcer quoi que ce soit de sensé. Il ne lui restait plus qu'à battre en retraite. Il se préparait à le faire quand il entendit un pas sur le gravier devant la maison. Puis une haute silhouette se découpa, éclairée par la lune. « Le pharmacien ! Tu es cuit ! » pensa Maréchal.

Le nouvel arrivant lui jeta à peine un regard, mais sembla le reconnaître. Il alla directement vers la jeune femme, lui saisit la main et dit sur le ton qu'on emploie avec les enfants ou certains grands malades :

– Olga, ma chère ! Que faites-vous ici ?

– Vous *en* avez ? lança-t-elle avec violence. Dites, Pierre, vous *en* avez au moins !

– Allons, allons, répondit-il de la même voix compatissante.

Puis il lui saisit le poignet et, comme Maréchal se trouvait maintenant sur le seuil, il referma la porte de sa main libre.

Maréchal se fit l'effet d'un imbécile. Il était maintenant debout devant cette porte close, on n'entendait plus rien sauf derrière lui, dans le jasmin, un roucoulement d'oiseau qui lui parut particulièrement ironique.

– Tu as raison, dit-il à voix basse, j'ai l'air malin à présent !

Lorsqu'il revint vers le portail, il entendit à nouveau les échos de la télévision. « Tu devrais aller frapper à la porte de cet Auguste comme tu as osé faire ici tout à l'heure ! » Il s'en voulait. Sa visite n'avait servi à rien... Non, pas tout à fait. Il avait au moins appris le prénom de la belle mystérieuse ! Et le pharmacien l'avait reconnu, cela était un mal ou un bien, difficile de savoir. Il avait surtout découvert que cette femme était entièrement sous la dépendance de quelque chose qu'il n'était pas difficile d'identifier. Comment pouvait-on relier cela avec tout le reste ? Ça, c'était plus délicat. Pourtant, il était persuadé que ces éléments disparates qu'il avait peu à peu recueillis – il ne se cachait pas le rôle du hasard à chaque fois – formaient les morceaux d'un puzzle dont à un moment ou un autre il parviendrait à voir l'image complète. « Ou pas du tout ! » murmura-t-il tout en remontant la rue après un dernier regard à cette maison qui le fascinait et dans laquelle il avait toujours eu le sentiment que rien de banal ne pouvait se passer. Idée un peu romanesque, mais sinon, à quoi bon s'intéresser aux choses ?

Il revint à pas lents vers l'auberge. La nuit de Corbans montrait son visage habituel. Ce qu'il venait de vivre ne lui en paraissait que plus étrange. Il fit encore quelques détours dans les rues endormies derrière les façades desquelles on devinait le calme et rassurant déroulement de destins ordinaires et finit par rentrer à l'auberge.

Au moment où il gravissait les marches de la terrasse de La Perdrix, un vrombissement se fit entendre au bout de la rue et un petit bolide noir passa derrière lui avant de tourner dans un crissement de pneus et d'entrer dans la cour arrière. Il sourit en se demandant s'il était inquiétant qu'il ait tant de plaisir à assister au retour de l'inspectrice Delambre.

Il la retrouva dans la réception. Elle avait l'air plutôt éreintée mais ses yeux brillaient.

– Nous savons qui est la victime !

– Laquelle ? demanda Maréchal assez bêtement.

Elle parut ignorer l'incongruité de sa question et répondit :

– Le cadavre de l'homme que vous avez découvert, bien sûr !

– Ah oui !

– Il s'appelle Léon Daudet...

– Vous rigolez ? dit Maréchal.

– Pas du tout ! s'exclama-t-elle, avant d'ajouter : Je sais très bien qui était *l'autre*, mais le fait que votre cadavre porte le même nom a pour moi un autre intérêt que littéraire ou politique !

Il salua intérieurement sa culture, pas si fréquente, et interrogea :

– Pourquoi donc ?

– Parce que ce nom, en dehors d'être celui d'un écrivain et d'un polémiste, est aussi celui de la propriétaire de la maison devant laquelle vous l'avez découvert et également...

– ... celui de la jeune femme qui vit à Noblesse et se jette à l'eau pour échapper à celui qu'elle appelle « le démon ».

– Vous ne m'avez rien dit de ces considérations aquatiques, observa-t-elle.

– Touché ! J'aurais dû tenir ma langue !

– Trop tard ! Il faut tout me dire maintenant.

– Vous ne croyez pas qu'on devrait poursuivre cette conversation ailleurs ?

Elle le regarda fixement.

– Vous n'allez quand même pas me proposer d'aller dans votre chambre ou dans la mienne ?

Elle paraissait suspicieuse tout à coup. Il se sentit rougir.

– Je vous supplie de me croire : je n'ai jamais songé à ça...

– Tant mieux, dit-elle, soulagée.

– Non, reprit-il, je pensais simplement qu'on pourrait demander à Vidal de nous servir quelque chose sur la terrasse et là, je vous dirai toute la vérité, rien que la vérité...

Il avait levé la main droite, elle rit.

– Dans ces conditions, je suis d'accord.

Une fois qu'ils furent installés sur la terrasse, déserte à cette heure tardive, Maréchal héla Vidal qui allait et venait en rangeant nappes et parasols. L'aubergiste n'avait pas l'air d'apprécier qu'il soit attablé avec la jolie inspectrice. Il est vrai qu'ils avaient, lui et sa femme, sympathisé avec Laetitia, mais tout de même... « Vidal, gardien de l'ordre moral et de la paix des ménages ? C'est ridicule ! » se dit Maréchal. Cette pensée l'agaça. Il retrouvait là cette mesquinerie provinciale qu'il détestait et dont il avait tout fait pour protéger sa vie privée. « Peut-être qu'il y a vingt ans, ce type aurait fait des difficultés pour nous louer une chambre, à moi et à Laetitia... »

– Une tisane, je vous prie, dit Eva Delambre.

– Tiens, remarqua Maréchal, je croyais que vous prendriez autre chose.

– Vous pensez sans doute que tous les flics marchent au bourbon ?

– Grands dieux non ! Mais ne me dites pas que votre tisane, ce sera...

– Un tilleul ? le coupa-t-elle. Si, exactement !

Vidal était resté de marbre. Il ne semblait pas apprécier le ton léger de cet échange.

– Un tilleul pour madame et pour vous, monsieur Maréchal, ce sera ?

– Un cognac, s'il vous plaît.

– Il ne vous manque que la pipe de Maigret, dit Eva Delambre sur le même ton badin. Ou un de ces gros cigares des détectives américains...

– Nous n'avons pas de cigares, intervint Vidal avec beaucoup de sérieux.

– Je me contenterai donc d'allumer une Gauloise, si vous permettez. Vous fumez ? ajouta-t-il, pendant que Vidal s'éloignait.

– Non, merci. C'est au moins une mauvaise habitude que je n'ai pas.

Ils plaisantèrent encore un peu en attendant que Vidal apporte les consommations. Quand l'aubergiste repartit, Maréchal se demanda si c'était vraiment parce qu'il était offusqué de voir son client de prédilection en compagnie d'une jeune femme différente de celle avec laquelle il vivait d'habitude qu'il paraissait autant tracassé. Il se souvint alors de son altercation avec le jardinier de la maison biscornue. Il avait pour règle de toujours suivre les fils qui se présentaient. Et il avait le sentiment d'en tenir un. De là à trouver où ça menait, il y avait de la marge ! Toutefois, il se rappela aussi la réticence de Vidal à parler de la patronne de ce même Auguste. Cela pouvait donner à penser.

– Coucou ! fit Eva Delambre. Vous avez l'air bien préoccupé tout à coup.

– Excusez-moi, je viens de me souvenir de quelque chose que j'ai oublié de faire.

– Ça concerne notre hôte ? demanda-t-elle, l'air de rien.

– Non, commença-t-il, avant de corriger, quand il vit son regard net et inquisiteur : Bon, j'avoue. Je trouve qu'il fait une drôle de tête ce soir.

– Vous savez, les gens ont parfois des soucis dans la vie.

– Vous parlez à un habitué, plaisanta-t-il. Et si on reprenait tout depuis le début ?

– Il vaudrait mieux. En particulier, si vous me racontiez ce que vous savez et que vous... avez oublié de me dire ?

– Bon d'accord. Il y a d'abord ce qui s'est passé la nuit du meurtre de l'oncle.

– Pourquoi vous l'appelez l'oncle ?

– Parce que je crois que tout est lié entre ces gens et ce que vous m'avez appris tout à l'heure donne un éclairage bien différent à ce que j'ai pu voir.

Quand Maréchal s'arrêta de parler, il avait eu le temps de commander un deuxième cognac à Vidal. La jeune femme avait mis longtemps à boire son tilleul, qu'elle aimait aussi bien froid que chaud. Après avoir absorbé la dernière gorgée, elle le regarda dans les yeux.

– Vous vous rendez compte que vous avez fait un faux témoignage en ne révélant pas à l'adjudant Brochard que vous avez poursuivi dans le parc de cette maison quelqu'un qui a toutes les chances d'être l'assassin de Léon Daudet ?

– Péché d'omission, tout au plus, répondit-il.

– Si vous voulez... mais je ne vous dénoncerai pas !

Il fut soulagé de voir qu'elle venait de dire ça d'un ton amusé, car il avait craint un moment qu'elle ne soit de ces rigoristes qui veulent que tout soit tiré au cordeau.

– Et de tout cela, qu'est-ce que vous déduisez ? reprit-elle.

– Je voudrais bien vous faire plaisir, mais je dois reconnaître que je ne déduis rien du tout, enfin, rien qui permette d'arriver à une conclusion définitive. La seule chose que je puisse avancer, c'est que, à mon sens, tout se tient dans le chapelet de découvertes, de rencontres ou d'événements auxquels j'ai pu être mêlé depuis le début. Je reconnais que ce n'est pas grand-chose...

– Vous ne pouvez pas dire ça, Maréchal, si vous aviez entendu le récit de Brochard quand je suis arrivée ! Il ne sait pas le dixième de ce que je viens d'apprendre.

– Ça ne veut pas dire que j'ai raison, dit Maréchal qui avait apprécié qu'en l'appelant par son nom elle ait placé leurs relations sur un plan impersonnel.

« Il n'aurait plus manqué qu'elle t'appelle Franck ! », avait-il songé.

– Non, mais tout ça présente l'avantage de permettre de chercher et, même si on part dans un tas de directions, peut-être que la vérité finira par en sortir.

Maréchal pensait la même chose à un détail près : pour lui, seul le hasard pouvait les aider. Même s'il fallait évidemment – c'était le métier des gendarmes et de la police – dérouler toutes les bobines, son expérience lui avait appris que, à un moment ou un autre, un mot, un événement banal, un rien donnait toujours brutalement un éclairage neuf et faisait apparaître la vérité.

– Qu'est-ce que vous allez faire à présent, à part me dénoncer à Brochard ? demanda-t-il sur un ton léger.

– Je devrais ! Maintenant, je vais être votre complice ! Sérieusement : je vais creuser tout ça. Surtout, essayer de démêler les histoires de cette famille qui me paraissent compliquées. Vous avez d'autres idées ?

– Des tas, fit-il, mais rien qui puisse vous servir.

– Bon, alors, on lève le camp ? Je suis éreintée.

– D'accord, moi j'ai du pain sur la planche. Mon roman...

Ils traversèrent la terrasse de La Perdrix, que la lune inondait d'une lumière très blanche qui coulait comme de la fleur de farine. Les odeurs de l'été montaient dans le silence, troublé seulement par des bruits de casseroles venus de la cuisine. Quand ils récupérèrent leur clé à la réception, Vidal ne se montra pas.

– J'ai oublié mes cigarettes dehors, mentit Maréchal. Bonne nuit.

– Bonne nuit, dit-elle.

Il savait qu'elle n'était pas dupe et fut heureux que son regard le remerciât de cette délicatesse élémentaire.

Tout en revenant vers la terrasse, il s'interrogea à nouveau sur l'attitude de Vidal. Décidément, son comportement était étrange.

Il essaya aussi de récapituler ce qu'il avait dit à la jeune femme et surtout les nouvelles perspectives qu'il avait entrevues tout en lui parlant. Il y avait à présent quelques points qu'il voyait sous un jour nouveau, de ces détails qui à première vue paraissent sans importance et qui se révèlent *causants* dès qu'on prend un peu de recul. Et malgré le charme de la belle inspectrice, quelques éléments avaient pris, alors qu'il les exprimait à haute voix, un tout autre relief. Ce qui l'avait le plus frappé peut-être, c'était... « Comment appeler ça ? » se demanda-t-il. « L'état nerveux des deux sœurs ? » fut la réponse qu'il se fit. Il ne fallait pas confondre leurs comportements, ils n'avaient pas la même origine ou pas tout à fait, Maréchal en était sûr. Dans le cas de celle de Noblesse, c'était...

Mais la nuit était si belle, la paix posée sur Corbans tellement profonde. Ceci expliquait, au moins autant que les deux cognacs, le bien-être qui l'envahissait. À cet instant, il n'eut plus aucune envie d'en savoir davantage.

15

– Je vais finir par penser que vous m'avez laissé tomber, dit Brochard.

– Et pourquoi donc ? demanda Maréchal de son air le plus innocent.

– Vous passez votre temps avec ma concurrente. Hier soir encore, *on* vous a vus en grande conversation pendant des heures.

Qui donc avait pu rapporter à l'adjudant sa conversation de la veille avec Eva Delambre ? Un nom lui vint aussitôt à l'esprit : Vidal. Les histoires d'hôteliers un peu indics sont légion. Dans les romans policiers qu'il avait dévorés à certaines époques en tout cas. Il était probable que les gendarmes avaient eux aussi de telles sources de renseignement – ou d'autres. C'était sûrement comme un maillage souterrain qui permettait de prévenir...

– Vous n'avez pas l'air de m'écouter, Maréchal.

– Mais si, je vous assure. Je pensais seulement à un coup de téléphone que j'ai oublié de passer.

C'était exact : il n'avait pas appelé Laetitia le matin et il s'en était rendu compte au moment où Brochard était arrivé à La Perdrix. Il prenait alors un énième café tout en étudiant les notes sur lesquelles il peinait depuis des semaines.

– Il est vrai que j'ai parlé à cette jeune femme que vous appelez votre « concurrente », mais je ne vois pas en quoi cela signifierait que je vous ai laissé tomber. Vous savez, je n'ai aucune nouvelle idée sur cette affaire. J'ai un boulot terrible devant moi. (Il montra ses carnets de notes étalés devant lui.) Je lui ai seulement dit ce que nous savons, rien de plus que ce que vous-même avez pu lui raconter. En plus, tout ça ne me concerne pas beaucoup.

– Ne vous emballez pas ! C'est juste que je compte sur vous, je vous l'ai dit, et puis je me demande comment la police a réussi à découvrir l'identité de ce vieux type, alors que nous n'y sommes pas arrivés. Faut croire que leurs fichiers sont mieux garnis que les nôtres.

– Je croyais qu'on avait centralisé ça depuis longtemps, glissa Maréchal.

– En théorie. Dans la pratique, c'est une autre histoire.

– Enfin maintenant nous savons que le pauvre bougre porte un nom célèbre.

– Ah bon, fit Brochard, pourquoi vous dites ça ?

Maréchal se demanda s'il devait lui expliquer dans le détail la raison de son affirmation. Il était normal qu'il n'ait pas les mêmes repères que cette fille qui sortait de plusieurs années d'études supérieures et ce n'était pas le genre de Maréchal de le lui reprocher. Il jugea préférable de changer de sujet :

– Reconnaissez que je vous ai tenu au courant aussitôt pour la dynamite.

– C'est vrai. Le problème, c'est que ça me fait une

énigme de plus à résoudre. Parce que, pour ce qui est des mobiles, pas ça ! Qui pouvait bien en vouloir à Paul Caminade ? Un type qui vivait avec sa femme là-bas, aux Asphodèles, et essayait de survivre tant bien que mal avec les revenus d'une activité désuète et aléatoire !

– C'est peut-être cela la réponse !

– Quoi ? demanda Brochard.

– « L'aléatoire »...

– Pourquoi dites-vous ça, Maréchal ? Vous savez quelque chose ?

– Mais non ! Je lançais juste une idée, répondit l'écrivain.

Ce n'était pas tout à fait exact. Dans sa tête, une idée venait de germer. Oh, minuscule, fragile, et rien de concret ne venait l'étayer. Mais une idée...

Les *idées*, visiblement Brochard ne s'en préoccupait guère. Il reprit :

– Mon problème à moi, c'est que maintenant, après votre découverte, je me retrouve avec deux meurtres sur les bras. Tout ça dans un coin aussi tranquille que Corbans et avec en plus une espèce de pin-up qui fait du charme à celui sur qui je compte pour rejoindre paisiblement le terme de mon service d'active !

– Je ne vois pas ce que vous reprochez à Eva Delambre...

– Ah, vous connaissez son prénom ! Vous voyez bien !

– Je l'ai lu sur sa valise, si cela peut vous rassurer. Je vous ai promis en effet que si je trouvais quelque chose, je vous le dirais. Mais voilà : je n'ai rien trouvé. Sauf cette dynamite.

Il eut envie de s'amuser un peu et ajouta :

– Je vous ferai remarquer que vous ou votre adjoint Périer auriez pu aller jeter un coup d'œil au barrage...

– Manqué, Maréchal ! Justement, Périer est allé là-bas peu après vous. Ça a dû se passer pendant que vous me téléphoniez. Même que le conducteur du Caterpillar a raconté que vous étiez dans un joli état.

Maréchal éclata de rire.

– Bon ! Un point partout ! Maintenant, si vous permettez, je dois travailler. Je ne suis pas à la veille de la retraite, moi. D'ailleurs, je n'en aurai pas...

– Vous n'aurez pas de retraite ? demanda l'adjudant d'un ton compatissant.

– Presque pas..., répondit Maréchal, qui d'habitude se préoccupait peu de ce détail.

– Alors, je vous laisse, dit Brochard, qui paraissait tout à coup très soucieux du destin futur de l'écrivain Franck Maréchal.

– Avant que vous partiez, je vous le répète : si je trouve quelque chose, vous en serez informé.

« Pourquoi ne lui as-tu pas dit : *informé en premier* ? » s'interrogea Maréchal, pendant que l'adjudant s'éloignait de la terrasse inondée de soleil.

– Tu as une drôle de voix, Franck, observa Laetitia, qui venait de répondre après la première sonnerie.

– Mais non ! Enfin, je veux dire : qu'est-ce qui te fait penser ça ?

– Peut-être parce que j'attends ton coup de fil depuis des heures !

– Je n'ai pas pu avant.

Il hésita, mais réussit à cacher la vérité au prix d'un nouveau mensonge :

– Je suis en plein travail.

– Je préfère ça, dit-elle, brusquement amadouée. Je m'étais imaginé...

– Quoi donc ?

– Rien... Je te raconterai plus tard.

– Quand est-ce que tu reviens ?

– Je n'en sais rien. C'est drôlement compliqué ici. Cette fille (Maréchal comprit qu'il s'agissait de la soprano) est infernale. Il y a longtemps qu'on n'avait pas vu ça ! *Madame a des vapeurs, madame a mal à la gorge, le premier violon la regarde d'un air !* Tu vois ce que je veux dire ?

– Est-ce qu'elle chante bien, au moins ?

– C'est ça, le problème : elle est remarquable tant qu'elle chante justement. C'est après que ça se gâte...

– Cela vaut mieux que l'inverse, à mon avis. Et puis, essaya-t-il de plaisanter, il faut beaucoup pardonner aux gens qui ont du talent. Regarde moi !

– Il y a longtemps que j'ai compris ça, Franck !

– Donc, tu ne rentres pas encore.

– Dis-moi que tu le regrettes...

– Oui, Laetitia, je le regrette, déclara-t-il, tout à coup sérieux et sincère.

– Quelle heure est-il ?

– Dix heures..., répondit-il machinalement, interloqué.

– Tu plaisantes ! Non, tu n'as pas l'air. Ça fait un quart d'heure que je devrais être à la répétition... C'est de ta faute !

– Bien sûr. Tu m'appelles ce soir ?

– Promis, à ce soir.

Bien qu'il eût entendu le déclic, Maréchal resta un moment avec le combiné contre l'oreille. Cela lui arrivait parfois, comme s'il attendait des mots, des phrases en plus, ou peut-être seulement ce grésillement qui était courant autrefois au téléphone, comme si des millions de petits éclairs avaient couru le long des lignes. Mais depuis des années, cela devenait rare et, une fois qu'on avait raccroché, on n'entendait que le silence. Il savait que c'était absurde, mais il le regrettait.

Maréchal passa son temps comme il put. C'était vrai qu'il aurait aimé que Laetitia revienne. Malgré ce qu'il avait dit, il n'avait aucune envie – et il dut bien se l'avouer, aucune intention – de travailler pour de bon. La journée était belle, pas trop chaude, grâce à un vent d'ouest qui se leva vers la fin de la matinée. Il se demanda que faire. Pas question de se lancer sur les routes. Seul, les cohortes de touristes qui continuaient à sillonner la région l'eussent ulcéré. Aucune envie non plus de ces visites aux vieilles pierres qu'il faisait parfois avec Laetitia. Que restait-il ? Il résolut que ce ne pouvait être que le farniente qui portait si bien son nom. Il passa le temps qui le séparait du repas de midi sur la terrasse de La Perdrix, à l'ombre de la glycine, dans un angle d'où il pouvait voir non seulement la terrasse et ses occupants, mais aussi, par une échappée entre les lauriers, une bonne partie des toits et des ruelles de Corbans. De temps à autre, des autos passaient derrière les lauriers, parfois quelques piétons dont il essayait de capter les conversations, souvent en anglais ou en allemand. Quand il y parvenait, il s'apercevait aussitôt que leurs propos présentaient la même navrante banalité que ceux de ses compatriotes. C'était un jeu idiot, il le savait parfaitement, mais de temps à autre aussi une méthode : s'attacher à la banalité extrême pouvait aider à découvrir de grandes choses. Ce matin-là, cela ne fonctionna guère.

Tout en feignant l'indifférence, il observa Vidal. Décidément, celui-ci ne lui apparaissait plus sous le même jour. Extérieurement, rien n'avait changé. Pourtant, il remarqua à plusieurs reprises que cet homme habituellement débordant d'une jovialité sans défaut montrait un visage soucieux. Il y avait de grandes chances que la raison s'en trouvât dans un de ces tracas domestiques auxquels même les meilleures natures ont du mal à échapper. Il n'en restait pas moins que ce nouvel aspect de l'aubergiste coïncidait avec l'épisode de l'altercation. Maréchal ne pouvait pas s'empêcher de relier cela à cette affaire de meurtre, dont il était de plus en plus certain que la clé se trouvait entre les mains des personnages qu'il avait rencontrés. Brochard avait émis l'hypothèse que le vieux Daudet avait été abattu par quelqu'un de passage, un trimardeur comme lui – c'était la définition que l'adjudant avait fini par donner du mort, en désespoir de cause. Lui n'en croyait rien. D'abord, le cadavre qu'il avait découvert dans la rue ne présentait aucune des caractéristiques d'un coureur de routes. Et Maréchal avait découvert trop de mystères autour des gens de la maison biscornue et de Noblesse pour ne pas imaginer la possibilité d'un lien entre ces gens et Daudet. Lorsqu'il avait appris que le mort était l'oncle des jeunes femmes, il avait eu le sentiment que cela ne faisait que corroborer ses intuitions. Brochard avait pris cela comme une chose naturelle, Maréchal en avait été surpris, il avait cru l'adjudant plus subtil. Mais, en réponse à la question de Maréchal : « Que disent les sœurs de votre victime ? » le gendarme avait dit qu'elles ne voyaient aucune explication – tout au moins celle de Corbans, l'autre étant de nouveau *en crise,* quand il était allé l'interroger. Pour elle, leur oncle, dont elles n'avaient aucune nouvelle depuis des années, avait dû vouloir les rejoindre et quelqu'un qui lui en voulait l'avait suivi jusque-là et l'avait tué.

– Ça ne tient pas debout ! s'était exclamé Maréchal.

– Ah, vous trouvez ? C'est ce que Périer a dit tout d'abord.

Maréchal avait salué intérieurement la perspicacité du sous-fifre de Brochard, avant que ce dernier ajoute :

– Mais il a fini par admettre que c'était plausible. Ces gens qui sont sur les routes, vous savez, Maréchal, ils ont souvent de mauvaises fréquentations, d'autres comme eux prêts à les tuer pour quelque argent.

– Vous avez dit vous-même que Daudet avait encore ses mille euros dans la poche.

– Qui nous dit qu'il n'en avait pas davantage ? Peut-être celui qui l'a tué n'a-t-il pas eu le temps de le fouiller. À cause de votre arrivée sur les lieux, par exemple.

Maréchal avait dû reconnaître que l'explication de l'adjudant tenait la route en apparence. Mais pas pour lui. Brochard négligeait complètement tout ce qui concernait les nièces du mort. Contrairement à Eva Delambre, qui avait été particulièrement intéressée par ce qu'il lui avait dit à ce sujet. Il fallait reconnaître qu'elle était beaucoup plus fine que Brochard. Cela n'était pas surprenant, et de plus, l'adjudant était en fin de carrière alors que la jeune femme n'avait sans doute aucune envie de passer sa vie à des besognes subalternes – elle n'avait dû cette affaire qu'à l'indisponibilité de Dubosc. Elle devait voir plus loin. Maréchal se disait qu'elle avait bien joué en lui demandant son aide. Il n'avait pas été dupe, mais d'un autre côté, ce qu'elle avait dit au sujet des us et coutumes de la province, qu'il était censé posséder mieux qu'elle, était vrai. Elle ignorait tout de même que lui, Maréchal, s'était une fois de plus pris au jeu et qu'il avait une envie folle – dont il ne pouvait guère se défendre vis-à-vis de lui-même – de trouver la solution. Aider Brochard ou Eva Delambre lui permettait d'espérer un retour d'ascenseur sous la forme de renseignements qu'il aurait été incapable d'obtenir seul. Cela venait de se vérifier puisque l'inspectrice lui avait communiqué l'identité du mort dès qu'elle en avait eu connaissance. Et cela changeait toutes les perspectives !

Il y eut beaucoup de monde pour le repas de midi. Maréchal en fut étonné. Mais peut-être ce jour-là était-il particulier. Il l'ignorait, ayant décidé de faire le vide, de se couper de la marche du monde – ignorer le calendrier était un excellent moyen de survie. Faire le vide, dut-il concéder, correspondait peu à sa conduite, même si cette affaire l'entraînait en dehors des préoccupations quotidiennes, au premier rang desquelles se tenait – figé dans l'attitude du reproche comme la statue du Commandeur – son travail.

Après le déjeuner, il essaya de faire une sieste. Cela ne lui était pas arrivé depuis des lustres. Ce ne fut pas une heureuse initiative. Il eut beau tirer les rideaux de la chambre, il ne parvint pas à fermer l'œil, ni même à somnoler. Après avoir d'abord mis cela sur le compte des pétarades intempestives de jeunes en Mobylette qui montaient et descendaient la rue sous sa fenêtre, il dut reconnaître qu'il avait tout simplement perdu l'habitude de la sieste. Pourquoi s'en plaindre ? Il n'était pas spécialement fatigué et sacrifier à toute force aux habitudes du Sud lui paraissait vain et sans fondement. Il finit par se lever et décida d'aller marcher dans la campagne.

Après avoir hésité, il abandonna l'idée de prendre la 4L. La Golf de l'inspectrice Delambre n'était pas plus garée dans la cour de derrière que le matin – il avait vérifié. Elle devait courir les routes ou consulter les fichiers à la lumière de ce qu'il lui avait appris.

Il quitta donc La Perdrix à pied. Après avoir traversé une bonne partie de Corbans, il ne fut aucunement surpris de se retrouver tout près de la maison biscornue. Lorsqu'il avait raconté à la jeune femme sa poursuite de la nuit du meurtre, il s'était rendu compte qu'il lui était impossible d'indiquer avec précision par où était passé en courant le *fuyard*, ni à quel endroit il avait été distancé.

Ses pas le portèrent – par hasard ! – à un endroit situé à une centaine de mètres de la maison. Là, se trouvait un grand champ bordé sur la gauche par un mur en briques qui semblait bien entourer le parc. Le sommet du mur était bardé de tessons de bouteille, moyen de protection autrefois courant et qu'il avait vu refleurir depuis quelque temps sur des clôtures de banlieue. Il sauta par-dessus un ruisseau à sec qui longeait le mur. On pouvait le voir depuis la rue ou depuis les pavillons situés de l'autre côté du champ, mais il était invisible de la maison biscornue, son parc et surtout la maison du jardinier.

Il parcourut une centaine de mètres au milieu de menthes sauvages et de saponaires qui, à l'ombre, prospéraient dans une terre humide. Plus il descendait – le champ était en pente –, plus le mur paraissait en mauvais état. Après deux ou trois bosquets de sureaux en fleur, il découvrit une brèche de deux mètres environ dans le mur qui à cet endroit était entièrement écroulé. Il alluma une Gauloise et la fuma tranquillement tout en observant les alentours. Il semblait n'y avoir personne en vue. Il passa le tas de décombres et se retrouva dans le parc, derrière des ifs aux teintes presque noires qui formaient un écran parfait. Il estima qu'il était déjà loin de la maison. Avec précaution, il passa la tête entre deux arbres. Devant lui, le parc s'étendait, lui aussi sombre malgré le soleil qu'on apercevait là-haut à la cime des arbres très fournis qui formaient un bloc presque compact où la lumière pénétrait avec difficulté. Entre les branches de deux énormes frênes, il distingua la tache rouge du toit de la maison. Il en était suffisamment éloigné pour estimer ne rien risquer. Il essaya de retrouver son chemin de la nuit du crime. Un détail attira son attention : de l'eau coulait pas très loin de là. Il se souvint de ce qu'il avait jugé être un canal d'irrigation. Il finit par le découvrir un peu plus bas, fin ruisselet d'une eau très claire qui filait entre des briques cimentées et venait des abords de la maison. Il eut aussi le sentiment de reconnaître les formes des massifs qu'il avait longés dans la nuit. Il suivit tranquillement le canal et descendit vers le fond du parc. La pente était de plus en plus prononcée, cela aussi correspondait à ses souvenirs.

Cinq minutes plus tard, il vit que le parc s'éclaircissait devant lui, après de nouveaux ifs tout aussi funèbres que les premiers. Il se retrouva à l'orée des arbres. Devant lui s'étendait la prairie, baignée de soleil. Depuis l'autre soir, elle avait été fauchée et un parfum d'herbe coupée lui monta au visage qui fit aussitôt lever en lui de très anciens souvenirs. Il s'efforça de ne pas les laisser l'entraîner.

S'étant assuré qu'il n'y avait toujours personne à l'horizon, il descendit dans la prairie dont la pente était de plus en plus marquée et dont il voyait la limite bien plus bas, à travers une légère brume de chaleur, limite marquée par l'orée d'un bois, ce qui correspondait parfaitement à ses souvenirs, puisque c'était là qu'il avait abandonné la poursuite. C'était au-delà que *l'autre* s'était enfui. S'il parvenait jusqu'à sa destination, il estimait qu'il aurait fait un grand pas vers la vérité. Ou peut-être pas... Cela dépendait, comme toujours. Maréchal avait au fil des années abandonné beaucoup de certitudes, à commencer par celle d'en avoir.

Le soleil tapait sur l'herbe et des milliers d'insectes s'envolaient devant lui à chaque pas. Il atteignit bientôt le bois. C'étaient des chênes blancs, de petite taille mais fournis et serrés. Faisant appel à son sens de l'orientation, qui d'habitude ne le trompait pas, il essaya d'estimer l'endroit où il aboutirait s'il traversait ce bois. Il avait une certitude. Il lui fallait la vérifier. Il entra dans la forêt.

Après trois quarts d'heure de marche facile sur un sentier forestier – le bois destiné à la coupe était entretenu – aux bas-côtés couverts d'une mousse vert tendre, il aboutit à l'autre extrémité. Depuis qu'il était entré dans la forêt, il était beaucoup descendu. Il savait que cela modifiait énormément l'estimation des distances. Il passa encore quelques bosquets où les chênes se mêlaient à des bouleaux de Hongrie, et traversa une petite lande couverte d'herbes rampantes et coriaces, parsemées de hautes tiges de digitales d'un rose particulièrement vif. Puis, après quelques touffes de ronces et de buis sauvages, il sortit du bois.

Devant lui s'étendait une vallée. Il écarquilla les yeux. Il aurait parié qu'il allait déboucher à quelque distance de Noblesse, ce qui aurait conforté son hypothèse. Son sens de l'orientation lui avait fait défaut, ou alors c'était le bois qui l'avait trompé car, devant lui, sous le ciel bleu dans lequel le soleil commençait à descendre, il venait de voir apparaître, nichée au fond de sa combe, la silhouette impressionnante des murs de la magnanerie, dont à cette distance on ne voyait pas la ruine, seulement la grandeur. Il était en face du Mas des Peurs. Il jura à voix haute. Cela changeait tout.

16

– Tu te souviens comment s'appelle cet endroit où est allée ton amie Catherine ? demanda Maréchal.

– Oui, Sainte-Geneviève de..., ça j'ai oublié.

– Ce n'est pas loin de Corbans, non ?

– Dix kilomètres, il me semble. Pourquoi tu demandes cela, Franck ?

– J'ai pensé qu'on pourrait passer la voir quand j'irai te récupérer à la gare de Verviers. Qu'est-ce que tu en penses ?

– C'est une bonne idée. Je crois que cela lui fera plaisir.

– Bon, d'accord. Alors, je t'attendrai au train de dix-sept heures, c'est bien ça ?

– Ou dix-sept heures dix... C'est un TER !

– OK ! Je t'embrasse.

– Moi aussi, Franck.

Cette fois, il raccrocha plus vite que d'habitude. Une idée le turlupinait depuis des heures, bien avant que Laetitia l'appelle pour lui annoncer que la soprano avait fini par se faire porter pâle et qu'elle rentrait donc à Corbans.

La veille, il était revenu fort tard de sa balade dans

les bois jusqu'au Mas des Peurs. Le repas du soir était terminé depuis longtemps, mais il restait suffisamment de réserves dans les frigos des Vidal pour qu'ils le nourrissent aussi abondamment que d'habitude.

C'était après ce repas improvisé et plantureux que la petite idée avait commencé à le tracasser. Trois ou quatre Gauloises plus loin, il avait pensé que peut-être... Il était allé vérifier si la Golf noire se trouvait derrière l'auberge. Elle n'y était pas. Il avait alors demandé à Vidal s'il avait vu la jeune femme. L'aubergiste lui avait répondu – après une hésitation – que *Mme Delambre* était passée dans l'après-midi en coup de vent – sans doute pendant qu'il explorait les bois –, puis qu'elle était repartie rapidement.

Maréchal l'avait regretté. Il y avait deux ou trois choses qu'il aurait aimé lui suggérer. Elle avait des moyens de vérification qui lui faisaient défaut. Il avait guetté longtemps son retour, en vain. Vers une heure du matin, de guerre lasse, il était allé se coucher. Il avait mis beaucoup de temps à s'endormir malgré la fatigue due à son périple dans la forêt. Depuis, un échafaudage, fragile mais prometteur, se mettait en place. Il lui manquait toutefois quelques éléments.

Quand il s'était levé, il avait aussitôt jeté un coup d'œil dans la cour. Toujours pas de Golf. Il avait marché dans les rues de Corbans après avoir pris son café, en évitant de passer dans le secteur de la maison biscornue.

Vers huit heures trente, il avait appelé Jean Chasles. Le rédacteur en chef de *La Bannière* avait eu le bon goût de ne pas trop chercher à savoir pour quelles raisons il lui posait toutes ces questions. À sa dernière réponse, Maréchal avait insisté :

– Tu es sûr de ce que tu dis ?

– Ça fait même partie des rares choses dont je sois sûr !

– Merci. Je te tiendrai au courant.

Maréchal avait raccroché juste au moment où le journaliste, n'y tenant probablement plus, avait demandé : « Pourquoi tu veux savoir... »

En sortant de la cabine publique de la poste de Corbans, qui présentait l'avantage de la discrétion par rapport au téléphone de la réception, il avait eu l'impression que son échafaudage était bien plus solide. Il avait remercié mentalement Jean Chasles, dont il fallait reconnaître les qualités professionnelles. Au moment où il rejoignait La Perdrix, le téléphone de l'auberge avait sonné. C'était Laetitia qui annonçait son retour.

Après sa conversation avec elle, Maréchal fumait une cigarette devant la porte de l'auberge tout en contemplant la beauté magique du ciel d'été au-dessus des lauriers roses croulant de fleurs qui entouraient la terrasse. Il ne l'entendit pas arriver.

– Bonjour ! dit-elle.

Il se retourna, surpris.

– Bonjour, répondit-il.

Il fut stupéfait de la voir si pimpante. On n'aurait vraiment pas pu croire qu'elle n'était pas rentrée de la nuit. Il se mordit les lèvres. En quoi cela le regardait-il ? Elle fit :

– Vous n'êtes pas loquace, ce matin.

Une nouvelle fois, il remarqua comme elle avait de beaux yeux. Il répondit :

– Si, bien sûr ! J'attends que vous m'annonciez quelque nouvelle tonitruante...

– Pourquoi pensez-vous que je sache du nouveau ?

Il faillit rétorquer : « Je suppose que vous n'avez pas découché pour rien. » Il se retint à temps, cela eût été reconnaître qu'il l'avait surveillée.

– Je me doute que vous êtes allée vérifier un certain nombre de choses en rapport avec notre conversation.

– Exact. Et j'ai appris plusieurs détails qui vont vous intéresser...

– Lesquels ?

– Oh, monsieur l'écrivain, laissez-moi au moins prendre mon petit-déjeuner.

Il s'assit en face d'elle à une table à l'ombre. Elle attendit que Vidal ait apporté son café au lait et ses croissants avant de poursuivre :

– Vous ne devriez pas fumer autant. C'est la deuxième cigarette que vous allumez coup sur coup.

– C'est exactement ce que je me dis chaque fois que je bats mon briquet ! Laissez tomber. Alors, qu'est-ce que vous avez appris ?

– Tout d'abord, il n'y a rien sur cet Auguste, le jardinier de Mlle Daudet. Non, malgré vos préventions à son égard, il n'y a rien.

– Et puis...

– Ça n'a pas l'air de vous étonner.

– Non, ça ne me surprend plus.

C'était vrai. Depuis plusieurs heures maintenant, le jardinier, aussi antipathique qu'il fût, avait disparu des réflexions de Maréchal.

– Bon, je vois que vous ne voulez pas en dire plus.

– Ce n'est pas ça, expliqua-t-il, mais je crois maintenant qu'il n'a rien à voir dans tout cela. Racontez moi plutôt ce que vous avez appris sur le pharmacien de Verviers...

– Là, c'est une autre histoire ! Je dois vous prévenir que c'est un gros morceau.

– J'en étais sûr, dit Maréchal en s'efforçant de ne pas trop laisser paraître sa satisfaction. Allez-y !

– Pierre Tarreilles...

Une vingtaine de minutes plus tard, la jeune femme se leva.

– Bon, je vous laisse. Il faut que j'aille voir Brochard. Sinon, je vais avoir des complications diplomatiques. J'espère que vous me ferez part de... *vos conclusions*, un peu plus tard, puisque, pour le moment...

– Je vous le promets. Ne m'en veuillez pas. Pour l'instant, tout ça est trop fragile.

Il la regarda s'éloigner. Il admira sa démarche dans le matin d'été très doux qui baignait la terrasse de La Perdrix, tout en essayant de mettre en place les pièces du puzzle – Eva Delambre venait de lui en apporter deux ou trois nouvelles. Puis il revit la silhouette inquiétante du Mas des Peurs tel qu'il lui était apparu la veille. Dire que toute cette affaire paraissait totalement étrangère à cette bâtisse ! Jamais il n'aurait pu penser, lorsqu'il était allé là-bas avec Laetitia la première fois, que les liens entre la magnanerie et les mystères de Corbans lui sembleraient bientôt si serrés.

Vers seize heures, il prit la route de Verviers. Tout en descendant vers la vallée, il se rappela le début de leur séjour à Corbans. La paix qu'il y avait connue en compagnie de Laetitia était bien loin maintenant. Il serait bon de la revoir, mais il ne pouvait s'empêcher d'éprouver un sentiment de culpabilité à son égard. Quand il en cherchait les raisons, celles-ci ne lui apparaissaient que trop claires. Inutile de trop fouiller là-dedans ! La vision fugitive de l'inspectrice Delambre ne lui apparaissait alors que trop comme un symbole évident. Ce qui avait changé depuis la veille, c'était qu'il pensait tenir un bon bout de la solution. Il restait cependant quelques points obscurs. Une fois qu'il les aurait éclaircis, s'il ne s'était pas trompé, il pourrait reprendre avec Laetitia le fil de ces vacances interrompues. En tout cas, il se promit de tout laisser tomber s'il n'aboutissait pas très vite. Celle qu'il allait chercher à la gare comptait trop pour lui. Jouer avec ses sentiments, même au prix d'une découverte importante, était suicidaire. Il se rendit compte en arrivant sur la nationale que le flot des touristes avait atteint son apogée.

Le temps était magnifique, le ciel bleu du matin avait pris davantage encore de profondeur. Le soleil écrasait la plaine sur laquelle il constata que tous les champs avaient été moissonnés. Seuls quelques-uns, isolés sur les flancs des montagnes, devaient encore porter leur pelage d'or.

La canicule qui accablait déjà les arbres sur les bas-côtés de la route paraissait fournir aux touristes de Verviers un prétexte au laisser-aller. Le spectacle de ces peaux rôties était encore plus détestable à ses yeux à cause des tenues débraillées que la plupart semblaient se croire obligés d'arborer. Maréchal n'avait jamais aimé le laisser-aller, pressentant – et l'expérience lui avait souvent donné raison – que le vestimentaire présageait du moral. Il se doutait que ces chairs débordantes, exhibées, n'étaient l'expression d'autres manques de retenue. En tout cas, lui ne l'acceptait pas, même s'il évitait – sauf avec Laetitia – de l'exprimer sans détour. Une sorte de consensus général semblait s'être établi autour de la libre expression des désirs et des animalités. Que l'on parât cela du beau nom de liberté ne changeait pas grand-chose à ses yeux. Nom au demeurant qu'il rageait de voir ainsi utilisé pour tout et n'importe quoi, à commencer par les attitudes relâchées ou ambiguës qui paraissaient faire le fond des actions et des comportements de ses contemporains. Il n'était pas de ceux qui pensent que le monde va de plus en plus mal. Il aimait le présent, ne se réfugiait dans nul passé – sauf au fond de son cœur –, mais ne se croyait pas pour autant obligé d'approuver le flottement général.

Il en était là de ses considérations sociologiques quand il arriva devant la gare. Plusieurs passants en short et baskets, certains hommes poitrine nue, regardèrent sa voiture avec sur le visage la surprise de qui aurait vu un dinosaure surgissant vers le milieu de l'après-midi dans les rues du bourg. Il n'en avait cure, ou plutôt s'y efforçait. Il trouva une mince compensation dans la découverte inattendue d'une place libre devant le kiosque à journaux de la gare.

Une fois la 4L garée, il vit qu'il lui restait au moins vingt minutes avant l'arrivée du train de Laetitia. Il alla jeter un coup d'œil sur les livres exposés chez le marchand de journaux. Il y découvrit les dernières nouveautés, reconnut parmi les noms d'auteurs ceux de quelques personnes qu'il avait connues autrefois, avant que, retiré à La Valette, il ne finisse par couper la plupart des liens qui l'attachaient à un milieu sur lequel depuis longtemps il évitait de porter le moindre jugement. Cette revue de presse lui rappela cruellement son travail, aussi s'échappa-t-il vers un autre coin de la gare.

Il vit arriver sur la voie la plus proche un train international aux lignes élancées – mais qui n'était pas un TGV – peint en rouge, à destination de Barcelone. Les haut-parleurs annoncèrent en français et en espagnol « une minute d'arrêt ». Personne ne descendit, mais le regard de Maréchal fut attiré, quatre wagons plus loin, par une silhouette qu'il lui sembla reconnaître. Un homme, grand et très bien habillé, portant une serviette de cuir noir, se pressait vers le rapide. Au moment où il montait dans le train, il se tourna et Maréchal eut la confirmation de son impression. Dix secondes plus tard, après un coup de sifflet péremptoire, le train rouge se mit en marche. Quand il eut disparu dans la courbe qui suivait la gare, Maréchal se dit qu'il devait prévenir quelqu'un. Il lui restait une dizaine de minutes avant l'arrivée du train de Laetitia.

Il regretta une nouvelle fois d'avoir fait le malin en refusant d'acheter un téléphone portable comme tout le monde. Il chercha les cabines. En y parvenant, il vit qu'elles étaient toutes occupées. Mais une jeune fille abandonna la sienne presque aussitôt. Elle venait de pleurer. Pénétrer par effraction dans l'intimité des autres le troublait toujours. Mais le temps pressait. Il appela La Perdrix.

– Non, madame Delambre n'est pas ici, répondit Vidal.

Il avait insisté sur le *madame*. Cela énerva Maréchal. Mais l'aubergiste se sauva en ajoutant :

– Si vous voulez absolument la joindre, monsieur Maréchal, je peux vous donner son portable...

– S'il vous plaît, je vous écoute...

Il réussit à attraper un bic et un bout de papier dans une de ses poches remplies à craquer et nota le numéro.

« Cinq minutes ! se dit Maréchal. Pourvu qu'elle réponde ! »

Il se faisait l'effet d'un adolescent qui appelle sa petite amie en cachette de ses parents. Il se trouva ridicule et faillit raccrocher.

– Eva Delambre...

Il lui fallut un moment pour s'apercevoir qu'il s'agissait d'un répondeur. Décidément, il ne s'y ferait jamais !

Malgré tout, après le bip, il laissa un message : « Je suis à la gare de Verviers. Je vous signale que je viens de voir le *gros poisson* qui prenait le train express pour Barcelone. »

Il s'interrompit brutalement, incapable de trouver le mot juste pour conclure.

Un coup d'œil à la grosse pendule de la gare lui indiqua qu'il était temps de rejoindre le quai où devait arriver le train de Laetitia. Il y parvint juste quand celui-ci apparaissait dans la courbe.

Tout en sortant de Verviers, il écoutait Laetitia raconter avec des intonations de gamine les démêlés avec la soprano. Il pensait surtout à l'émotion qu'il avait ressentie en la serrant contre lui et en l'embrassant. Elle avait dit alors d'un ton surpris :

– Mais, Franck, ça ne fait que trois jours que je suis partie ! Je t'ai donc manqué autant que ça ?

– Bien plus encore ! s'était-il exclamé avec beaucoup de sincérité, car il venait de s'en rendre compte douloureusement.

Ensuite, la retrouvant telle qu'elle était, il avait réussi à accepter le jeu des comparaisons. Que Laetitia en sortît vainqueur lui avait fait un bien immense.

– Tu entends ce que je te raconte ? demanda-t-elle d'un ton suspicieux, comme ils atteignaient Sainte-Geneviève.

– Bien sûr ! Ta soprano m'a l'air d'une vraie peste, répondit-il au hasard.

– Pourtant, comme elle chante bien !

– Parure et carrure ! Ou quelque chose comme ça... je ne me souviens pas. Ça ne fait rien : on arrive. Tu te souviens de l'adresse ?

– Non ! Mais ne fais pas cette tête. C'est la dernière maison à la sortie du village.

– Hum ! fit Maréchal, comme ils entraient dans le bourg écrasé de soleil.

Ici, contrairement à Verviers, il n'y avait que peu de monde. Sainte-Geneviève se trouvait à l'écart des sites touristiques. C'était sûrement préférable pour ses habitants, même si ceux-ci devaient le regretter.

Il suivit la rue principale et à la sortie du village, il vit une villa blanche isolée, aux volets peints en rouge bordeaux.

– Ce doit être là, dit Laetitia.

– On peut toujours demander, fit Maréchal en montrant une jeune femme en train d'étendre son linge sur un fil de fer placé entre deux piquets au milieu d'un potager.

Il n'eut pas le temps d'interroger la propriétaire des lieux car, à cet instant, la porte s'ouvrit et Catherine se précipita en criant :

– Laetitia !

Puis elle se jeta dans ses bras. Maréchal se tint un peu à l'écart, comme le fit la jeune femme au linge. Catherine pleurait tout en parlant bas à Laetitia.

Ils passèrent une heure dans la maison aux volets rouges. Catherine semblait inconsolable et, comme à un moment il s'était écarté pour la laisser parler avec Laetitia, il alla dans la cuisine où se trouvait la jeune femme dont il avait appris qu'elle s'appelait Françoise.

– Elle a beaucoup de peine, vous savez, monsieur.

– Après ce qui s'est passé...

– Oui. Vous la connaissez bien ?

– Moi non, répondit Maréchal. C'est ma compagne qui est une amie de jeunesse de Catherine.

– Ah bon...

Il devait parler d'autre chose. Il demanda à la jeune femme si elle se plaisait à Sainte-Geneviève. Il obtint une réponse affirmative, mais qui lui parut de convenance. En fait, il apprit que son mari et elle avaient suivi à peu près le même chemin que Catherine et Paul Caminade. Au lieu des vers à soie, c'était l'agriculture biologique. À quelque amertume devinée sous le ton, convenu lui aussi, il comprit qu'ici comme au Mas des Peurs, la vie ne devait pas être rose tous les jours. On était loin des idylles campagnardes relatées par les journaux. Maréchal n'en était pas surpris, lui qui connaissait la vérité de la vie provinciale. La jeune femme avait deux enfants. Ce fut d'ailleurs ce qui écourta leur visite, car elle devait aller les récupérer chez sa mère qui vivait dans une ferme à trois kilomètres. Catherine partit avec elle après de nouvelles embrassades et quelques larmes versées sur l'épaule de Laetitia.

Ils reprirent la route de Verviers, alors que le ciel se teintait d'orange au-dessus de l'horizon. Maréchal ressentait une impression de grande mélancolie. Il mit cela sur le compte des larmes de Catherine Caminade et de sa conversation avec la jeune Françoise.

– Pourquoi as-tu demandé à Catherine si Paul et elle avaient un contrat de mariage ? demanda Laetitia un peu plus tard.

– Pour savoir si elle allait avoir des ennuis au sujet des Asphodèles...

– Ta question l'a choquée, remarqua Laetitia.

– Pourtant..., fit-il seulement, jugeant qu'il ne pouvait pas révéler son vrai motif à celle qu'il aimait.

Elle n'insista pas. Elle aussi paraissait un peu troublée par sa visite.

Lorsqu'ils atteignirent Verviers, Maréchal s'exclama :

– Dis-moi, tu ne trouves pas que l'ambiance est un peu triste ?

– C'est tout à fait mon avis, Franck. Ça fait au moins vingt minutes que tu n'as pas desserré les dents.

Encore une fois, il lui était impossible de lui en dire la raison, parce qu'il n'avait pas encore abouti dans ses réflexions, et aussi parce qu'il se voyait mal lui expliquer que cette affaire de Corbans occupait toutes ses pensées. Il lança :

– Si on allait au restaurant avant de rentrer à La Perdrix ?

– Au routier ? demanda-t-elle, mi-figue mi-raisin.

– Sûrement pas ! À cette grande auberge qu'on a vue l'autre jour à la sortie de la ville.

– Qu'est-ce qu'il t'arrive ? Tu as gagné au loto ?

– Hélas non ! Et j'attends toujours l'avance de mon éditeur. J'ai juste envie de fêter ton retour et d'oublier cette visite qui nous a fichu le bourdon à tous les deux.

– C'est vrai que l'endroit n'est pas gai. Je me demande si ça convient à Catherine.

– Pas sûr, en effet..., admit-il tout en se garant devant une bâtisse opulente, dont les accès étaient remplis de fleurs.

– Tu es certain que tu veux aller là ? lança-t-elle.

– Pourquoi tu me demandes ça ?

– J'ai peur que l'endroit n'excède tes moyens, Franck.

– Ne t'inquiète pas de ce détail ! Dans un tel cas, il n'y a qu'une solution : tu choisis ce que tu veux et tu ne regardes pas la colonne des prix !

– Chouette ! Ça c'est une bonne combine.

Elle avait un air tellement ravi qu'il la prit dans ses bras et voulut l'embrasser.

Elle se défendit en riant :

– Arrête, tu as vu les gens qui viennent ici !

– Je m'en fiche !

Ce fut au dessert qu'il jura brusquement. Une voisine de table dut l'entendre, car elle le fixa avec sévérité. Il n'en eut cure.

– Qu'est-ce qu'il y a ? demanda Laetitia.

– Dépêche-toi de finir cette forêt noire..., je reviens.

Il demanda la note et, pendant qu'on la préparait, il se rendit au téléphone réservé à la clientèle. Il appela Brochard et lui parla rapidement. Puis il paya et revint vers Laetitia qui finissait son gâteau. Au lieu de se rasseoir, il attendit.

– Si je comprends bien, il faut partir.

Elle n'avait pas l'air fâchée.

– Tu ne payes pas ? Tu veux que je le fasse ?

– J'ai déjà payé.

– Je suppose, dit-elle en le suivant, qu'il est inutile de te demander une explication ?

Il écarta les mains.

– Bon, j'ai compris. L'inspecteur Maréchal est sur la piste.

Elle avait parlé sans acrimonie. Un moment plus tôt, elle lui avait dit qu'elle passait une soirée merveilleuse. Peut-être ceci compensait-il cela. Maréchal aurait voulu lui parler, lui expliquer. Mais il savait que ce n'était pas nécessaire. Leur complicité était assez établie. Il en eut une nouvelle preuve quand elle reprit :

– Où va-t-on ?

– On rentre à Corbans.

– J'aimerais croire que c'est ton impatience à ce qu'on se retrouve seuls à La Perdrix qui te motive. Je n'en suis pas sûre...

Devant la 4L, il dit :

– Prends le volant.

Elle le regarda, incrédule. Tenta une plaisanterie :

– Conduire *ça* ? Moi ? Jamais.

Il sourit seulement. Elle ajouta :

– Où est-ce que je te dépose ?

– Je te le dirai, fit-il en s'asseyant sur le siège du passager.

– Ça au moins c'est explicite.

Alors qu'elle allait démarrer, il lui prit le visage d'une main.

– Je t'aime.

– Moi aussi, Franck ! Moi aussi. Ça aide...

Ils roulèrent en silence. Maréchal était perdu dans ses pensées. Laetitia conduisait vite, habituée à son Austin. Elle ne fit pourtant aucun commentaire sur la faiblesse des phares, les vitesses qui grinçaient une fois sur deux et les autres légers défauts du carrosse de Maréchal. La nuit était venue maintenant. C'était une nuit sans lune, pleine d'étoiles.

Peu avant d'arriver au carrefour qui menait à Noblesse, Maréchal dit :

– Ralentis. On arrive.

– Je me demande bien où on arrive.

Elle n'était jamais venue à Noblesse, ce n'était pas l'heure de lui expliquer.

Elle rangea la voiture sur le bas-côté. Il entrouvrit la portière pour éclairer l'intérieur de la 4L et sortit de sa poche un morceau de papier. Il le lui tendit en disant :

– Une fois à Corbans, tu laisses passer une heure et si je ne t'ai pas appelée, tu fais ce numéro.

Elle lut à voix haute ce qu'il avait noté : un nom, *Delambre*, suivi d'un numéro.

– Et qu'est-ce que je dis ?

– Simplement que je suis à Noblesse.

– Et comment tu feras pour m'appeler ?

– Avec *ton* portable.

– Bravo, non content de refuser d'en avoir un, voilà que tu me piques le mien !

Elle le rattrapa au moment où il descendait.

– Qui c'est, Delambre ?

– La fille que tu trouvais si belle l'autre matin sur la terrasse de La Perdrix.

– Bien, constata-t-elle avec une nuance de moquerie, il est encore plus inutile que je te demande pourquoi tu as son numéro.

– Elle est flic, Laetitia !

– Ah bon ! Si elle est flic, alors, tout se comprend ! Je n'ai pas besoin de savoir pourquoi l'homme que j'aime me fait téléphoner à une pin-up en pleine nuit pour lui annoncer qu'il est à Noblesse. Tout ça n'est que trop évident !

– Il faut que j'y aille..., dit-il en souriant et en descendant.

– Et moi, je t'attends à La Perdrix. Dis-moi au moins qu'il te tarde de m'y rejoindre, ça me consolera peut-être.

– Plus que tu ne le penses !

– Me voilà contente, fit-elle en démarrant.

Il passa du côté du conducteur.

– Donne-moi ton téléphone.

– Ah, zut, j'allais oublier.

Il se pencha pour l'embrasser.

– À tout à l'heure.

– J'espère ! répondit-elle.

Maréchal regarda s'éloigner les feux arrière de la 4L. Il pensa : « C'est vrai que eux aussi sont faibles... » Un peu plus, il aurait pu philosopher sur la fragilité des choses. Il n'en avait pas le temps. Il regarda autour de lui. La nuit était profonde et les bois paraissaient hostiles malgré le clair d'étoiles qui éclairait le chemin. Il frissonna et, se fiant à ses souvenirs, prit le chemin de Noblesse.

Une fois dans la forêt, il fut frappé de remarquer que c'était comme s'il avait pénétré dans un autre monde. Un monde peuplé de bruits brefs, dont l'origine était difficile à discerner. On imaginait toute une vie alentour, mais il savait qu'elle était inconnaissable, un autre monde en vérité. Malgré l'épaisseur des bois, il venait suffisamment de lumière du ciel étoilé pour qu'il puisse suivre le chemin sans trop d'encombre. Il fut étonné en fait de se repérer aussi facilement. Il marcha ainsi pendant une demi-heure avant que les bois ne s'éclaircissent peu à peu. Bientôt, il déboucha en bas des prairies. La lune se levait au-dessus des collines dans la direction de Corbans. Elle était fine comme un couteau et posait une feuille d'argent sur l'herbe des prés qui n'avait pas été fauchée. Au loin au bout du chemin, elle illuminait la massive silhouette de la ferme de Noblesse. Il distinguait parfaitement une lampe allumée au milieu de la façade.

17

La lune étant montée, elle paraissait à présent agglutinée à plusieurs étoiles blanches très lumineuses qui formaient autour d'elle une sorte de couronne.

Le vent s'était levé au moment où Maréchal était arrivé au portillon du jardin à la française dont, sous le clair d'étoile, la décrépitude semblait atténuée. Il le sentait remonter au fond des prairies. Il s'était chargé de grosses odeurs d'été en passant sur l'herbe. Il brassait les arbres des bois et ceux qui entouraient Noblesse. Cela formait comme un mugissement, un bruit de marée montante.

Il faisait très doux et il éprouvait un bien-être physique qui contrastait avec sa tension nerveuse depuis qu'il était entré dans les terres du domaine.

Une fois au portillon, il le poussa avec précaution. Il y eut un léger grincement, mais avec le vent on ne devait rien entendre de la maison aux fenêtres fermées. Il traversa le jardin dont les massifs à l'abandon étaient assez hauts pour cacher sa silhouette. Il arriva à la terrasse sur laquelle la lumière de la lune posait une grande tache brillante comme une eau. Il longea le mur de soutènement et parvint à un angle près de la porte d'entrée. Il écouta avec attention. Rien : il ne lui restait plus qu'à attendre. Il aurait donné cher pour allumer une cigarette, c'était hors de question. Il regarda sa montre : il était dix heures.

Laetitia arriva à Corbans à peu près au même moment. Après avoir garé la 4L dans la cour de derrière, elle salua les Vidal dans leur cuisine et dut expliquer qu'elle était seule et qu'elle avait déjà dîné. Elle lut sur leur visage une ombre de contrariété. Puis elle alla au téléphone et composa le numéro que Maréchal lui avait donné.

– Allô, j'écoute...

– Vous êtes bien madame Delambre ? demanda Laetitia.

– Oui, pourquoi ?

– Je vous appelle de la part de Franck Maréchal.

Il y eut un silence, puis :

– Qui êtes-vous ?

– Laetitia Vialat. Je suis son amie.

– Ah bon. Et qu'avez-vous à me dire ?

– Il est à Noblesse.

Nouveau silence.

– C'est tout ?

– Oui, c'est tout. En fait, il m'avait demandé de vous téléphoner s'il ne m'avait pas appelée dans l'heure qui suivait. Mais je suis inquiète. Je ne voudrais pas qu'il se soit fourré dans un guêpier.

– Ça lui arrive ?

– Parfois..., rarement tout de même. Mais cette fois, il est seul au milieu de ces bois. Je ne connais rien ou presque de cette affaire, mais je ne suis pas tranquille.

– Bon. Je vais voir ce que je peux faire. Merci d'avoir appelé.

– De rien. C'est pour lui que je l'ai fait...

Elle se garda d'ajouter : « ... pas pour vous ! » Mais cela revenait au même, et elle savait depuis trois minutes, au son de la voix de l'inspectrice Delambre, que celle-ci était quelqu'un d'assez fin pour le comprendre. Laetitia ne pouvait pas s'empêcher de rapprocher cette voix de la jolie fille qu'elle avait admirée sur la terrasse. Cela aurait pu lui donner des motifs de jalousie. Ce n'était pas le cas, une simple défiance, tout au plus.

Des pas crissèrent sur le gravier de l'allée qui conduisait des communs de Noblesse jusqu'à la terrasse. Maréchal se tassa un peu plus dans l'ombre. Une silhouette se dressa sur le perron, puis le nouvel arrivant lança des petits cailloux sur la fenêtre dont depuis l'orée des bois Maréchal avait remarqué qu'elle était éclairée. Aussitôt elle s'ouvrit. On se pencha un peu et on fit un signe à celui qui avait appelé et qui se dirigea alors vers le jardin à la française. Dix secondes plus tard, la porte s'ouvrit et une nouvelle silhouette traversa la terrasse pour aller à son tour vers le jardin. Elle passa près de Maréchal qui entendit même le froissement de sa robe.

À partir de maintenant, il devait aller très vite. Il suivit le mur de soutènement en se tenant toujours penché. Il entendait les pas précipités de la femme sur le gravier. En coupant court à travers les massifs de buis, il atteindrait le jardin avant elle. À présent, il y avait un gros risque : que le premier arrivé l'attende et le cueille dès qu'il surgirait. Comment faire autrement ? Une fois que la femme serait là, il lui resterait quelques secondes à peine. Il coupa à travers les buis. Malgré la clarté qui tout à l'heure l'avait enchanté, il avait beaucoup de peine à voir devant lui. Les détails étaient noyés dans un mélange d'ombre et de lumière poudreuse.

Il sentit une odeur de plante, il chercha laquelle, ne trouva pas et s'étonna de s'intéresser à de tels détails à un moment pareil. Il se sentait en fait très sûr de lui. « Cela aide ! » pensa-t-il.

Alors, il le vit. Il vit aussi que la femme accourait vers lui comme portée par une sorte d'enthousiasme.

Maréchal bondit et saisit le bras levé de l'homme armé d'un manche de pioche.

La femme avait stoppé brutalement, elle était maintenant immobilisée au milieu de l'allée, tandis que Maréchal se battait avec l'homme. Celui-ci était beaucoup plus jeune que lui mais beaucoup moins lourd. Cela faisait un équilibre, cependant Maréchal savait qu'il ne résisterait pas longtemps. Il n'avait plus aucune forme physique. En tout cas, pas suffisamment pour lutter avec un type jeune comme celui-là. Il s'attacha à lui tordre le bras jusqu'à ce qu'il lâche le manche et tenta de le faire tomber en se servant de son poids. Il n'y parvint pas, mais l'autre eut un sursaut terrible et réussit à se dégager dans une grande secousse. Il parut hésiter, prêt à se jeter sur Maréchal qui avait vacillé, mais il choisit la fuite et sauta en arrière avant de filer à toutes jambes vers le portillon qu'il ouvrit violemment. Il courut vers la prairie.

Solange de Marliet était en larmes. Elle approcha

de Maréchal doucement, lui montra le manche de pioche abandonné à terre et balbutia :

– Pourquoi ? Pourquoi *il* a voulu me tuer ?

– Je vous expliquerai. Maintenant, vous allez rentrer. Je vais vous raccompagner chez vous. *L'autre* est là-bas, n'est-ce pas ?

– Il dort, répondit-elle d'une voix brisée.

– Ça, voyez-vous, ça m'étonnerait.

– Alors, lui aussi va vouloir me tuer.

– Ça m'étonnerait encore plus ! fit Maréchal en s'efforçant de se montrer rassurant.

– Et *lui* ? Pourquoi vous ne lui courez pas après ? Il s'échappe.

Elle montrait la silhouette du fugitif qui descendait à toute vitesse à travers le lac d'argent de l'herbe, dans la direction des bois.

– Non ! Regardez : *ils* vont l'arrêter.

Il désignait d'autres silhouettes qui couraient elles aussi, perpendiculairement, jusqu'à couper la course de l'homme.

Il prit le bras de la femme et la ramena vers la maison très gentiment. Elle frissonnait et tournait sans cesse la tête vers les prairies en répétant :

– Pourquoi ? Pourquoi ?

Quand ils débouchèrent sur la terrasse, Maréchal entendit un souffle rauque qui venait du côté de la maison. Puis il reconnut le képi de Brochard au moment où celui-ci atteignait l'escalier. L'adjudant s'appuya à la balustrade pour souffler un peu. Il tenait un revolver à la main.

– Vous êtes presque arrivé à temps, dit Maréchal.

– Vous ne nous en avez pas laissé beaucoup, répondit l'adjudant entre deux halètements.

– C'est vrai. Et celui-ci ?

– Mes hommes viennent de l'arrêter.

À cet instant, un grésillement se fit entendre. Le gendarme porta à son oreille son talkie-walkie. Le message fut bref.

– Périer vient de l'attraper ! s'exclama Brochard en montrant la direction des prairies.

– Ne lui faites pas de mal ! s'écria la jeune femme.

– Ne craignez rien, dit Maréchal, ce ne sont pas eux qui font du mal aux gens ! C'est lui !

Elle parut se souvenir qu'*il* avait voulu la tuer. Elle baissa la tête et suivit Maréchal qui l'entraîna à l'intérieur.

Alors qu'ils allaient entrer dans le hall de Noblesse, un pas se fit entendre, léger et rapide, dans la direction des communs.

Eva Delambre escaladait le perron. Elle les regarda tour à tour, puis finit par dire en s'adressant à Maréchal :

– Vous auriez pu me prévenir avant ! Si votre amie Laetitia ne m'avait pas appelée parce qu'elle craignait pour votre vie, je serais encore à Corbans.

Brochard avait l'air de se rengorger à cause de la préférence qui lui avait été accordée.

Maréchal estima que le moment des explications était mal choisi. Ces deux-là se disputeraient bientôt comme des enfants s'il se lançait. Il grommela quelques mots inaudibles et, poussant la femme à l'intérieur, il entra.

Le grand salon de Noblesse était éclairé *a giorno.* Deux gendarmes, un homme et une femme, entouraient le comte qui, assis sur un fauteuil et courbé en deux, menottes aux mains, paraissait pitoyable.

Solange de Marliet passa devant lui en lui jetant un regard de mépris. Brochard fit signe à la femme gendarme et dit :

– Il faut que vous accompagniez madame la comtesse.

Cette dernière ne parut pas étonnée qu'il l'élimine de la *réunion de famille.* Elle suivit docilement la gendarme dans l'escalier qui menait aux chambres. Quand elle eut disparu, Brochard demanda :

– Comment vous avez su que ce soir il essaierait de la tuer ?

– Mais je n'ai rien su du tout ! répondit Maréchal. Il y a beaucoup de hasard là-dedans. J'ai compris ce soir seulement ce qui s'était passé, ou presque. Lorsque j'ai vu le gros poisson qui tentait de filer en Espagne, je me suis dit que maintenant, ils allaient se débarrasser très vite de celle qui les gênait. À propos, le gros poisson justement ?

– On a arrêté Pierre Tarreilles il y a une heure à la gare de Montpellier. Il avait bien un billet pour Barcelone, répondit Eva Delambre.

– Vous allez trouver dans sa serviette tous les actes et les documents qui expliquent cette affaire, j'en mettrais ma main à couper.

– Peut-être qu'à présent, Maréchal, vous allez m'expliquer.

– Avec plaisir, surtout que voici le principal intéressé qui arrive.

À ce moment-là, la porte s'ouvrit et Périer poussa sans ménagements à l'intérieur celui qui le précédait, menottes aux poignets. Maréchal le désigna et dit à Eva Delambre :

– Je vous présente Paul Caminade.

Il y avait une colère rentrée, très forte, dans sa voix, ce que remarqua la jeune femme.

– Je croyais..., commença-t-elle.

– Qu'il avait péri dans l'inondation des Asphodèles ? Ben, voyez-vous, moi aussi je l'ai cru ! Et il y a bien pire !

Il se rapprocha de Paul Caminade et compléta :

– Catherine aussi l'a cru...

L'homme baissa la tête.

– Remarquez que cela, il ne l'escomptait pas, puisque, si tout avait bien fonctionné, à l'heure qu'il est, elle serait morte. Sans César, oui, elle serait morte.

– Pourquoi à votre avis ? demanda Brochard.

– C'est une longue histoire et il y a encore quelques points que je n'ai pas éclaircis. Mais, entre les papiers que vous allez trouver dans la serviette de Tarreilles et les aveux de ces deux-là, vous saurez probablement tout.

Il désignait le comte, toujours courbé dans son fauteuil, et Paul Caminade, qui avait relevé la tête et le regardait avec un air de défi hautain.

– Ce que je peux faire dès maintenant, je pense, c'est vous donner les grandes lignes, reprit Maréchal. Pour moi, tout a commencé à se dessiner quand j'ai parlé avec Jean Chasles, mon ami de *La Bannière*. Il m'a raconté une histoire de club de loisirs de luxe qui devait se monter dans le secteur de Corbans. En tant que journaliste, c'est le genre de trucs qu'il suit avec plus ou moins d'intérêt, « on ne sait jamais... », comme il dit. Là, c'était avec plus d'intérêt que d'habitude. D'abord, il venait d'y avoir un meurtre à Corbans. Intéressant pour un journal comme *La Bannière* dans un coin où il ne se passe jamais rien. Et surtout, il y avait de gros moyens là-dessous, comme il l'a découvert. C'est par lui que j'ai su un peu plus tard que Tarreilles, le pharmacien de Verviers, était dans le coup. Là, ça devenait passionnant. Je dois dire que lorsque j'ai appris que la propriétaire de la maison devant laquelle avait eu lieu le meurtre était la maîtresse de Tarreilles, j'ai mis de côté toutes mes idées romantiques au sujet de cette femme et de cette maison. D'autant qu'il s'est révélé ensuite qu'elle était la sœur de la jeune femme qui se repose là-haut.

» Quand je suis venu à Noblesse la première fois, j'ai été impressionné par le comportement de cette femme. Elle avait l'air folle à lier. C'est en tout cas ce que laissait entendre son comte de mari. Pourtant, le hasard a fait que Laetitia et moi, nous les avons retrouvés à l'Arboretum et, ce jour-là, elle ne m'a pas paru folle, mais terrorisée. En examinant toutes les hypothèses qui pouvaient expliquer son étrange comportement, je me suis demandé si elle n'était pas droguée. Il y avait dans ses yeux un drôle d'air par moments, comme si elle cherchait à se raccrocher à la réalité.

» Peu après, je me suis trouvé en présence de sa sœur, celle qui vit à Corbans. Celle-là n'est pas folle, mais toxicomane ! Le soir où je l'ai vue, elle attendait quelque chose comme si sa vie en dépendait. Quand j'ai vu arriver Tarreilles, j'ai compris ! Héroïne, sans doute. À l'heure qu'il est, elle est peut-être en manque !

» Ainsi, petit à petit, tout un tableau d'ensemble s'est organisé dans ma tête. Il y avait des liens entre Corbans et Noblesse par les deux sœurs. Tarreilles, c'était le lien entre elles et un gros coup immobilier. Je sentais que c'était encore beaucoup plus compliqué que ça. C'est de nouveau mon copain Jean Chasles qui m'a aidé à comprendre le reste. Jean Chasles et la carte Michelin.

Il s'arrêta une seconde et reprit aussitôt :

– On ne regarde pas assez les cartes ! Mon copain est allé fouiller dans les archives du journal et il a retrouvé les plans du club de loisirs. Moi, j'ai confronté ça avec la carte. Et j'ai eu un choc. Le projet se trouve en plein sur Noblesse ! C'est encore Chasles qui, par l'amie d'un notaire, a su à qui appartenait le domaine. Pas du tout au comte, comme tout le monde le croit à cause de son nom ! Et comme je l'ai cru moi-même au début. Noblesse appartient en propre à Solange de Marliet, née Daudet. Ça, c'est pour la moitié, l'autre est à sa sœur, l'héroïnomane de Corbans.

Il regarda Brochard.

– Ça ouvre des perspectives, non ?

À cet instant, il ne put résister. Il demanda à Eva Delambre :

– Vous permettez ?

Comme elle acquiesçait avec un sourire, il alluma une Gauloise, en tira deux ou trois bouffées et reprit :

– Bon, ce qui vous intéresse vous deux, c'est de savoir qui a tué Léon Daudet. J'aimerais d'abord vous dire pourquoi on l'a tué. Je ne peux pas l'affirmer. Ne soyez pas déçus. Mais mon hypothèse a de fortes probabilités d'être exacte. D'abord, je vais répéter ce que j'ai dit tout à l'heure : il faudrait regarder les cartes plus souvent. Si je l'avais fait, j'aurais compris bien plus tôt. Hier, quand j'ai suivi le chemin que j'avais parcouru en poursuivant un inconnu la nuit du crime...

Il s'interrompit en découvrant la mine de Brochard. Il écarta les mains.

– C'est vrai. Je ne vous ai pas tout dit à vous. Heureusement pour mon avenir que j'en ai parlé à l'inspectrice Delambre ! La nuit où j'ai découvert le cadavre de Daudet, il y avait quelqu'un à cet endroit. L'assassin, évidemment. Mon arrivée l'a empêché de faire disparaître le corps. Il s'est enfui et je l'ai suivi. À travers le parc, puis jusqu'à la forêt qui est au-dessous de Corbans où il m'a semé... Quand j'ai refait le trajet, hier donc, j'étais persuadé que j'allais aboutir ici, à Noblesse. Je me trompais ! C'est devant le Mas des Peurs que je suis arrivé. Ça m'a fait un choc. Mais alors j'ai compris : c'était ça qui me manquait ! Parce que, parmi tous ces gens, je n'en voyais aucun capable de cogner avec un manche de pioche sur un pauvre bougre comme Daudet. J'ai un moment soupçonné Auguste, le jardinier, mais ça ne collait pas, ou plutôt ça me paraissait trop facile. En fait, je le soupçonne de braconner simplement. Il doit fourguer son butin à Ferdinand Vidal. Enfin je crois. Des fois, ils se disputent. Mais Brochard, vous n'avez pas entendu ce que je viens de dire !

Le gendarme avait compris. Il fit :

– De quoi vous parlez ? Sans importance.

Maréchal reprit :

– Lorsque, ensuite, j'ai regardé la carte, j'ai compris pourquoi je m'étais trompé. En fait, le Mas des Peurs est tout près de Corbans à condition de couper à travers bois, sans emprunter les routes. La nuit de l'inondation, on n'a pas pu passer par là, ça m'a égaré aussi. Mais hier, tout est devenu limpide.

« Hier, j'ai vu Catherine Caminade. Et elle m'a livré l'élément décisif. D'abord et surtout, le Mas des Peurs, ou les Asphodèles, comme vous voulez, sont à son nom à elle. Elle avait fait un héritage et elle était la seule à pouvoir demander un crédit à l'époque de l'achat parce qu'elle travaillait encore. Lui (il montra Caminade) ne possédait rien. C'était ennuyeux pour lui, très ennuyeux : le projet du club de loisirs englobe les terres du Mas des Peurs autant que celles de Noblesse. Catherine ne le sait même pas. Pas plus qu'elle n'a prêté attention au testament qu'il lui a fait signer, il a dû établir le même à son nom à elle pour lui faire avaler ça. Et il prépare son coup depuis un moment ! À commencer par ses doléances auprès de l'administration concernant le barrage. Vous avez tout compris maintenant.

Il vit un éclat malicieux dans les yeux d'Eva Delambre. Mais Brochard ne paraissait pas tout à fait sur la même longueur d'onde. Alors il reprit :

– Voilà comment ça s'est passé. D'abord, *ils* – sans doute Tarreilles et sa maîtresse – ont appelé Caminade. L'oncle, Léon Daudet, devait les gêner, peut-être avait-il compris qu'on allait tout prendre à ses nièces, peut-être était-il gourmand, ce qui expliquerait les mille euros dans sa poche. Bref, Caminade l'assomme. J'arrive au moment où il va se débarrasser du corps. Il s'enfuit et m'échappe. Les autres, qui devaient être à la veille de réaliser leur plan, sont obligés d'attendre. Ce qui a dû sauver la vie de Solange Daudet, que son mari droguait depuis des années pour la faire passer pour folle. Cela aurait fini par permettre de l'enfermer et de donner la tutelle au comte. La sœur de Corbans, c'est facile, avec une dose, on fait ce qu'on veut d'elle. À présent, il faut que le Mas des Peurs tombe dans l'escarcelle de Paul Caminade. Il ne peut pas se débarrasser de Catherine facilement. Mais il trouve un allié puissant : l'orage ! Il part en pleine nuit et va faire sauter le barrage à la dynamite. Normalement, Catherine est encore couchée, donc morte. Mais leur chien César l'a réveillée et elle va sur la butte où elle est sauvée. Elle croit bien entendu que Paul, qui a disparu, est noyé. Lui se cache pendant ce temps. Où ça ? Il vous le dira, pas vrai ?

Paul Caminade le regarda avec un air de défi.

– Jamais, fit-il d'une voix rauque.

– Oh que si ! reprit Maréchal. Vous verrez ! Ça n'importe pas d'ailleurs. Pendant ce temps, les autres réfléchissent et s'impatientent. Cette histoire de tutelle de Solange de Marliet, ça peut prendre encore des mois, peut-être des années. Et maintenant, ils ont un assassin sous la main. En plus, Paul a été l'amant de Solange. C'est du passé, mais pas pour elle, et ça facilite les choses. Ce soir, il lui fixe un rendez-vous et... vous connaissez la suite. Comment j'ai su que ce serait un soir ? Je ne l'ai pas su, mais c'était probable, puisque Tarreilles avait mis les bouts pour se dédouaner. Et comment j'ai deviné que Caminade allait essayer de tuer Solange de Marliet ? Ça, c'était facile : elle était toute désignée, je viens de vous le dire. Après, il aurait fallu remettre ça avec Catherine puis à mon sens avec la sœur de Corbans. Une hécatombe en perspective...

– Évitée grâce à vous, dit Brochard. Je pense que l'inspectrice Delambre sera d'accord avec moi pour vous remercier.

– De rien, fit Maréchal. Maintenant, je vais vous laisser faire votre boulot avec tous ces gens. Moi, je dois aller rejoindre quelqu'un.

Pendant que Brochard faisait lever le comte de son

fauteuil et les poussait, lui et Paul Caminade, il se dirigea vers la porte. Quand il passa devant Eva Delambre, celle-ci lui posa la main sur le bras.

– Si *elle* est aussi jolie que sa voix au téléphone, vous avez de la chance.

Elle se montrait belle joueuse, il lui sourit.

– Merci. Et aussi pour votre compagnie ces jours-ci.

Épilogue

Maréchal sortit sur la terrasse. La lune était au milieu du ciel et son admirable lumière argentait les prairies de Noblesse.

Il fit quelques pas, s'étira. Puis mit la main à la poche et prit une Gauloise. Il allait l'allumer quand une voix familière sortit de l'ombre :

– Tu sais, Franck, toutes ces cigarettes, ça va finir par te nuire.

Il se tourna et découvrit Laetitia, assise sur la première marche de l'escalier.

– Comment tu as fait pour venir ici ?

– Avec la poubelle, bien sûr ! Je ne sais pas comment j'ai pu réussir à y parvenir !

– Pourquoi tu n'es pas restée à La Perdrix ? demanda-t-il en s'asseyant auprès d'elle. Je t'avais dit que je viendrais te rejoindre...

– Tu crois que c'est trop tard ?

– Sûrement pas !

Il lui prit la main, l'aida à se relever, puis sans davantage s'occuper des autres qui sortaient de Noblesse, il l'entraîna vers la 4L.

Laetitia avait garé la voiture pas loin de la métairie.

Les pare-chocs de la moto du jeune homme au visage en lame de couteau luisaient sous la lune. Maréchal sourit en pensant qu'il avait soupçonné un moment ce pauvre garçon.

Le vent se leva et souleva les cheveux de Laetitia. Une grande paix paraissait baigner tout le pays. Juste avant qu'elle ne monte dans la voiture, il l'attira et l'embrassa.

Un rossignol chanta dans un buisson de viornes.

DU MÊME AUTEUR

Aux Éditions Albin Michel

LE JARDIN DES HESPERIDES, roman, 1994.

HAUTES TERRES, roman, 1996 (Prix Charles Exbrayat).

BLANCHE DES SOLITUDES, roman, 1997.

LES GARRIGUES ROUGES, roman, 1998.

HURLEBOIS, roman, 1999.

VENGEANCE D'AUTOMNE, roman, 2000.

LES CENDRES DE JUIN, roman, 2002.

MALETERRE, roman, 2003.

Le roman du Canal du Midi

1. LES HOMMES DU CANAL, roman, 2001.

2. LES BELLES DU MIDI, roman, 2001.

Chez d'autres éditeurs

LE VASTE MONDE, roman, Laffont, 1989 (Prix Terre de France/La Vie, Prix Cinélect).

L'OFFRANDE DU SUD, roman, Laffont, 1991.

LES LARMES DE LA VIGNE, roman, Seghers, coll. Mémoire vive, 1991.

MAX SAVY, LE LONG CHEMIN, Inard, 1992.

Composition I.G.S. - Charente Photogravure
et impression Imprimerie Floch sur Roto-Page
en mars 2004.

N° d'impression : 59404.
N° d'édition : 22275.
Dépôt légal : mars 2004.
Imprimé en France.